幻滅からの創造

現代文学と〈母親〉からの分離

田中雅史

新曜社

まえがき

近代から現代にかけて、文学者たちは言葉によって表現できないものを捉えようと試みてきた。それは文学が用いる言語そのものへの関心へと進んでいった。作家は言語によって真の現実をとらえようとするが、それは言語と現実とが一致しないものである以上、完全な満足に至ることはない。書きたいものを書き尽くすことができないという嘆きが作品の構成要素となる。作家も文学理論家も言語や物語の性質を研究し、それらと現実との埋まらない距離について考える。

フロイトが示した無意識の世界は、言語や他の記号による表現と現実との距離を埋める一つの方法を提供したかのようにみえる。少なくとも、そのように受け取った芸術家たちが存在していたのは確かだ。シュルレアリスムの芸術家たちは、覚醒時の意識と夢とを相互浸透させることで、日常的意識の拘束を超える道を模索した。無意識の存在とそれに迫る方法を提示したフロイトやユングなどの理論は、そうした活動の支えとなった。

本書は把握しきることのできない現実に無意識を通して迫ろうと工夫を凝らす、こうした文学や芸術の流れを踏まえて、現代の日本文学にみられる心の影の部分へのこだわりについて考えてみようとするものである。

最近の日本の小説には、心の傷をもった主人公が自分の心とどう向き合っていくかを描くものがよくみられる。こうした小説には細かな心理を丁寧に描きながら、心の傷や闇をえぐっていくという特徴がみられる。これは右に述べたような現代芸術の傾向とは若干異なるが、無意識的なものも含んだ表現しにくい現実を言葉によってとらえようとするものであり、「書くことができない現実」に迫る別の方法を提示しているようにも思える。心理の描写はともすれば通俗に傾きがちだが、フロイトの理論を活用したシュルレアリストが斬新な表現を生み出したように、フロイト以降現代に至るまで精神分析が開拓してきた領域をうまく創作に活用することによって、ポストモダンの行き詰まりを打破し得る可能性をもっている、と私は思う。現代日本のこうした小説のなかで起こっていることを、理解の助けになると思われる現代の精神分析理論を使って浮き彫りにすることが、本書の目的である。

現代の精神分析が古典的なフロイトのものと大きく違うのは、前エディプス期の比重が増している点である。これは自己への関心が増していると言い換えてもいい。現代の日本文学が表現している心理的な内容には、感情的に強く結びついている人物に対する喪失感や罪悪感、自己愛の傷やその癒しなどがあるが、こうした点は母親的な対象との融合と分離を軸に考える前エディプス期の精神分析理論と比較することができる。そうすることで、人物としての母親だけでなく、怒り・不安・喪失感などの感情や、そうした感情と結びついている人・動物・物体・外的環境なども、原初的な主観的対象としての「母親」からの分離の問題と関わっていることが理解できるのである。

現代の日本文学と前エディプス期の理論を比較することは、単に解釈に有用な理論を用いるというだけにとどまらない。なぜならシュルレアリストがフロイトなどの無意識の理論を活用したように、現代の作家も前エディプス的な心理についての知識を大なり小なり利用していることが多いからである。このように作家が部分的に依拠している理論を参照しながら、「現実」に迫る芸術的試みとしての現代日本文学の独自性に迫っていきたい。

本書の構成は以下のようになる。

まず序章では、これまでの精神分析的な文学研究を前エディプス期との関連を中心に概観してから、前エディプス期の心の世界で起こっていることについて統一的な整理を試みる（理論の史的流れを理解しやすくするために、序章では原則として本や論文のタイトルの後に刊行年を記す）。序章は前エディプス期の理論に馴染みのない方には、やや難しめの内容になっているかもしれない。その場合、第一章以降の興味のある部分から読み始めて、時々序章の関連部分に戻るという読み方をしていただければと思う。

その後の章では、宮部みゆきの『ブレイブ・ストーリー』、村上春樹の『世界の終りとハードボイルド・ワンダーランド』、梨木香歩の『裏庭』などの作品を、序章で整理した枠組みに照らして解釈していく。これらの作品には、精神分析でいう精神内界構造（intrapsychic structure）と比較できるような特性をもった異世界――『ブレイブ・ストーリー』では「幻界《ヴイジヨン》」、『世界の終りとハードボイルド・ワンダーランド』では主人公の「意識の核」のなかにある「世界の終り」という場所、『裏庭』では入り口の鏡の向こうにある「裏庭」——が描かれている。そうした特別な場を中心に作中のさまざまな表現を取り上げ、前エディプス期の心の世界と比較しながら読み解いていく。

これらの作品中には、前エディプス期の精神分析理論が明らかにしたような原初的な不安や攻撃性の表現がみられると同時に、そうしたネガティヴな感情を包みこんでくれるような存在も描かれる。そうした存在は、男性であることも女性であることもある。年齢的にもいろいろで、父親のようであったり、友人であったり、信念をもった女性であったり、母親のようであったり、ガールフレンドのようであったりする。猫のような動物や、物体や場所であることすらある。ただし、それらは主人公たちにとって単なる外部の存在ではない。内部の主観的な領域と外部の実在的な領域の間——ウィニコットが有名な移行対象の理論で述べているような中間領域——に属している、内奥の欲求と直結した象徴的表現なのである。

幻滅からの創造——目次

装幀——虎尾　隆

序章　前エディプス期の心の世界と文学研究

1　精神分析的文学研究と前エディプス期の理論

文学の精神分析的研究

精神分析はフロイト以降現代まで文学研究に利用されてきたが、その利用のされ方にはそれぞれの時期に異なった特徴がみられる。

まずフロイト自身が書いたいくつかの有名な文学・芸術論[1]のような、古典的な精神分析的文学批評がある。これは登場人物や作者、あるいは作品中のモチーフなどを、夢判断、エディプス・コンプレックス、去勢コンプレックスなどのフロイトの理論を使って分析するものである。フロイトの文学・芸術論は、彼が「自我とエス」（一九二三年）で超自我・自我・イド（エス）からなる構造論モデルを入念に論じる以前のものが多く、抑圧された願望の充足という夢の機能と類似のものを芸術に見いだそうとするものである。エリザベス・ライトは、「イド心理学（フロイトの理論のこと）

の美学は芸術作品が作り手の無意識の欲望を密かに表わしているという考えに基づいている」[2]と述べている。

本書でも登場人物について前エディプス期のモデルと比較して考察することはしばしばあるが、それは登場人物や作者の秘められた願望を見いだそうとしているのではない。そうではなく、前エディプス的な心理が描くべきターゲットとして作中で狙いを定められており、登場人物たちがそれに突き動かされている様子を作者が意図的に構成しているという点を明確にするために、前エディプス期のモデルを利用しようとしているのである。

古典的な精神分析的文学批評としては、他にフロイトの発達段階ごとに特徴的な空想（口唇期なら貪る、肛門期なら貯めこむなど）を文学作品に見いだす研究もある。これも登場人物や作者の精神分析が目的で、どの段階に固着（fixation）しているか考えようとしているものである。口唇性格、肛門性格などの言い方は、一般にもある程度使われているように思える。これも前エディプス期のモデルの利用には違いないが、本書で前エディプス期の精神分析理論と呼んでいるのは、二十世紀の後半に発達し、文学研究にも利用され始めた別のものである。

自我心理学[3]の発達とともに、芸術の願望充足的な面よりも、自我によるイドのコントロールと社会化に目が向けられるようになった。精神分析家のエルンスト・クリスは『芸術の精神分析的研究』（一九五二年）で、芸術作品の創造過程について、本能的な願望を満たすものというよりも、無意識レベルの欲望や苦痛を自我が複雑な防衛機制を通じてコントロールするものだと論じた[4]。古典的な精神分析的文学批評と違って構造論モデルを前提にしているこうした批評は、二十世紀半ば以降に多く見られる。

構造主義からポストモダニズムの時代には、ジャック・ラカンの理論が使われるようになり[5]、作者の心理というものを想定せずに、テクストの語りの構造に精神分析を適用するという研究が現われた。

ラカン、エレーヌ・シクスーなどの一九七〇年代のフランスの論文と、一九八〇年代後半から九〇年代にかけてのラカンの影響が強くみられるアメリカの文学研究を集めた読本である『精神分析の中の文学』（二〇〇五年）[6]は、このタイプの研究のひねりの効いた特徴をよく示している。まず、序文でラカンの《implication》という概念に触れ、精神分析の文学への「応用」（application）ではなく、文学は精神分析の中に（in）あるという姿勢で《implication》を行なうことを推奨している。フロイトの著作にある症例（狼男やドーラ）や文学論（『ハムレット』、E・T・A・ホフマンの『砂男』についての）などのテクストも「文学」、それも父権的な傾向をもち、精神分析的な意味づけというゴールに向かってひたすら「語る」作者の織りなすストーリーだと見なすのである。従って、ここに集められた論文は、『ハムレット』のエディプス的で父権的な解釈を書き換えたり、「精神分析的テクスト考古学」（psychoanalytical textual archaeology）とある論者が呼んでいる[7]、作品を精神分析して作者の無意識へ遡るような方法の頓挫する地点を、脱構築的に探ったりするという傾向を共有している。

ラカン、ジュリア・クリステヴァ、ジャック・デリダなどの影響で、「作者」を実体としてとらえることが批判され、テクストの語り手と現実の作者を区別するという理論的傾向が生まれた。これはナラトロジーなどの理論面でもポストモダン小説の実作面でも多くの実りを生んだと思うが、本書では敢えてナイーヴに「作者」や「作家」という言葉を使うことにする。

この章でも後でクリステヴァの理論に簡単に触れるが、テクスト論の理論家と目されがちなクリステヴァの理論では、テクストの外が常に意識されているといってよい。メラニー・クラインやドナルド・ウィニコットなどの前エディプス期の精神分析理論を取り入れ、「アブジェクト」というテクストの言語性に対立する主体(もしくは主体類似のもの)を論じている。本書でもそうした前エディプス的プロセスも含んだ存在であり、かつそうしたプロセスに自覚的な存在としての「作者」や「作家」について考えていく。

ユングの「元型」(archetypes)の理論も、文学研究に利用されてきた。ユングは個人の無意識を超えた内容をもつものである「集合的無意識」(the collective unconscious)というものを想定し、集合的無意識の深みから浮かび上がる元型イメージは調和のとれた全体性に至る変容のプロセスをたどるとした。元型のヴァリエーションは豊富だが、内なる異性像であるアニマ(女性像)やアニムス(男性像)、老賢者、グレート・マザーなど、神話や伝説に出てくるキャラクターに通じるものも多い。これは作品に現われるイメージを解釈するのに便利なので、元型批評という方法論を生んだ。元型の一つに「影」があり、心の成熟の過程で統合されていくとされるが、この発想は前エディプ

ス期の理論と符合する。(8)

また、ガストン・バシュラールはユング理論の影響で、水や火などの物質に焦点をあてた精神分析的文学研究を行なったが、『水と夢』で論じられているエドガー・アラン・ポーの幼時に亡くした母への喪失感を表わす「重い水」などから考えると、バシュラールの本は物質に投影された前エディプス期の心理の研究として読み直し得るものである。(9) 本書でも、宮部みゆきや梨木香歩の作品にみられる怒りや精神的解放を表わす「炎」のイメージ、村上春樹の作品にみられる無意識の記憶とつながる「水」や「氷（を溶かす）」などのイメージを取り上げるが、こうした分析をさらに進める際にはバシュラールの研究を参考にすることができるだろう。

他にもオットー・ランクの『文学作品と伝説における近親相姦モチーフ』（一九一二年）(10) のような精神分析家による大部の文学研究がある。この本では『ハムレット』やドイツの作家の作品などが近親相姦願望という観点からバッサリと斬られている。村上春樹の『ねじまき鳥クロニクル』では主人公は義兄のノボルから妻を救出しようとするが、ランクのこの本を応用して考えれば、これは「救出幻想」、つまり父親と争って母親を救出するストーリーということになるだろう。父でなく義兄なのは父への攻撃性を認めないための防衛だという説明になる。二十世紀初頭のこの本で、ランクはこうした解釈を詩的創造についての新たな洞察として発表したが、現在の目でみると還元主義的な印象は否めない。

ユングやランクなどの精神分析の黎明期におけるフロイトの協力者の理論を使ったものも、広義の精神分析的文学批評にあたるが、現在精神分析と呼ばれているものには、フロイトの娘であるアンナ・フロイトの自我心理学の系統、オーストリアからイギリスに渡って多くの協力者とともに対象関係論（object-relations theory）の基礎を築いたメラニー・クラインの系統（ウィニコットやウィルフレッド・ビオンも、大きくいうとこれに含まれる）、アメリカでハインツ・コフートが基礎を築いた自己心理学の系統、それにラカン派などがある。そのなかで、自我心理学とラカンの理論にも前エディプス期に関係する部分はあるが、前エディプス期という自我が未発達の時期の心のモデルを発展させたのは、主に対象関係論および自己心理学である。次にこれらを使った文学研究についてみてみよう。

前エディプス期の精神分析理論を使った文学研究

二十世紀の半ばから後半にかけて、前エディプス期に焦点をあてた精神分析理論は大きな進歩をとげた。

メラニー・クラインの対象関係論（用語解説「クライン派と対象関係論」の項目を参照）は、イギリスでクラインの周囲に集まった理論家によって投影同一化、象徴化などの理論的な洗練が進んだ。一口に対象関係論といっても、現在では現代クライン派やポスト・クライン派と呼ばれるものもあり、オリジナルからずいぶん変化したものになっている。また、ウィニコット、ビオンなどはメラニー・クラインの分析を受けた後、独自の理論を築いた。ウィニコットの有名な移行対象

(transitional objects) の概念は、芸術創造の理論にも大きな影響を与えている。

自我心理学のマーガレット・マーラーは、三歳ぐらいまでの幼児の精神内界で生じている「良い」対象と「悪い」対象の統合のプロセスを、実際の乳幼児の観察を通してモデル化した。オットー・カーンバーグやジェームス・マスターソンなどの精神分析家は、マーラーのモデルを利用して、対象関係論を使った臨床理論を作りあげた。[11] これについては、後でもう少し詳しくみてみようと思う。このようにして、対象関係論と自我心理学の両方を融合させた心の影の統合モデルが、二十世紀後半に形成されていった。

ハインツ・コフートは一九七〇年代から次々に発表した著書によって、自己愛（ナルシシズム）についてのそれまでの見方を大きく変え、早期幼児期の自己愛の傷がもたらす影響についての理解を深めた。

こうした精神分析理論の成果は、当時から文学研究に影響を与えてきた。ノーマン・N・ホランドは二十世紀半ば以降の精神分析的文学研究を概観した論文のなかで、次のように言っている。

八〇年代と九〇年代の今日、精神分析は自己 (the self) の心理学になったと私は信じている。もっとも、イギリスの対象関係論、コフートの自己心理学、あるいはラカンの言語的精神分析への回帰というように、異なる学派の自己の扱い方には大きな違いがあるが。様々な文学研究論文が、これらのよく知られたアプローチのいずれかを利用している。[12]

確かに対象関係論や自己心理学を利用した文学研究は一九八〇年代以降のものが多いが、メラニー・クラインの周辺では五〇年代から対象関係論と美学理論を結びつけようとする動きが活発だった。これはクラインをイギリスで歓迎したのがブルームズベリー・グループ（ヴァージニア・ウルフ、リットン・ストレイチーなどが属していた学者や芸術家からなるグループ）であったためでもある。文学や芸術などの創造行為を、クラインの概念によって究明しようとする理論的情熱が、当時みられたのである。

クライン派の美学

メラニー・クライン自身も「芸術作品と創造的衝動に反映している幼児期の不安状況」（一九二九年）で、この問題に先鞭をつけている。[13] その後、彼女の周囲に集まったなかの一人である美術史家のエイドリアン・ストークスは、イマーゴ・グループを主催して、クラインの概念やクラインの心のモデルをもとにした芸術理論を作り出そうとして議論を重ねた。[14] ストークスの『絵画と内的世界』（一九六三年）はその成果の一つで、対象関係論を使ってターナーの絵画作品などを分析している。[15]

このグループでは、芸術家の創造する力は次節で説明する投影同一化に由来するものであり、芸術は傷ついた対象への「償い」（reparation）や「修復」（restitution）という前エディプス期のプロセスと関わるものだという共通理解があった。一方、理想化を肯定的にみるという考えには異論も出ていたようだが、このグループの一員で後に独特の美学理論を作ったドナルド・メルツァーは、理想化肯定の方向を推し進めて、芸術的美と精神分析的治療を同一のものと見なした。

また、対象関係論の文学研究への応用という点で画期的だったのが、一九五五年に出版された『精神分析の新方向』である。これにはロジャー・モネー-カイル、ビオンなど精神分析以外の専門を背景にもつ分析家も加わっており、その後の対象関係論的文学研究の出発点となる内容であった。ウィニコットが移行対象について初めて論じた「移行対象と移行現象」（一九五一年）[16]もこの本に載せるはずだったが、理論的な理由でメラニー・クラインに拒否されたという。[17]この本には対象関係論の文学研究への応用に関する重要な内容がいくつか含まれているが、その一つがウィニコットの移行対象論を踏まえて芸術創造と前エディプス期の象徴使用の関係を論じたマリオン・ミルナーの論文「象徴形成における錯覚の役割」（一九五二年）[18]である。

クライン派は、夢判断にみられるようなフロイトの象徴理論を発展させていった。遊戯を象徴的に解釈するというメラニー・クラインの児童の精神分析技法、ハンナ・シーガルの象徴的等価物（symbolic equation）の理論など、前言語的レベルでの象徴使用についての理解が進んだ。この本のマリオン・ミルナーの論文も、内界での母親との融合状態の錯覚（illusion）から外界の実在的対象の世界へ橋渡しするという、ウィニコットの移行現象、移行対象のレベルで象徴化をとらえようとする試みである。その論文のなかにある少年の症例について、少し紹介しておきたい。

ミルナーは分析中に玩具を使った戦争ごっこを行なった一人の不登校の少年を例にとって、無意識的な象徴使用（symbolism）の役割を考察している。[19] 象徴という言葉はさまざまな意味で使われ、例えばハトは平和の象徴と言われるし、文学史では象徴主義（サンボリスム）という流派があるが、クライン派のいう象徴使用とは、心の中の母親や父親などのイメージを他のイメージや実在の玩具などによって表現することを指す（用語解説「象徴化」の項目を参照）。ミルナーと少年は敵味方に分かれて、玩具を使った戦争ごっこをしたが、少年側は銃や試験管などの「男性」を象徴する玩具、ミルナー側はノア夫人という村人の人形など「女性」、特に「母」を象徴する玩具を選んでいた。少年の心にある母親などの空想が、外部に実在する玩具と結びつけられているので、これはクライン派が考える象徴使用にあたる（用語解説「象徴化」の項目を参照）。少年はノア夫人の人形を「神」であると少年が見なしていたトラックに乗せた。これは機械的で空っぽの少年の心に、人間的な母のイメージを取り入れるというプロセスを表わす象徴的行為である。

後に学校に通えるようになって生活も落ちついてきた少年は、化学に深く没頭した時期があり、その頃のミルナーとの分析で繰り返されるやりとりがあった。少年が「あなたの名前は何？」と訊くと、「私の名前は何？」とミルナーが返す。すると少年は何かの化学薬品の名前を答える。「それはどんなものなの？」とミルナーが訊くと、「素敵なものだよ。僕が作ったんだ」と少年が答えるというやりとりである。ミルナーは、少年が「化学薬品の名前と象徴的に結びつけられたミルナー」を、彼の内界と外的現実をつなぐ「媒体」（medium）として使っていると述べている。これは芸術家が言葉などの媒体によって、外部の世界を芸術家の内部を反映した生き生きしたものに染め変えるのと同じであるという。[20] 少年は彼に関心をもってくれる母親的な人物としてのミルナーに、化学実験で使われる薬品の名前を貼り付けるという象徴形成を通じて、空っぽと感じていた学校という外的現実を興味あるものに変えたのである。「僕が作ったんだ」という表現は、その意味で興味深い。少年が新たに獲得した学校生活という「現実」は、少年の内界とつながっていて、いわば彼の創造物であると感じられるからこそ心の安定をもたらすものなのである。

本書で取り上げる村上春樹の『世界の終りとハードボイルド・ワンダーランド』にも、主人公が自分で作りあげた内的世界が出てくる。それが「世界の終り」と呼ばれる喪失感に満ちた世界なのは、ミルナーの症例に出てくる少年が学校を空っぽだと感じていたのと似ている。村上春樹の小説は変わった名前の登場人物が多く、また登場する人や生き物に新たな名前をつけるエピソードがよくみられる。これも分析家に化学薬品の名前をつけたミルナーの少年同様、内界とつながった象徴化によって世界の新たな価値を見いだそうとする行為として理解できるだろう。

『世界の終りとハードボイルド・ワンダーランド』に出てくる博士は、主人公の「意識の核」の部分で起こっているプロセスについて、次のように説明している。

> 正確には象工場と呼んだ方が近いかもしれん。そこでは無数の記憶や認識の断片《チップ》が選りわけられ、選りわけられた断片《チップ》が複雑に組みあわされて線《ライン》を作り、その線《ライン》がまた複雑に組みあわされて束《バンドル》を作り、そのバンドルがシステムを作りあげておるからです。それはまさに〈工場〉です。

それは製産をしておるのです。（三九二頁）

ここで主人公の「意識の核」（無意識にほぼ相当する）が象という大きな哺乳類、つまり母親的な存在を生産する工場に例えられているのは、ウィニコットやミルナーが論じているような、内的な必要性と直結したものとしての象徴使用のプロセスを説明しているように読めて興味深い。

ミルナーはイギリス・ロマン派の詩人ワーズワースの有名な「不死の頌」（*Immortality Ode*）を例に挙げて、幼児の用いる非言語的で象徴的な表現に注目することが分析でも重要だと述べている[21]。ミルナーの「象徴形成における錯覚の役割」は後で紹介するウィニコットについての論集にも収録されており、精神分析的文学研究への示唆に富んだ論文だといえる。ミルナーは『絵を描けないことについて』（一九五〇年）では、芸術創造について論じながら象徴化にはあまり触れていないが、同じ本の第二版（一九五七年）に追加された補遺では象徴化と芸術創造について詳細に述べている[22]。ミルナーの「象徴形成における錯覚の役割」は一九五二年に、ウィニコットの「移行対象と移行現象」は一九五一年に発表された。一九五〇年代前半の数年間に、今日でも芸術創造の理解に欠かせないクライン派の理論が、急速に発達したのである。

こうした五〇年代に始まるクライン派の芸術論は、本書で現代の日本文学について考える際の切り口とかなり重なるものである。本書でも主人公たちの心の影との戦いを投影同一化の表現とみているし、そこから喪失の悲しみを受けとめるという、フロイトのいう「喪の仕事」(mourning work)

を行なう段階にいかにして至るかに注目している。

では、こうした五〇年代の対象関係論を応用した芸術研究の試みと比較した時、本書にはどのような独自性があるのであろうか。

まず言えるのは、本書では投影同一化や抑鬱ポジションへの移行などのクライン派の概念を使う点は同じだが、ビオンやウィニコットの概念、対象関係論と自我心理学を統合した精神分析的発達理論、コフートの自己心理学、さらにはラカンの影響を受けて独自の前エディプス期の理論を考案したクリステヴァの理論などの前エディプス期の心のモデルを統一的に整理した上で、文学研究に使おうと試みていることである。

また、五〇年代の対象関係論的芸術研究は、コールリッジ、ワーズワース、キーツ、ターナーなどの評価が定まっている芸術家の作品を対象として、そこにみられる夢幻的な特徴や彼らが書いた夢についての理論などを、クライン派の美学に引きつけて考えてみたという性質のものであるが、それに対して本書では、宮部みゆき、村上春樹、梨木香歩などの、それぞれ高い評価を受けているがまだ芸術の古典として評価が固定したものではない作品を取り上げ、作者が直接ターゲットにして描いている前エディプス的な心理を、その表現の幅広いヴァリエーションとともに分析しようとしている。

さらに、五〇年代の研究はミルナーのように象徴化を取り上げているものもあるが、対象関係論という理論の特徴から、どうしても母子の二者関係に議論が集中しがちである。本書ではクリステヴァの理論を取り入れることで、第三項としての「父」も含めた前エディプス期の問題をとらえようと試みている。

対象関係論、自己心理学と文学研究

次に先ほどの引用でノーマン・N・ホランドが触れていた、一九八〇年代以降の「自己」(the self)の心理学」を使った精神分析的文学研究の例を、いくつかみてみよう。

メレディス・アン・スクラの『精神分析過程の文学的使用』(一九八一年)は、文学作品中の要素を、精神分析の中身に見立てた本である。(23) その精神分析の中身には、フロイトのものから、ウィニコットやラカンまで含まれている。白昼夢、夢などフロイトが分析で取り上げたものを、シェイクスピアなどの英文学作品で検討しているのは従来の精神分析的批評と変わらないが、第五章「転移としての文学」の「移行現象と文学批評」という節では、ウィニコットの移行対象の理論を取り上げている。フロイトの「心の地図」にはイドという「ジャングル」と自我という「文明」があるだけで、その二つの間の空間である象徴的現実が省かれている、とスクラは言う。一方、ウィニコットの移行対象のような「より新しい理論」では「幻想」(fantasy)は「現実」と対立するものではなく、「現実」との新しい関係を作り出すものであり、「自と他」「幻想と現実」「芸術と自然」「言葉と物」といった二元論が超えられている。応用には工夫が必要であるが、ウィニコットを含む対象関係論が探求している象徴の理論は文学研究の分野でも活用が期待できる。(24) このようなスクラの主張に、私も賛成する。もっとも、スクラの本はパイオニア的だが、クライン派の美学のように、投影同一化や象徴形成などを作品の解釈に応用しようとはしていない。

ジェフリー・バーマンの『ナルシシズムと小説』（一九九〇年）は、コフートやカーンバーグなどのナルシシズム理論を使って、ドリアン・グレイやチャタレー夫人などのフィクションの登場人物の精神分析的研究を試みている本である。[25] バーマンもホランドも、英文学を専攻し、後に精神分析家としてのトレーニングも積んだ人物である。実際の精神分析に携わっていないと、なかなか自信をもってこうした解釈を行ないにくい面がある。

物語の中身に精神分析理論を応用するだけでなく、作品が読者の無意識に訴えるプロセスを前エディプス的な「中間領域」というウィニコットの概念で理解しようとすることも試みられている。中間領域（intermediate area）や潜在空間（potential space）というのは、幼児が主観的な世界から外的現実の世界へと移行する過程で現われる、その両方にまたがる中間的な領域のことである。一九九三年に『移行対象と潜在空間——D・W・ウィニコットの文学的利用』という論集が出ている。ウィニコットやクリストファー・ボラスのような精神分析家と編者のピーター・ルドニツキーのような文学研究者の両方から、ウィニコットなどの精神分析理論と文学研究の接点が探られている。[26]

他にも『記憶と欲望——老い - 文学 - 精神分析』（一九八六年）という「老い」という喪失感を感じさせる状況をテーマにした論集があり、対象関係論やラカンの理論を使って文学作品中の老いの表現が論じられている。[27]

フェミニズム理論における前エディプス期

このように対象関係論や自己心理学などの前エディプス期の精神分析理論を利用した文学研究は、欧米ではある程度の質と量をともなって行なわれてきたのだが、そのなかにはフェミニズムの批評も多く含まれる。フェミニズム理論の分野では、前エディプス期の心理学において母親のもつ意味に関心が向けられ、活発に議論されてきた。なかでも、男性支配的な社会を生み出す基盤にあるものとして、前エディプス期の幼児の母親に対する両義的な感情（アンビヴァレンス）や、母親という最初の愛着対象が同性であるか異性であるかという違いが女児と男児の心の発達にもたらす影響などが論じられてきた。

ナンシー・チョドロウの『母親業の再生産――精神分析とジェンダーの社会学』（一九七八年）は、ジェンダー形成の起源を前エディプス期の母親的世話（mothering）に求めた本である。[28] チョドロウは女児と男児の関係形成能力の違いが、乳幼児の世話を主に母親がするという制度によって生じると述べている。女児の自己は同性である母親との関係から作られるので自我境界は流動的で浸透的であり、一方、男児は異性として母親と対立する形で自己が作られるので、強固な自我境界と母親への恐れや軽蔑の感覚をもつようになる。父親も育児に参加すれば、幼児の攻撃と愛着のアンビヴァレンスが同性にも異性にも均等に向かうので、大人の男女の精神も今とは違ったものになるだろうというのである。[29]

ドロシー・ディナースタインの『人魚とミノタウロス――性制度と人間の不安』(邦題『性幻想と不安』)(一九七六年)では、第六章で前エディプス期のことが論じられている。[30] 羨望と感謝というメラニー・クラインの概念を使って、原初的な女性(母)へのアンビヴァレンスが女性の劣位への男女双方からの無意識的同意の背景にあると論じている。前エディプス期の幼児にとって、怖い母親イメージから救ってくれるのが父親イメージであり、そこから大人の社会での男性の優位や支配が生じているという。

ディナースタインは冷戦や核開発競争などによって世界が破滅に瀕しているという認識を非常に強く打ち出し、その認識を共有する人に向けてこの本を書いていることを明確にしている。そして破滅への流れを人びとが止めることができない原因を、前エディプス期にまでさかのぼる根深い心理にあることを示そうとしている。問題が根深いのは、それが原初的な喪失の不安に関わるために、エディプス的な父性による象徴化に代わってそれを扱い得る手段を見いださなければ、非合理的な行動パターンを放棄できないからである。

ジェシカ・ベンジャミンの『愛の拘束』(一九八八年)は、男女の支配‐被支配の関係を、ハインツ・コフートの自己心理学、ダニエル・スターンの乳幼児の発達理論などの、チョドロウやディナースタインよりも新しい理論を使いながら論じている。[31] 精神分析家である著者は、現状の男女関係にみられる問題の根は、コフートが明らかにしたような原初的な母親との関係のねじれにあると考えている。彼女は「相互作用」や「相互承認」に基づく関係と「相補的な二重性」を区別し、後者を「支配の基本構造に他ならない[32]」としている。

父性的な象徴化に代わって原初的な母子関係での不安を扱い得る手段を、ベンジャミンはこの「相互承認」という間主観的な領域の開拓に求めている。具体的には女性の連帯とネットワークによって解決できると考えている[33]。つまり、最早期の母子関係をコフートやスターンなどの間主観的な面を強調した発達モデルによって肯定的にとらえ直し、特に女性同士の間主観的で流動的な自我境界をもつ関係性を、支配－被支配の関係を脱した新たな社会の基盤として考えようとしているのである。もっとも、ベンジャミンはお互い同士が承認しあう女性的関係性の肯定面を強調するあまり、後でみるビオンが強調するような、原初的な母子の相互作用における強い不安や攻撃性の存在を軽視しているように思える。

対象関係論とフェミニズムの文学研究

フェミニズムの文学研究における精神分析の利用というとラカン理論が中心であり、対象関係論の利用は後で紹介するクリステヴァを例外としてあまり目立たないようにみえる。しかし、今みたようなチョドロウ、ディナースタイン、ベンジャミンなどによる対象関係論を使った前エディプス期のジェンダー形成理論は、文学研究にも影響を与えているようだ。

エリザベス・ライト編『フェミニズムと精神分析事典』（一九九二年）には、「対象関係論に依拠する批評」という項目がある。その記述によると、「対象関係の精神分析において理論化されたパーソナリティー構造 the personality structures の反映を、女性作家たちのテクストのうちに看取する」研究が一九八〇年代以降行なわれてきたとある。つまり、今みたような流動的な自我境界による女性同士の関係性や、それと対比された男性性や家父長制的社会、母子関係でのアンビヴァレントな感情のねじれなどの要素を、作品に見いだそうとするのである。具体的には「女性の伝統の編成、女性が作者であることと女性の署名 female authorship and the female signature、女性性を表わすプロットの構造、女性の登場人物の間の結びつき、とりわけ母と娘の間の・姉妹同士の・そして友人同士の結びつき（後略）」と記述されている。[34]

この項目の参考文献にも挙がっているサンドラ・ギルバートとスーザン・グーバーの『屋根裏の狂女』（一九七九年）[35]では、十九世紀の女性作家の作品を研究していて著者たちが気づいた共通性が論じられている。こうした作家には、「幽閉と逃亡のイメージ、従順な自己に代って、社会に背を向けた狂気の分身が行動するという幻想」や「拒食症や広場恐怖症、閉所恐怖症といった病いの、ものに憑かれたような描写」がみられるという。[36]一言でいうと、男性作家のものと区別される強い不安の表現が共通しているということである。これは、女性が家父長制的社会だけでなく、その産物である家父長制的芸術にも閉じこめられており、女性作家が「社会におけると共に文学における閉塞状況から逃れよう」としていたという状況によるものだという。[37]翻訳は全体でなく一部の訳出だが、そのなかでは『嵐が丘』やシャーロット・パーキンス・ギルマンの「黄色い壁紙」、ゴシック・ロマンスなどを使って、こうした閉じこめられることへの女性の不安が徹底して論じられている。この本では対象関係論が利用されているわけではないが、著者たちが注目しているこうした不安の表現は明白に前エディプス的なものとつながっており、対象関係論を利用した研究に向いている。

ギルバートとグーバーはこうした不安や病気の表現を家父長制的社会に帰しているが、これらを後でみるクリステヴァのいう「アブジェクト」のような、前エディプス期の母親的対象への喪失感に帰すこともできるだろう。『屋根裏の狂女』で「拒食症や広場恐怖症、閉所恐怖症」という病気が取り上げられているように、クリステヴァも『黒い太陽』(一九八七年)でネルヴァルやドストエフスキーなどの芸術にみられる抑鬱とメランコリーについて論じている。

宮部みゆきという女性作家が、女性ではなく少年を主人公にして書いた『ブレイブ・ストーリー』でも、主人公の亘は父の浮気による家庭崩壊のストレスから、睡眠中に無意識の状態で暴れて怪我をするという病的な解離状態に陥る。あるいは村上春樹のような男性作家の作品でも、摂食障害や精神的な不安定さをもつ登場人物が頻繁に登場する。不安や病気という特徴に注目した前エディプス期の理論の応用は、女性作家の描く女性の登場人物に限定する必要はないであろう。

日本における前エディプス期の精神分析理論を使用した文学研究

日本でも近年は、「自己」「私」「精神分析」などをタイトルに掲げた文学研究が増えている[38]。だが、はっきりと対象関係論、自己心理学を使っているものは、それほどみられない。そのなかで、本書の問題設定に近いと思われるものをいくつか取り上げてみたい。

まず、フロイトからメラニー・クラインの対象関係論まで、幅広い精神分析理論を使った作家研究として、細江光『谷崎潤一郎――深層のレトリック』（二〇〇四年）[39]がある。この本では谷崎の心の深層にある母親との関係を論じる際に、メラニー・クラインの理論を使っている。

第一編（作家論）第一部第一章で谷崎の母への固着に触れ、谷崎作品に多くみられる女性崇拝と、それと表裏一体の恐ろしい女性であるファム・ファタル的キャラクターを、母に対する感情の「転移」であるとしている[40]。谷崎は「エディプス期の葛藤を正常に克服できなかったことから、大人の男になれず、女性化願望やナルチシズム・幼児性が強く残ったと考えられる[41]」というのだ。これはフロイトが行なったような願望充足の表現を作品に見いだそうとする批評である。ただ、マーラーやウィニコットを参照するなど、前エディプス期の理論も踏まえている。

続く第二章は「谷崎文学における分裂・投影・理想化――クライン派理論の応用」と題されており、クライン派の前エディプス期の発達モデルを簡単に紹介した後[42]、分裂・投影・理想化の防衛機制を作品や作者に当てはめている。

その後、マゾヒズム、フェティシズムなど従来の谷崎論でも取り上げられた点を論じているが、第二編（作品論）第一部第五章で『春琴抄』を取り上げるときに、再びクラインのモデルを簡単に紹介し[43]、母親からの分離の失敗の影響について論じている。

細江は投影同一化ではなく投影という用語を使っているが、これはメラニー・クラインの概念がフロイト的な枠に埋まっている状態だといえる。この本はクラインの理論を谷崎作品の母親イメージの解釈に応用するという斬新な着眼点を含んでいるが、フロイト理論による作者の精神分析という古典的な精神分析的文学研究に属するものである。

細江の論は、対象関係論というよりも、『メラニー・クライン著作集』のクラインの論文にほぼ限定されたモデルを使用し、基本的には前エディプス期からエディプス期への「正常な」発達というフロイト的な時系列を踏まえて、谷崎がそこから逸脱しているとみている。そして逸脱していながらも魅力的な退行的世界を構築した点に谷崎文学の価値を見いだそうとしているようである。

こうした細江のスタンスと本書の試みとの違いをここで述べておきたい。本書で私がいう前エディプス期の精神分析理論とは、すでに述べてきたようにメラニー・クライン以降の理論の展開を視野に入れている。また前エディプス期からエディプス期という「正常な」時系列に従った適応はそれほど重視せず、エディプス期とは違った可能性をもつものとして前エディプス期のプロセスを取り上げようとしている。一方で、退行的な世界を持ち上げようとするものでもない。退行的で理想的な世界へのこだわりが前エディプス期の理論からみて問題をはらみつつも、なぜ多くの文学や芸術のなかで繰り返し描かれてきたかという点を、『世界の終りとハードボイルド・ワンダーランド』や『裏庭』などを取り上げる際に考察しようと思う。

近藤裕子『臨床文学論――川端康成から吉本ばななまで』(二〇〇三年)は、題名からも想像できるように臨床的視点を文学研究に生かそうとする本である。(44) たとえば、『ノルウェイの森』論で、縁が「僕」から離れられない原因を養育者から愛されなかった者のもつ「見捨てられ不安」であると分析するような見方は、前エディプス期の内的世界から文学作品をみるという本書のアプローチとほぼ重なる。本書の第二章で私は『世界の終りとハードボイルド・ワンダーランド』を論じる際、そこにみられる主人公と女性キャラクターの相互包容的関係を論じているが、近藤は「僕」の行動に否定的ながら、それと同じポイントを取り上げている。

このように内容的に前エディプス期の心理に焦点を当てた研究だが、近藤は敢えて「精神分析的文学研究」とは名づけなかったと述べている。

文学は普遍性を持ってはいるが、個別性・一回性に根ざすテクストである。そして身体論や臨床諸科学も、具体的現実的に生きている一人ひとり異なった心身、そこで起こっている病理現象に目を凝らす。私が本書を「精神分析的文学研究」と名づけなかった理由もそこにある。精神分析理論を用いた文学研究は、これまでにも少なくはなかったが、治療的視点や臨床感覚を欠いた理論の導入は、時に的をはずし、両者の持つ豊穣さを削ぎ落としてしまう。(四頁)

例えば傘=男性、箱=女性といった具合にフロイトの夢判断を機械的に応用して解釈する「象徴狩り」は、しばしば批判されてきた。文学は「個別性・一回性に根ざすテクスト」であり、そうした方法は個別性を取り逃がすという近藤の考えは一理ある。しかし、積み重ねられてきた精神分析的批評の有効性も否定できない。また、特に一九五〇年代以降の精神分析理論の発達はめざましいものがある。本書では、前エディプス期の精神分析理論の文学への応用は、二者関係における緊密な相互作用に焦点を当てた精緻な分析を可能にするものであり、作家や作品のコンテクストに注意を払うことで機械的ではなく的外れでもない分析が可能であることを示していきたい。

小林正明「塔と海の彼方に――村上春樹論」（一九九〇年）はフロイト、ユング、ラカンなどを使って、村上春樹のテクストに迫ろうとする論文である。[45]「3　秘密の井戸」で、井戸とイドの語呂合わせから超自我・自我・イド（エス）からなるフロイトの構造論モデル（第二局所論）を紹介し、「この基本構造を徹底的に頭にたたきこむことが村上春樹の読解およびテクストの生成にとって決定的」であると述べている。[46]これだけをみるとフロイト理論を使ったオーソドックスな精神分析的批評のようにみえる。『世界の終りとハードボイルド・ワンダーランド』の夢読みと影の関係を取り上げて、「第二局所論的な力動」が問題であり、「要諦は自我論にある」というフロイト的な読解を行なっている点も同様である。[47]しかし、論文の最後の方では、ラカンの理論を使って村上春樹作品に出てくる分身関係を論じている。その部分で「幼児にとって、はじめに、双数的な母子抱合の楽園があった。ラカンはそれを「母親の欲望《デジール・ド・ラ・メール》」désir de la mère と命名する」という、前エディプス期の問題が取り上げられている。[48]

岩宮恵子『思春期をめぐる冒険』（二〇〇四年）は村上春樹の多くの作品を取り上げて、それを臨床心理士である著者の思春期のクライアントとの治療体験と比較している。[49]この本の内容から考えて、また河合隼雄にしばしば言及していることからも、著者の理論的ベースはユング派だと思われるが、この本は前に触れた元型批評ではない。元型批評は影、アニマ、グレート・マザーなどの元型イメージを作品の読み取り枠にするものだが、岩宮の本は臨床場面で著者が感じたことを織り交ぜながら、村上春樹の長編小説を読み解こうとするものである。「見えない身体」というキーワードは、ユング派的には超越的次元とつながるものである「自己」を指しているのだろうが、あまり理論的なことには深入りせず、自身の感じ方を手がかりに、平易な書き方で村上春樹の長編小説中のイメージに切りこんでいる。「心の核と結びつく作業は、現実適応と引き替えに行なわなくてはならないことが多い[50]」という言葉は印象的であり、村上春樹の作品にみられる方向性とも重なっている。

比較文学研究者が、精神分析家の土居健郎と一緒に出している『「甘え」で文学を解く』(一九九六年)も、母子関係という前エディプス的な問題を取り上げて、精神分析と文学研究の接点を探ろうとした論集である。[51]「甘え」がテーマであるためか退行的傾向に肯定的でありすぎるようには思うが、興味深い。私は本書で「甘え」という概念は使わないが、退行的傾向と自立や分離との一筋縄ではいかない関係について考えようとする点は、問題意識を共有している。

前エディプス期の精神分析理論を使ってはいないが、実質的にそれに相当するポイントを突いている研究が、実は相当数日本にはある。それは退行的な幻想文学を好む人びとによるもので、たとえば堀切直人『日本夢文学志』、中谷克己『母体幻想論』などである。[52]

堀切直人『日本夢文学志』（一九七九年）では、萩原朔太郎や夏目漱石などの退行的イメージを考察している。一人になった子どもが母を求めるような不安な気持ちを中心に論じており、前エディプス期の問題に目を向けているといえる。ミハイル・バフチーンのグロテスク・リアリズム論などを使いながら情熱をこめて論じているのだが、様々な系統の理論を詰めこみすぎている印象がある。中谷克己『母体幻想論――日本近代小説の深層』（一九九六年）は、佐藤春夫「西班牙犬の家」、萩原朔太郎『猫町』など定番の幻想文学作品を退行の夢として分析している。

このタイプの評論は、総じて前エディプス的な母子一体感に憧れるという姿勢で書かれている。江戸川乱歩や澁澤龍彥などの作家にも幼児期の全能感への惑溺といった傾向はあり、その意味では文学や芸術における前エディプス的なものの分析というのは、幻想文学研究の伝統とつながっているといえる。私はそうした研究と問題意識は共有しているが、前エディプス期の精神分析理論を使うことで、退行の単に心地よいだけでない側面をも作品に織りこもうとする、作家の営みを解読することが可能になると考えている。

前エディプス期の理論と文学作品の解釈

対象関係論や自己心理学などの前エディプス期の精神分析理論は、ここまでみてきたように現代の精神分析において重要なものであり、文学や芸術の研究でも使われてきたものである。日本では欧米に比べて文学研究で使われることが少ないが、それでも近年、「自己」や「私」、さらには依存や嗜癖の問題と絡めた文学研究が増加してきている。[53] 自己の不安定さが目立ってきた現代という時代にあって、そのような研究の必要性が増してきたということだろう。

その需要に応えるためには、前エディプス期の精神分析理論を、文学をはじめ芸術作品の研究に役立てやすいようにアレンジする工夫が必要であると私は考える。なぜなら対象関係論や自己心理学の文学研究への応用には、本質的な困難さがあるように思うからである。

対象関係論などの臨床においては生身のクライアントがいて、人間である分析家との間に転移、すなわち過去の重要な人物との関係の再現が起こる。古典的なフロイト派の分析が幼児期の親などとの過去の記憶を再構成することに力を注いだのと異なり、現在では分析家との間に「今、ここ」(here and now) で進行している転移状況を解釈し、その反応によってクライアントの精神内界の状況を判断するのが中心になっている。つまり、分析家との相互関係を離れては病理を解釈しない傾向になっている。[54]

文学作品は人間のように生きてはおらず、言語構造物として固定した形態をもっているので、「今、ここ」の転移によって分析する側のアプローチに反応を返してくれるわけではない。つまり、ある言葉や行為が何を意味しているかを分析家の内省も含めたコンテクストによって決定している現代の精神分析のようなやり方で、作中の表現が意味するものを確定することは、文学研究においてはできないのである。受容美学や読者反応批評のように読者の反応も含めて「作品」であるという考え方が、二十世紀後半の精神分析的批評に取り入れられているが、[55] そうした方法を使ったところで、臨床場面のような相互作用のなかで作中の前エディプス的特徴をとらえるのは難しい。

このような違いを踏まえた上で、文学作品の前エディプス的特徴の理解に役立てるために、対象関係論などの専門書[56]とは若干違った角度から前エディプス期の心の世界について整理してみることが有効ではないかと思う。精神分析の本は主として未来および現在の精神分析家や心理療法家に向けて書かれているので、治療がうまくいくためにどうするか、たとえばどんな順番で進めなければならないか、などを詳しく説明することになる。また各流派は違った用語を用いたおおむね自己完結的な体系であり、その範囲内で有効性をもっているが、違った流派間――例えば対象関係論と自己心理学、ユング派と自己心理学など――に橋を渡すのはそれを試みる分析家にとっても簡単ではないようだ[57]。

文学作品の前エディプス的特徴を理解するためには、治療的な細部や理論家・流派ごとの違いはある程度括弧にくくってしまい、具体的な個々の作品やイメージを解釈する土台になるように、前エディプス期に進行しているプロセスの共通部分を中心に整理するのが有用だと思われる。もっとも、それぞれの精神分析理論の細部についても、できる限り正確を期すようにしたいと思う。

2　母親から分離する不安を「抱える」プロセス

前エディプス期の同一化

まず前エディプス期とそこで生じている同一化（identification）からみていこう。

精神分析では、特に幼児期に起きるとされる自分の親との同一化を重視している。フロイトのいうエディプス・コンプレックスとその解消が代表的な例であり、主に男児の場合に父親とどのように同一化し、自分が男性であるというアイデンティティーをもつかが示されている。女児もこの時期に母親と同一化して、自分が女性であるというアイデンティティーをもつとされている。フロイト以後の精神分析理論の展開のなかで、このエディプス期より前の、三歳ぐらいまでの時期である前エディプス期の幼児の内面というものがクローズアップされていった。この時期に起こるのが、前エディプス期の同一化である。

前エディプス期の幼児は母親などの養育者に全面的に世話をされている状態から、一人で行動するようになっていく。この「母親からの分離」が、前エディプス期において最も重要であり、また幼児にとってショックな過程である。なぜならそれは幼児の心の中では、自分と一体となっていた「完全な存在」を喪失する体験と受け止められるからである。その喪失感を受容するという前エディプス期の発達課題の鍵となるのが、養育者が幼児を抱えて精神的・身体的に支える役割、ウィニコットのいう「抱えること」（holding）である。前エディプス期の幼児の心の発達は、「抱える」機能を取り入れて喪失感と向き合うプロセスといえる。母性的な「抱える」機能の取り入れが、この時期の同一化の主要なものなのだが、もう一つ重要な同一化として、投影同一化（projective identification）というものがある。[58]

幼児はまだ自我が未発達なので、不快な感情は保持することができない。そうした感情は「悪い」ものとして「自分」という領域から切り離され、外部の存在に投影されるという（この「悪い」は道徳的な善悪を指しているのではなく、幼児の主観においてそう判断されるという意味なので、括弧つきで書かれることが多い）。このとき外部に投影される部分は「自分でない」(not me) ことになるのだが、自他の未分化な状態なので、自分の一部でもあるという複雑な存在の仕方をする。これが投影同一化である。切り離された「悪い」部分はそれを投影された相手と同一化するのだが、そのことに自分では気づけない。結果的に投影同一化は、自分でも意識せずに相手を操作する手段となる。

この二つの同一化、「抱える」機能の取り入れ同一化と「悪い」自分の投影同一化は、幼児期の精神内界を発達させるための柱である。このあたりのモデル化の仕方には精神分析の流派によって違いがあるが、細部にはあまり拘泥せず、手がかりになりそうな部分を中心にもう少し詳しくみていきたい。

対象と内的対象

エディプス期以降は父、母、自分、それから兄弟姉妹や家族以外の人びとなどが、それぞれ独立した人格をもった人物であると認識され、そうした人物の間にいろいろな関係が生まれるとされる。精神分析で「対象」(objects) という時には、こうした自分と区別された相手を指す。自分と対象は分離しているのである（ラカン派のいう「対象」の場合は別だが、これについては後で少し触れる）。前エディプス期の幼児、だいたい三歳ぐらいまでの幼児の心の場合、この「自分」にあたるものが育つ過程にある。自我が発達過程にあり、まだ脆弱なのがこの時期だ。

生まれたばかりの赤ん坊にとって母親と自分とは一体と感じられていて、そこから徐々に自分と母親が別の存在であることに気づいていくと、小児科医であり精神分析家でもあったドナルド・ウィニコットは考えた。この「原初の母性的没頭」（primary maternal preoccupation）[59]と呼ばれる数週間の時期は、自我はまだほとんどみられない状態である。不快なことがあってもすぐに母親などの養育者が対応するので、幼児は自分が全能で、望みはすぐにかなえられるという錯覚をもつ。こうした全能感の錯覚は、その後少しずつ母親などの養育者が完全な対応に失敗し、幼児が自分の意に沿わない現実の存在に気づいていくことによって醒めていくとウィニコットは考えた。

対象関係論では、こうした原初的な幼児の主観において、快いものや不快なものが「空想」（phantasy）[60]という形で現われると考えられている。例えば、世話をうまくしてもらって気持ちい い場合には、それが「良い」空想となり、逆の場合は「悪い」空想となる。この空想の原因としてフロイトのエロス（生の本能）とタナトス（死の本能）とか、養育者の世話の失敗とか、幼児の生得の素質によるものとか、さまざまな議論があるが、ここでは何が原因かという話に深入りはしない。メラニー・クラインは、幼児がこうしたイメージをきわめて具体的に、まるで「良い」ものや「悪い」ものが実際に体内にいるように感じると考え、こうした無意識レベルの空想を「内的対象」

（internal objects）と呼んだ。

つまり、対象関係論で精神内界の「対象」と呼ぶのは、前に述べたような独立した人物ではなく、愛着や攻撃性を感じさせる主観的な想像物のことである。エディプス期以後の場合は、自分とは分離して存在する相手を認識し、それに主観的な印象が重ねられる。つまり対象と内的対象はおおむね一致している。しかし、大人でも誰かに対して、あるときは大変いい人のように感じ、別の時には全く逆に感じるような場合、その人物に対して異なる内的対象を投影していると考えられる。

一方、幼児の場合には、大人の場合の現実的な対象、自分と区別された外部の世界というものがまだできあがっていない。また人間という統合された全体のイメージもないので、この時期の内的対象は「部分対象」（part objects）と呼ばれている。メラニー・クラインの有名な「良い乳房」と「悪い乳房」などが、その代表的な例である。

「部分対象」が「全体対象」（whole objects）に変わるのは、対象関係論（クライン派）では生後半年ぐらい、後でみる対象関係論を取り入れた精神分析的発達理論では二〜三歳ぐらいと考えられている。

分裂（スプリッティング）

このように、前エディプス期の幼児の心の中には、快や不快と結びついた内的対象があるのだが、そのうちの「悪い」対象の方は、前に投影同一化の説明で触れたように、まだ未熟で弱い自我を守るために「自分」という領域から区別される。これを「分裂《スプリッティング》」（splitting「分割」とも訳される）という。「悪い」内的対象は、ごく初期の幼児の心の健康のために、「分裂排除《スプリット・オフ》」（split off）され、単なる投影（project onto）ではなく、外部の存在の「中に」投影同一化（project *into*）される。

ビオンは投影同一化の説明として「望まないが貴重なときもあるパーソナリティの一部分を分裂排除し、それを或る対象の中に入れることができるという万能的な空想が存在するということ」(61)と述べている。そうした分裂《スプリッティング》の空想は、まだ弱い自我を「悪い」対象から保護するために必要不可欠のものである。しかし、このような防衛手段は、いつまでも続くものではない。自分は絶対的に良くて、自分以外は絶対的に悪いという見方に固執することは、現実的な判断をする健全な自我の成長を妨げるからである。従って、やがて自我が十分それに耐えられるだけ強まると、「悪い」側を再統合することが必要になってくる。クライン派では、生後半年ぐらいの離乳の時期にこうした再統合が起こると考えられている。その際に「良い」対象の側の助けが重要になる。これは現実世界では母親などの養育者の世話であるが、いくつかの理論に触れながら、それがどういうものかみていこう。

「抱えること」と前エディプス的な不安

ウィニコットは母親と赤ん坊を一つのユニットととらえ、母親的な世話を「抱えること」（holding）と呼んだ。文字どおり赤ん坊を抱っこして世話をするのだが、赤ん坊が快適でいられるように周囲の環境を整えることも「抱えること」に含まれる。ウィニコットは幼児が母親から分離して「一人でいられる」ようになるためには、母親などの養育者の世話が「ほどよい」(good-enough)ものである必要があると考えた。「ほどよい」とは、適度の欲求不満と「抱えること」による世話との両方があるような状態である。幼児は母親の不在に欲求不満を感じ、どうしようもない感じに襲われるのだが、それはすぐにケアされて安心感が戻り、「母親がいなくても大丈夫」という感覚が徐々に身についていくのである。

この「抱えること」という概念を、非言語的なレベルにまで及ぶ象徴形成の理論として洗練したのがビオンである。ビオンが『経験から学ぶこと』(一九六二年[62])などで述べている理論は、クライン派の象徴形成理論の流れに連なるものである。ここでは、象徴形成は投影同一化と関係づけられている。

ビオンは幼児が分裂排除《スプリット・オフ》しなければならない「悪い」対象を、母親が「包容する」(contain)という。何か赤ん坊が不具合を感じているような場合に、それが母親に伝わる。「悪い」対象が投影同一化されたわけである。すると、それを母親は「包容」する。抱っこしてあやしたりもするだろうが、ビオンのいう「包容」は身体的な抱えというよりも、心理的な消化作業のようなものだと考えればいいだろう。赤ん坊が自分では処理できない不快な感情を、かわりにかみ砕いてまた戻してあげるのである。ビオンはこれを「容器と内容」(container and contained)と呼んだ。また、この「包容」作業に関わる心的機能を「アルファ機能」、分裂排除《スプリット・オフ》する必要がある「悪い」対象を「ベータ要素」、取り入れて同一化することができる「良い」対象を「アルファ要素」というように、それぞれ抽象的な名前をつけた。アルファ機能は赤ん坊が投影同一化するベータ要素をアルファ要素に変える機能であるという以外に、具体的な中身はない。連想を排除するために、意図的に意味を欠いた命名をしたという[63]。

「意味の欠けている感覚印象、あるいは欲求不満を起こす名前のない感覚」であるベータ要素は投影同一化され、母親などの養育者のアルファ機能によって、思考や空想の材料となる「視覚、聴覚、嗅覚の感覚印象」であるアルファ要素に変えられる[64]。こうして、幼児が抱く不快さは、分裂排除《スプリット・オフ》されることなく認識可能となり、「ベータ要素・アルファ要素・象徴化そして遂には前意識的言語化へ[65]」という段階的変化が生じる。

ビオンは幼児の不安の源である母親の不在を「不在の乳房」(the absent breast)と呼んだ[66]。アルファ機能がうまく働けば、「不在の乳房」は思考という代替物に取って代わられ、幼児は不快な感情を受け容れることができるようになる。ビオンはこうした認識を「K」(know「知っている」という関係性)という記号で表わし、臨床場面での交流において重視した。アルファ機能がうまく働かなければ、ベータ要素はベータ要素のまま幼児に戻ってくるので、幼児はそれを吐き出し続けるという逆転状況が生まれる。そうした状況をビオンはアルファ機能の逆転、「マイナスK」などと呼んだが、それによって自我に統合されないベータ要素の塊が生まれる。母親や部分対象としての乳房の「不在」は、まるで自分を脅かす実在物のように感じられ、現実と想像の区別がつけられないので、現実の経験から学ぶことができない。恐怖は思考からすり抜けるので、存在はするがつかみどころのない「言いようのない恐怖」(nameless dread) となる。[67]

笠原メイの「ぐしゃぐしゃ」

このビオンのモデルが、文学作品の理解に役立つ例を一つみてみたい。

村上春樹の『ねじまき鳥クロニクル』の登場人物に笠原メイという十七歳の少女がいる。メイと主人公のトオルとの会話に、「ぐにゃぐにゃ」や「ぐしゃぐしゃ」と形容される得体の知れない塊の話が出てくる。第一部のはじめの方でメイはそれを「死のかたまり」と呼ぶ。

> そういうものがどこかにあるんじゃないかって気がするのね。ソフトボールみたいに鈍くって、やわらかくて、神経が麻痺してるの。(中略) まわりがぐにゃぐにゃとしていて、それが内部に向かうほどだんだん硬くなっていくの。だから私はまず外の皮を切り開いて、中のぐにゃぐにゃしたものをとりだし、メスとへらのようなものを使ってそのぐにゃぐにゃをとりわけていくの。(『村上春樹全作品 1990 ~ 2000』4、三六-三七頁)

そうすると、中心に硬い芯があるという。このソフトボール大の柔らかい死の塊は、母親の乳房、それも「不在の乳房」が、アルファ機能がうまく働かないことによってベータ要素の塊と化したものと解釈できるだろう。この引用部でメイは、幼児が母親に興味をもつように、どこかにある死の塊に強い興味をもち、不機嫌な幼児が母親にあたるように、死の塊をメスとへらで攻撃する。

このベータ要素の塊は、メイに「何か」が内部で膨張するという恐れをもたらす。「何か」とは表現できないものだからこう表現しているので、これは「言いようのない恐怖」である。メイは第二部の終わりの方で、自分がボーイフレンドの死の原因となった事件についてトオルと話している時、「何か」が自分のなかで「膨張してどうしようもなく怖くなる」ことがあると言う。

> 私はそれを何とか抑えようとしたわ。でも抑えることができなかった。そして私はどうしようもなく怖くなったの。そんなに怖くなったのは生まれて初めてのことだった。私という人間は私の中にあったあの白いぐしゃぐしゃとして脂肪のかたまりみたいなものに乗っ取られていこうとしているのよ。それは私を貪ろうとしているの。(『全作品』4、四九三頁)

ビオンによればマイナスKを生む悪性の投影同一化の状態で、人格の一部、例えば視覚や聴覚などの感覚能力も「悪い」対象とともに外部に分裂排除《スプリット・オフ》され、「奇怪な対象」(bizarre objects)というものが生じることがあるという。メイのいう死のかたまりは「貪る」という機能を投影同一化された「奇怪な対象」とみることができる。

こうした死の感覚は文学や哲学などの研究では、実存的な不安と解釈されるおそれがある。しかし、この部分を「包容」されなかったベータ要素への不安、つまり埋め合わせられなかった母親の不在が現実感を伴って迫ってくる恐怖と解釈すると、メイがそれに対し同時に攻撃意欲と恐怖を感じ、その内部にあるものに対し意識的にはなすすべがないと感じていること、その塊が「貪る」という口唇期的攻撃性を備えていることなどが、非常に納得できるものとなるのである。

心の成長のサイクル

ビオンの包容やアルファ機能の理論からわかることは、重要なのは母親の不在、母親からの分離などの不快さを認識できるようになることであり、そのために「悪い」内的対象の投影同一化と「良い」内的対象や「抱える」機能の取り入れ同一化が一連のサイクルを形成しているということである。ベータ要素（「悪い」対象）を処理できない幼児は、それを母親に投影同一化する。すると母親のなかに幼児の行動などによって、モヤモヤした意味化できない感情が生じる。母親はそれを我慢して「抱える」。別の言い方でいえば、それを抱える容器となって「包容」し、アルファ機能によってアルファ要素に変えて、幼児のなかに戻してあげる。これは幼児の内界からみると、「良い」対象や「抱える」機能を取り入れ同一化することになる。こうした一連の流れによって、幼児の心は切り離した自分の「悪い」部分を統合し、意識できるようになる。

自我が強まり、自分という感覚が確かなものになっていく過程で、このようにビオンのモデルなども含めた広い意味での「抱える」機能というものが、大きな役割を果たす。それはまだ弱い自我に代わって、内部に生じた「悪い」対象をほどよいものに変える働きをする。怒りや不安などの感情が、主観的には「良い」対象、現実的には周囲の母親などの養育者の世話によって、なだめられ、認識可能になるのである。そのようなプロセスが繰り返されることで、幼児は自分のなかに、ネガティヴな感情を「抱える」機能を取りこんで、自立していく。

前エディプス期の心の「ポジション」

フロイトの無意識モデルとしてよく知られているのは、この章のはじめでも述べたような構造論モデル（第二局所論ともいう）と呼ばれる超自我・自我・イド（エス）からなるモデルである。前エディプス期にはこの構造は未発達でエディプス期を経て完成するとされる。

これとは別に、生後一年目の幼児の心のモデルとしてメラニー・クラインが考えた二つの「ポジション」がある。妄想分裂ポジションと抑鬱ポジションである。

妄想分裂ポジションは分裂《スプリッティング》と投影同一化によって、「良い」自己および対象表象と「悪い」自己および対象表象が分裂したままの心の状態である。英語ではパラノイド－スキゾイド・ポジション（paranoid-schizoid position）なので、頭文字を取って「PSポジション」ともいう。分裂排除《スプリット・オフ》した自分の「悪い」部分を自我に統合し、自他の区別がつくことで成立するのが抑鬱ポジションである。英語ではディプレッシヴ・ポジション（depressive position）なので「Dポジション」とも呼ばれる。幼児は「良い」母親と「悪い」母親が同じものだと気づくことによって、愛していた対象を自分が傷つけていたことに罪悪感を覚え、傷つけた対象を修復して償おうとする。ウィニコットはこの点から、「抑鬱ポジション」ではなく「思いやり（concern）の段階」と呼ぶことを提案した[68]。Dポジションでは全能の対象に対する喪失感を感じ、それを受け容れるという心の作業が行なわれる。これはフロイトが「喪の仕事」と呼んだものと同じである。

クライン派ではPSポジションを生後半年ぐらいまで、Dポジションを生後半年以降に位置づけているが、PSとDは不可逆的なものではなく、いったんDポジションを達成しても、再びPSポジションに戻って分離のプロセスをたどるというように、一生を通じて入れ替わると考えられている。それで、「構造」ではなく「ポジション」（態勢）と呼ばれるのである。フロイトのモデルと違い、重要なのは成熟した心の状態の最終的確立ではなく、解体と統合の往復運動をコントロールする力である。このことをビオンは記号でPS↕Dと表記している。投影同一化されたものが統合されればPS↓Dに、それに失敗すればPS↑Dになるのである。クライン派のいう「抱えること」「アルファ機能」「償い」などは、この往復運動をコントロールする力を与えてくれるものである。

またビオンはアルファ機能を、母親による「夢見ること」（reverie）とも表現している。これにヒントを得て、クライン派のドナルド・メルツァーは八〇年代に文学や芸術などの創造行為の核心にあるのは「夢見ること」（dreaming）であり、芸術が表現する「美的対象」（the aesthetic object）とは「母親の胸」（the maternal breast）であるという理論を唱えた[69]。

分離・個体化モデルとパーソナリティー障害

こうしたメラニー・クラインの理論は、自我心理学のマーガレット・マーラーの分離・個体化(separation-individuation)過程という発達モデルと結びつけられた。マーラーは三歳ぐらいまでの実際の乳幼児と母親のおよそ二十組弱の観察を行ない、その結果から乳幼児の精神的発達をモデル化した[70]。

誕生後の乳幼児は胎児のままのような「自閉期」(〇〜二ヵ月)、「自分と母親が一つの全能の組織――一つの共通した境界をもつ二者単一体――であるかのように行動し機能する」[71]共生期(二〜五ヵ月)を経て、「子どもが母親との共生的融合から抜け出す過程から成る分離と、子どもが自分自身の個人的特徴を自ら担うことを達成する過程から成る個体化という、二つの相補的な発達[72]」が行なわれる分離 - 個体化期(五〜三〇ヵ月)に至る。分離 - 個体化期の最後に、対象恒常性の萌芽がみられる(二二〜三〇ヵ月)という。前エディプス期のモデルを文学研究に生かすという本書の観点から、このモデルに関して二つの点を検討したい。

一つ目は、最早期の自閉や共生の段階における幼児の母親との心理的融合状態について、マーラーの次の世代の乳幼児研究者から出された異論についてである。ダニエル・スターンは自己の発達を新生自己(〇〜二ヵ月)、中核自己(二〜六ヵ月)、主観的自己(七〜一五ヵ月)、言語的自己(一五〜三〇ヵ月)に区分した。そして、マーラーの理論にある自閉や共生の段階は存在しない、また主観的自己という一歳ぐらいの時点で、乳幼児は母親と自分が物理的に別の存在であることを知覚する、と述べている[73]。

マスターソンはこうした異論について、これは知覚的な分離であって、スターンは情緒的分離の欠如を重視せずに異議を唱えているのだと反論している[74]。

ほかにもマスターソンは、ジョン・ボウルビィのような愛着研究者からの反論も取り上げている。そして、スターンや愛着研究者の研究結果と矛盾するとしても、精神分析の臨床的にはマーラーのモデルの有効性は明白であると、次のように述べている。

> マーラーの理論は、安定した愛着の研究から引き出されたものか、それとも不安定な愛着の研究からのものかにかかわらず、境界性人格障害によって、あるいはそれほどではないにしても、自己愛性人格障害によっても引き起こされる可能性がある臨床問題の解明に、依然として非常に有効であることに変わりはありません[75]。

本書でも精神分析的発達モデルを作品解釈に生かそうとしているが、乳幼児の発達理論においてこのような異論があることも踏まえて、それを「確定した真理」として土台にするような使い方は慎みたい。

二つ目は右の引用に名前が挙がっている「境界性パーソナリティー障害」（BPD）についてである。境界性パーソナリティー障害もしくは境界例は、もともと精神分裂病（現在の統合失調症）と神経症の境界に位置づけられていたが、二十世紀後半に研究が進み、現在ではカーンバーグやマスターソンの理論にあるように、[76] 分離－個体化期の下位区分の一つである再接近期、特に再接近期危機と呼ばれる、母親から離れたりまたすぐ寂しくなってべったりくっついたりという相反する行動を繰り返す時期の幼児のような精神内界構造が、大人になっても続いていることによって起こるものと理解されている。このタイプの人の精神内界では、「良い」部分と「悪い」部分の分裂《スプリッティング》が統合されていないと考えられる。そのため、同じ人に「良い」部分と「悪い」部分を交互に投影（もしくは投影同一化）して、しがみついたり攻撃したりするといった不安定な行動を取ることになる。

自己愛の障害

同じように二十世紀後半に研究が進んだものに、「自己愛性パーソナリティー障害」（ＮＰＤ）がある。これはコフートの自己心理学[77]によってその独特の精神内界構造が明らかにされた。

フロイトの精神分析から自己心理学という理論を作り出したコフートは、人間の心すなわち自己を、野心と理想という二つの極をもつ構造と考えた。コフートはオーストリア出身のアメリカの精神分析家だが、野心と理想を強調するこの自己のモデルはたいへんアメリカ的な印象を受ける。しかし、ここでいう野心というのは、人に賞賛されたいという気持ちで、元をたどると子どもの頃に母親にほめられてうれしかった体験などに通じるものだ。こうした体験を生む母親的対象による受容行為を、母親という鏡に子どもを映すという意味でミラリング（mirroring「鏡映」「映し返し」

などと訳される）と呼ぶ。一方、理想の極のほうは、父親的なものとみることができる。

コフートの考える「自己」は、フロイトの考える独立した装置のような心とは違い、周囲にいて反応してくれる他者との関係性のなかで存在するものである。その支えとなるものを、彼は「自己対象」（self-object または selfobject）と呼んだ。自己が安定（コフートの言葉でいうと凝集〔cohesion〕）しているための支えとなるような対象という意味でこう呼ばれているのだが、この名称から連想されるように、これは外部に実在する対象というよりも理想化したり承認を求めたりする相手によって心の中に生じるものである。便宜的に実在の人物を指して自己対象と呼ぶこともあるが、厳密には自己対象体験と呼ばれるもので、誰かを理想化したり、誰かからミラリングを受けたりする時に心の中に生じる体験が、自己対象である。

自己心理学では、前にみた心の成長のサイクルにあたるものを、幼児が感じた不快な体験を「良い」対象にあたる自己対象――正確には自己対象体験をもたらす人物など――が共感（empathy）という形で処理するプロセスとみている。「悪い」対象の存在という概念はなく、母親的対象の共感不全が引き起こす自己の断片化という状態があるだけだと考える。しかし、ビオン風に表現すると、「断片化」↕「凝集」の往復運動のコントロールを重視する点は、クライン派のPS↕Dと重なっているので、ここでは関連づけながらみていこう。

幼児のなかに生じた「悪い」対象（自己の不全感、断片化）が母親的な「抱える」機能によって（自己対象の共感によって）処理されて自我に統合されない（凝集し安定した自己感が得られない）

場合に、投影同一化の悪循環が起こって不安が手に負えないものになることは既にみたが、コフートはこうした場合に起こるもう一つの状況は、原初的対象からの分離が生じないという精神的成長の停滞であることを示した。その結果、原初的な全能対象（「蒼古的自己対象」〔archaic self-object〕と呼ばれる）と「誇大自己」（grandiose self）の融合したユニットが、心の中で常時活性化している状態になる。こうした人物は一見非常に活動的で尽きることのないエネルギーに満ちているように見えるが、実際は精神的に非常に脆弱なのである。マーラーが分離 - 個体化を精神的誕生と呼んだことに引きつけていうと、自己愛的な人物は精神的にまだ誕生していないのである。

コフートの自己心理学が明らかにしたナルシシズムの構造は、ナルシシズムがリビドーを自我に向ける現象だとするフロイトのナルシシズム論とは全く逆のものになっている。フロイト的には自己愛者は、いってみれば自分だけを愛する人物である。しかしコフートの考えでは、病的な自己愛者というのは自分だけを愛する人物ではなく、自己対象とのほどよい関係（「抱える」機能の取り入れ同一化と言ってもいい）がうまく築けなかったために、「悪い」部分も含んだ自分や相手を受容することができないまま成長してしまった人物である。当たり前の現実の自分を愛せないからこそ、全能の完全な自分という幻想に固執するのだ。

自分や対象の「悪い」面は「垂直分割」という壁の向こうに押しやられていて自覚できない。[78] それを指摘されると、相手に対する自分の優位を誇示しながら、論点をすり替えるなどありとあらゆる手段を使って防衛する。少しでも「悪い」ところを認めてしまうと、自己が崩壊しそうに感じるのである。侮辱されたと感じると、「自己愛憤怒」と呼ばれる、状況にそぐわない持続する怒りを感じる。

投影同一化の悪循環にみられるような恐怖は、このタイプの人にはみられない。しかしそれも完全な対象と融合した自分という幻想にしがみついている間だけで、その防衛が壊れれば自己が断片化した恐慌状態に陥る。この種の「完全さ」へのこだわりは、村上春樹の作品によくみられる。コフートが明らかにしたような自己愛的な人物は、自分のなかのネガティヴな部分を内省することができない点で村上春樹作品の主人公たちとは全く違うのだが、『世界の終りとハードボイルド・ワンダーランド』に出てくる「完全な街」が「完全な壁」によって不完全なものと隔てられている状況は、自己愛的な心の構造と符合する。

前エディプス期の二者関係のまとめ

ここまでは「悪い」対象を「抱える」ことで統合可能なものにするという母親的な機能と、それが機能しなかった場合について考えてきた。投影同一化の悪循環に呑みこまれたようなPS的な世界を克服する力になるのは、「抱える」機能の内在化だ。いわば〈母親〉を内部に取りこみ、同一化したような形である。このことは、それまで空想のなかに「良い」と「悪い」に分裂している全能の対象がいて、それと分かちがたい形で存在している自分がいるという融合状態から、それぞれ独立した自己および対象イメージがある状態へと心の中が変化することでもある。この変化にともない、全能の対象と一体になっているという快い想像を手放さねばならないのだが、それは不快であり、また恐ろしいことでもある。その恐ろしさは切り離され、外部に投影同一化されるのだが、そのことは妄想的な世界に通じるものだ。広い意味での「抱える」機能がそうした不安を和らげて、自分とは異なる相手である実在の対象との関係のなかで、不快な感情を受けとめ、それに耐えながら生きる力を発達させる。

結果的に、「抱えること」は一種の分離をもたらすのだが、その分離は投影同一化されたものとは違い、認識され受容された分離である。このプロセスをウィニコットは「脱錯覚」(disillusionment)と呼んだ。ディスイリュージョンメントとはイリュージョン(幻想)から脱することなので、普通の日本語に訳すと「幻滅」になる。いい意味で幻滅することが、自律性をもつために不可欠なのである。[79]

精神分析では葛藤に時間をかけて向き合い、克服する作業を「ワークスルー」(徹底操作)というが、二者関係におけるDポジションのワークスルーは三者関係におけるエディプス・コンプレックスのワークスルーと表裏一体だと考えられている。次に、前エディプス期における父親イメージも含めた三者関係についてみてみよう。

3　分離をもたらす前エディプス期の第三項

前エディプス期の父親的な対象

対象関係論（クライン派）、ウィニコット、ビオン、マーラーなどは、母子という二者関係を中心に前エディプス期の内界をモデル化している。こうしたモデルでは前エディプス期の同一化は現実の人物でなく主観的想像物としての対象との間で起こること、エディプス期の同一化は実在する人物としての対象、それも父‐母‐自分という三者の間で起こることというふうに区別して考えるようだ。内的対象と対象を区別しているわけである。しかし、エディプス期の問題が、実は前エディプス期の問題と深く関わっていることがある。また、前エディプス的な分離の不安を乗り越える時には、抱えてくれる対象からの「良い」作用だけでなく、分離をもたらす第三の対象からくる作用が関わっているとも考えられる。特に文学作品などで描かれる状況は純然たる二者関係ではないことが多いので、ここで前エディプス期において第三の力として父親的な対象が関わる場合についてみてみよう。

対象関係論ではエディプス・コンプレックスの先駆形態が前エディプス期にみられるとされている。といっても、父や母という独立した人物のイメージはまだないので、部分対象としての乳房や性器などからなる父‐母‐自分の関係である。この時、父と母の混ざり合ったような迫害的内的対象である「結合両親像」（combined parents）というものができるという。これは自分にとって重要な愛着対象が他の存在と結びついている苦痛を受け容れていく心の作業を導くものである。三者関係の原型であり、また超自我の原型ともされているが、二者関係との違いはそれほどはっきりしていないし、この「結合両親像」という内的対象自体は迫害的であり、心を支える何らかの基準を提供してくれるわけではない。

コフートは幼児が原初的な融合状態から分離する際に、自分が受容されるという野心の極のもとになる反応を十分得ることができなかったとしても、父親などとの関係で理想の極がそれなりに作られていれば、そちらの構造をもっと確かなものにすることで心の安定に導けると考えた。つまり前エディプス期における「抱える」機能の同一化に必ずしも頼らない形で、父親的な対象との関わりから自己の基盤が作られる道を示している[80]。

しかし、コフートの父親的な自己対象は、自己対象という言葉が示すように融合的なニュアンスがある。その意味では「抱えること」からあまり隔たっておらず、マスターソンがいうように二者関係のままともいえる[81]。

父親的な対象と言語

ラカン派の精神分析では、前エディプス期とエディプス期の違いを、言語の習得という点から考えている。単に言葉を覚えるというだけでなく、恣意的な構造として分節された言語のもたらす意味作用の場に主体が組みこまれているかどうかという違いである。これまでみてきたようなクライン派などでは、エディプス期に成立する「対象」は人だったわけだが、ラカン派ではこのような構造としての言語の作り出す領域が「対象」に相当する。もっとも、これをラカンは対象と呼ばずに〈大文字の他者〉と呼んだ。記号で「A」と表記するが、Aはフランス語の「他者」(autre)の頭文字である。主体はこの言語の領域で他の精神分析流派のいう意味での対象と関わるのだが、それは実在の何かではなく言語のもたらす効果でしかないような対象である。ラカンはこのように、フロイトの考えたエディプス・コンプレックスと去勢を、言語による意味作用の世界である〈大文字の他者〉への組みこみに置き換え、主体が組みこまれるそうした世界を「象徴界」(le symbolique)と呼んだ。これがエディプス期以降の世界だとすると、前エディプス的な、非言語的で空想的な対象はどうなっているかというと、ラカンはこれに相当するものを「対象a」と小文字で表わしている。ラカンは、「対象a」が属している世界を「想像界」(l' imaginaire)と呼び、人間にとって不可知の、カントの「物自体」に相当する領域を「現実界」(le réel)と呼んでいる。

対象関係論などのモデルとラカンのモデルは、共にフロイトの理論をもとにして平行して発達した別の体系である。だから、クライン派などの内的対象と対象aが正確に同じものだとはいえないが、ほぼ対応する位置にある。ラカンは対象関係について論じながらメラニー・クラインやウィニコットを引き合いに出し、ラカン理論の優位を述べている。[82] ここでは双方の細かい比較や優劣については触れない。しかし、二十世紀後半に急速に発達し、現代の自己の不安定さを分析するのに不可欠の道具となった対象関係論やコフートの自己心理学などの精神分析理論は、ラカン理論に比べて文学研究にあまり利用されていない。これは非常に惜しいことだと、私は思う。

そうしたなかで、ジュリア・クリステヴァの理論は本書の試みにとって重要なものだ。クリステヴァはメラニー・クライン、ウィニコットなどを参照しながら、ラカンの理論をもとに独自の理論を作り出し、文学や芸術の分析に利用しているからである。彼女の理論は本書でもしばしば参照するので、次にみてみよう。

クリステヴァの「想像的な父親」と「アブジェクト」

クリステヴァは前エディプス期における分離の問題を、「抱える」母親と幼児の二者関係だけでなく、そこに彼女のいう「想像的な父親」(le père imaginaire) との同一化という要素を入れて考えている。「想像的な父親」というのは、言語習得以前の混沌とした世界から「象徴界」へ移行する時に重要な役割を果たすものだという。内的世界と外的現実(ラカンの場合は「象徴界」)との中間に位置しているという存在の仕方はウィニコットのいう「移行対象」に近いと思うし、クリステヴァもそれを意識しているようだが、移行対象が母親の代わりであるのに対して「想像的な父親」はその名のとおり父親的な第三項である。

すでにみたように、前エディプス期は全能の母親という想像上の存在からの分離を筆頭とする受け容れがたい体験を、いったん投影同一化という形で誰かに預け、その後「抱える」機能とともに戻してもらうことで自我に統合するプロセスが起こる時期である。そこには幻滅（全能感の錯覚からの脱錯覚）が含まれる。これは母親と幼児との二者関係において進展すると考えられている。対象関係論や自己心理学でも前エディプス期の内界にある父親的対象について論じているが、それも二者関係のヴァリエーションと考えられる。

それに対して、ラカンの理論では「父」という第三項を強調する。分離や幻滅をもたらすのはこの第三項なのだが、それをラカンは「ファルスへの母の欲望」という独特の用語を使って表現している。(83) 幼児は母がファルスを持っていて、自らで充足した完全な存在であると錯覚している。これは今までみてきたモデルでいうと全能の母の存在と、そのような対象との融合状態という空想に当たるが、「ファルスへの母の欲望」によって、そうした幻想は剝がれ落ちる。つまり、「ファルスへの母の欲望」はウィニコットのいう脱錯覚と内容的に重なる部分が大きいのだが、それを二者関係でとらえるか第三項を導入するかという点が違っている。

あるいは「ファルスへの母の欲望」はさきほどの「結合両親像」とも似ているが、ラカンではそこから幼児が母の欲望の対象であるファルスへと同一化する結果、前エディプス的な主体と対象の関係とは異質な関係へ、つまり主体とは「非対称的な」言語の領域へ移行すると考えるところが、二者関係と三者関係の違いという点からは大きな差があるといえそうである。

ラカン理論では、このように「ファルス」は言語の場である「象徴界」や、去勢を迫る「父の名」(le Nom-du-Père 「名前（nom）」と「禁止（non）」という発音の同じ語をかけている）という父親的機能につながる原‐対象、原‐シニフィアンとでもいうべきものである。そうした「象徴界」への移行の手前に位置づけられるのがクリステヴァの強調する「想像的な父親」である。これをクリステヴァは、「母」と「その欲望」が凝固したもの、キリスト教のアガペー（神の愛）などと表現している[84]。避けられない分離の厳しさを示すと同時に、同一化によって欲望を満たす余地を残すという、ある種の「抱え」も提供する内的対象との同一化を、クリステヴァは彼女が『恐怖の権力』（一九八〇年）で「アブジェクト」と呼んだ、主体を圧倒するような陰鬱さを乗り越える鍵と考えたのだろう[85]。

「アブジェクト」（l'abject 棄却されたもの、おぞましいもの、などの意）とは、原初的な融合状態から締め出されることで生じる内的な極度の不快感のことである。幼児はその母子一体感の残骸とでもいうべき嫌なものを「棄却」するのだが、これは自己と対象が幼児の主観において分離し、統合された全体対象が成立する以前のことである。

> それ以前に（時間的観点から言ってもまた論理的にも）、対象でないとしても少なくとも前‐対象、空気や食べ物や運動を要求するのに、なにかその吸引点となるものがあるのではないか。それに母を他者として構成する過程で、未分化の状態から不連続の状態（主体／客体）への移行を画する一連の半‐対象、ウィニコットによってまさに「移行」対象と呼ばれたものが存在するのではないか。結局、分離の様相には段階的変化が、すなわち、現実界での乳房の剥奪、想

像界での母との関係における欲求不満、最後に象徴界でのエディプスに記載された去勢という段階的変化がありはしないか。つまり、ラカンが見事に定式化したように、つねに「不安の根底を覆い隠し、装いをこらす道具」（『セミネール』一九五六–五七年）である限りにおいて対象関係を構成していく段階的変化が[86]。

先にファルスを原‐シニフィアンと呼んだが、ファルスはこの引用で述べられている段階的変化の最後にある「去勢」の段階の開始地点であり、その前に「乳房の剥奪」と「欲求不満」がある。アブジェクトはこの二つの段階に属するものであり、ウィニコットの移行対象のように、対象（オブジェクト）未満の「前‐対象」「半‐対象」だというのである。つまり、対象関係論でいうとアブジェクトは自己と対象を両方含んだまま「棄却」された内的対象ということになり、投影同一化された「悪い」対象やベータ要素などにあたるといえるだろう[87]。

クリステヴァは、「アブジェクトは私と向き合った一つの対‐象（オブ‐ジェ）、私が名付ける、あるいは想像する対象なのではない」と書いている[88]。つまり、アブジェクトがあるのは象徴界（名付ける対象）でも想像界（想像する対象）でもなく、「現実界での乳房の剥奪」に続く欲求不満という現実界に近い位置である。

「現実界での乳房の剥奪」に続く欲求不満という表現は、ビオンのベータ要素にほぼ該当する。それを鎮めるのが想像界の「想像的な父親」であることから、「想像的な父親」はアルファ機能と機能的には重なるものだろう。

クリステヴァはアブジェクトのもつ感情を鷲づかみにして揺さぶるような激しさを、西洋近代の資本主義制度における父権的な意味づけシステムであると彼女がみなす「象徴界」を揺さぶる力と考えた。ビオンがアルファ機能の逆転やマイナスKによるベータ要素の無秩序な増殖とみたものを、「想像的な父親」という言語活動を可能にする第三項によって破綻を回避しながら、社会の定められた秩序をかき乱す侵犯的な力をもつものとして肯定的にとらえようとしているのである。

クリステヴァは『詩的言語の革命』（一九七四年）のなかで、言語的な「象徴界」に対して、それを作り替えていく無意識的な作用である「セミオティク」（記号的なもの）について述べている(89)。これはその後のアブジェクトの概念につながるものである。どのようにしてそうした原初的なプロセスのもつ危険と向き合い、「象徴界」にアブジェクトを介入させていけるかを、クリステヴァは『黒い太陽』（一九八七年）で、芸術表現と彼女が精神分析家として実際に出会った症例とを平等に、同列のものとして扱いながら示そうとしている。芸術表現も症例も、前エディプス的な自他の半ば融合した内的対象の世界が、「自分」の居場所を求めてエディプス的な同一性に基づく社会による限界づけを攪乱しているものである。それは幼児期の忘却の彼方から拾い出してきた記憶の痕跡を、何らかの記号表現に向かわせるものなのだ。

ここでクリステヴァの美学理論は、マリオン・ミルナーなどのクライン派の美学における象徴使用の理論と同じポイントを取り上げていることになる。ミルナーの症例の少年は、ミルナーと化学薬品の名前を結びつけるという象徴形成によって、外部の現実世界と内部の「良い」対象の橋渡しをした。それと同じようにアブジェクトと「想像的な父親」のペアは、「象徴界」という去勢の産物と主観的な心理的必要の橋渡しをするものである。彼女自身芸術家でもあるミルナーは、芸術の美的効果が、内部の「良い」ものとつながった外部の創造という、治療的かつ芸術的価値を生むことを強調する[90]。

クリステヴァのセミオティクやアブジェクトなどの理論も芸術的記号生産の治療的意味をとらえているが、ミルナーが芸術的なカタルシス効果を肯定的にとらえているのに対し[91]、クリステヴァの態度はやや複雑である。アブジェクトをある種のカタルシスによって鎮めるキリスト教などの宗教の権威が衰退した近代社会においては、芸術的カタルシスがそれにかわるものだと言っているが[92]、一方で特にアヴァンギャルドの芸術的実践について、それは昇華やカタルシスではなく「象徴界」への統合以前の不安に向き合うためのものだと言っているからだ[93]。

以上、原初的対象からの分離という幼児の心の成長に不可欠であるプロセスを、「父」も含めた三者関係で考えるモデルについてみてきた。クリステヴァのように考えれば、そのプロセスは単に社会化へと向かうエディプス期の土台を整えるものではなく、現状の社会の枠組みと対立し、それを作り変えていく力として利用できるものということになる。

本書で取りあげる現代の日本文学作品においても、前エディプス期の精神内界が具現化したような多くの印象的なイメージ群と、エディプス的な同一性に基づく社会とのせめぎ合いが、見事に描かれている。これは決して偶然そうなったのではない。自らの内奥に深く沈潜しつつアクチュアルな問題にも相渉《わた》ろうとする作家の営みが、本来言葉が到達するのが難しい次元にある心理的な内容も含んだ「現実」に迫っていった成果なのである。このことを次章から詳細にみていきたい。

第一章　精神内界的「幻界《ヴィジョン》」の旅——宮部みゆき『ブレイブ・ストーリー』

1　ワタルとミツルの投影同一化と迫害的な分身

歪んだ人びとに炸裂する怒り

宮部みゆきは『火車』『理由』『模倣犯』などの代表作から社会派のミステリー作家というイメージが強いが、それ以外のジャンルの小説も幅広く書いている。二〇〇三年に出版された『ブレイブ・ストーリー』は、『ドリーム・バスター』『ＩＣＯ』（プレイステーションの人気ゲームソフトのノベライズ作品）、『英雄の書』と今世紀にはいってから次々に書かれた一連のファンタジー色の強い作品の一つである。もともとミステリーでも時代劇でも超能力をもった人物がしばしば登場していたので、最近のファンタジー作品の多さは作者の趣味が作品により濃く反映してきた結果のように思える。

幅広いジャンルにまたがっているのだが、ジャンルを越えて共通した宮部みゆきの特徴というものがいくつかある。まず、登場人物の心理的な歪みに注目し、それを複雑な人間関係、とりわけ家族関係を細かく設定して描いていくことである。

それから、そのような心の歪みは猟奇犯罪者やサイコパスなどの特別なタイプの異常な人間にだけあるものではなく、ごく普通の人間にも一皮むけばそうした異常性が隠れているのだという認識が繰り返し示される。スティーヴン・キングの『キャリー』では、一人の少女が街をまるごと破壊した。宮部みゆきも『クロスファイア』で、「パイロキネシス」という超能力による発火能力をもった女性、青木淳子の壮絶な暴走を描いている。キャリーや青木淳子はごく普通の人ではないかもしれないが、『火車』の新城喬子、『理由』の小糸家の人びとなどは、もともとごく普通の人がごく普通の望みをもっただけのことが、結果としてとんでもない事件につながった例として描かれている。そのことは逆に今の社会の「普通」のなかに、人を追いこむような異常なシステムが潜んでいるということでもある。『スナーク狩り』のなかで「スナーク」と呼ばれているものは、そうした個人の心と今の社会のシステムの複合的な産物である得体の知れない何かである。

もう一つ繰り返し描かれるのが、身勝手で、平気で人を傷つけるどうしようもない人びとの存在である。『魔術はささやく』のようにそれが身勝手な女性である場合もあるが、男性である場合が多いようだ。宮部みゆきはそのような人物を描きながら、何がそこで問題になっているかの確信を得ていったのだろう。そのような人物は家族関係でのトラウマなどによって、内部に処理できない感情の塊ができあがっている。そのような内面に目を向けることを拒み、自分勝手な理屈をつけて周囲にいる人を冷酷に利用する。それが犯罪という形で社会へ向けられると『模倣犯』のピースこと網川浩一のような猟奇犯罪者ができあがる。このような人物は知的で高い能力をもっているように見えても、内面は幼稚でプライドが傷つけられると自分を保っていることができない。犯罪の相棒であるヒロミは、ピースが誰かに間違いを指摘されると表情が消え、「石のように頑な」になることに気づく。それは「普通の人間が心を傷つけられて口をつぐんだり、腹を立てて口をきかなくなったりするときの様子とは、まったく違う」という。

相手が誰であれ、どんな立場の人物であれ、ピースの間違いを指摘したら、その瞬間にその人物は、ある奇妙な装置のスイッチを押してしまったことになるのだ。そのスイッチは、ピースという人間の、人間らしい感情の発露の一切を停止させてしまうスイッチなのだ。（『模倣犯』上、六八八頁）

これはコフートのいう「断片化」の状態といえよう。ピースは侮辱されたと感じることで脆弱な自己がバラバラになって、自分でもコントロール不可能の状態に陥る人物であることを、宮部みゆきはヒロミの目を通してこのように描いている（序章の五五‐五六頁、および用語解説「自己愛の問題」の項目を参照）。こうした人物は、コフートが自己心理学で明らかにしたような自己愛性パーソナリティー障害の、フィクションにおける表現といえるだろう。

宮部作品には、ピースほど極端ではなくとも心に歪みをもち、社会に害悪を与える人物が多く出てくる。また、そのような「悪人」に対して怒りを炸裂させる場面がしばしばみられる。例えば、青木淳子は若い女性をゲームのような感覚でレイプして殺す若者を焼き殺そうとする。自分を「装塡された銃」であると考え、その力を正義のために使おうとしているのだ。同じく超能力者が活躍する『龍は眠る』でも、二人の純粋な少年が、身勝手な人びとに超能力で立ち向かっていく。

こうした行動には、主人公側に「正義」があることが明らかな場合には、ある意味爽快感がある。例えばいじめをするような「悪い」奴らに仕返しをするような場合である。『ブレイブ・ストーリー』でも小学校のいじめっ子のリンチを受けた芦川美鶴《みつる》という少年が、一種の超能力を使って彼らを廃人のようにしてしまう。しかし、そうやって怒りを炸裂させるのでは、結局身勝手な人物と同じではないのだろうか。それも「スナーク」の一つの現われなのではないだろうか。宮部みゆきの最近の作品では、こうしたテーマが追求されている。『英雄の書』の「英雄」とは、そうやって正義の怒りを暴走させて世界を危機に陥らせてしまうような人びとのことである。

『ブレイブ・ストーリー』では十一歳の少年、三谷亘《わたる》の心の動きを丹念に追いながら、小学校の教室のような小さなものから国や世界の存亡といった大きなものまでさまざまな規模の状況を通して、心の影の部分から目を背けずに、それと向き合って統合していくプロセスが描かれている。

亘と家族

『ブレイブ・ストーリー』は二部構成になっている。第一部では主人公の三谷亘という少年の現実生活が、第二部では異世界である「幻界《ヴィジョン》」（作中では〝幻界《ヴィジョン》〟もしくは単に幻界と表記されている）における彼の冒険が描かれ、ここでは表記が漢字の亘ではなくカタカナのワタルに変わっている。三人称で書かれているが、一人称といってもいいほど頻繁に亘（ワタル）目線での描写がなされている。その亘の目を通して、現代の日本社会とそこで生きる大人や子どもの精神的な問題が描かれているのである。そうした現実世界にある問題は、亘の内界とリンクしている「幻界《ヴィジョン》」では、差別や大国間の争い、世界規模の破局というような、より大きな問題となって現われる。

宮部みゆきは社会派作家らしく、亘の家族の性格や父親の職業などを現実的に細かく設定している。父親の三谷明はサラリーマンで、母親の邦子は専業主婦である。明の会社は製鉄会社だが、基幹産業としての鉄鋼業の役割が縮小してくるにつれ会社はさまざまな分野に手を広げ、明はリゾート開発専門の子会社に出向している。亘は明をそれなりに尊敬しているが、彼の「理屈っぽさ」にはしばしば悩まされる。子ども相手の有利な立場から自分の理屈を通す明の態度は、やや大人気ないものに映る。その頑固さは家庭においての決定権を明が行使する場合にも現われる。この物語で亘を「幻界《ヴィジョン》」への旅に向かわせる原因となった離婚でも、明は自分の決定をほとんど自明のもののように扱っている。

母親の邦子は帰りが遅くなりがちな明を必ず起きて待っているような従順な女性である。亘には居酒屋の息子の小村克美（カッちゃん）という友人がいるのだが、邦子は家業が居酒屋という点に微妙な差別意識をもっており、それを亘もカッちゃんも感じ取っている。亘は比較的頭のいい少年で、将来は大学で何か研究する人か弁護士になりたいと思っているのだが、居酒屋になりたいかと考えるとためらってしまう自分を意識して後ろめたく思っている。このように「普通」の人である邦子や亘の心にも、宮部みゆきは差別意識の萌芽をみているのだ。こうした微細な差別意識は第二部で亘が行く「幻界《ヴィジョン》」では、アンカ族という人型の種族による、獣人と呼ばれる獣の姿をした人びとへの深刻な差別になって現われている。

亘と学校生活

大人の世界にもさまざまな序列関係があるが、学校でのクラスメートとの交友にも序列関係のようなものがある。会社での肩書きとか社会的地位、持っている財産などワンクッション置いた大人の序列意識に比べ、子どもの世界での序列は、運動能力、試験での成績、見た目の美醜、ケンカでの腕力や気の強さといった直接的な尺度によっている。

亘は比較的頭はいいのだが、こうした子ども世界での基準でみると全体として平均的な少年である。亘は容姿・成績・スポーツなどによる子どもの間でのランク付けを気にする少年で、クラスの女の子の反応に一喜一憂している。クラスには宮原君という学年一の優等生がいる。宮原君は女生徒に人気があり、リレーの選手であり、スイミングスクールに通っていて、ゲームに詳しいという、子どもの世界では高いランクに位置する少年だ。転校生として芦川美鶴がやってきてライバルになりそうな時にも平然として、むしろ美鶴と仲良くなるという宮原君の行動を見て、亘はこんなに差があるのは不公平だと妬ましい気持ちになる。メラニー・クラインのいう「羨望」を感じているのだ。宮部みゆきの「羨望」のとらえ方はクライン的であり（用語解説「羨望」の項目を参照）、そのことは「幻界《ヴィジョン》」で登場する「羨望」の化身であるガマの怪物のエピソードで示される。これについては次節で検討する。

実は宮原君にも家庭の事情があるのだが、その点は『ブレイブ・ストーリー』では深く描かれることはない。しかし、そうした家族の問題は宮部みゆき作品でよく描かれるものであり、亘とともに「幻界《ヴィジョン》」を旅する美鶴も、家族関係のトラウマを抱えた少年である。

美鶴は亘のクラスにやってきた転校生で、いろいろな意味で亘のコンプレックスと憧れをかきたてる。転校してきたばかりではっきりはしないが、頭の良さはおそらく宮原君を上回っている。顔立ちも整っていて、女の子たちから騒がれる。亘も学校で美鶴と鉢合わせする最初の出会いのシーンで、その顔立ちの美しさに驚いている。亘は子ども世界で認められる資質を完全に備えているような美鶴に憧れて話しかけるのだが、冷たくあしらわれてコンプレックスを刺激される。美鶴は亘にとって、アンビヴァレントな感情を引き起こす二者関係の相手として描かれているのである。

学校には六年生に石岡というガキ大将がいる。三人組で美鶴を夜の建設中のビルに連れこんでリンチするなどひどいことをするのだが、石岡は親に甘やかされたあげくにこのように自分をコントロールできない悪童になったというふうに描かれている。社会によくいる身勝手な人物は宮部みゆき作品の要素の一つだが、石岡は成長したらそのような人物になりそうな少年である。このリンチの時は、偶然現場にいた亘によって開放された美鶴が、逆に「幻界《ヴィジョン》」の魔導士としての力を使って石岡たちを魔物に呑ませる。ほかにも亘がルウ伯父さん（明の兄）と外出したときに、亘を突き飛ばして平然と手を踏んでいった若者などが、現代社会にいるどうしようもなく身勝手な人物として登場する。

こうした学校生活や家庭生活の情景は、現代日本によくありそうなものに思える。特に亘の気持ちの動きはリアリティーがある。亘はなにごともなければこのまま家族や学校のなかで暮らし、それらを通して社会の価値観を身につけ、成長していったことだろう。しかし明が離婚を邦子に告げ、それに続いて亘の心を不安定にする出来事が次々に起こる。訪ねてきた浮気相手の女性が邦子とつかみ合いのケンカをするというような、子どもにとって耐えがたい出来事が連続する。母親が別人のようになって格闘している間、ベッドの下にうずくまってゲームの世界でしか通用しない呪文を必死で唱える亘の心は、同級生との競争による葛藤などとは比較にならないほどの深刻な衝撃を受けているようにみえる。明の母親も訪ねてきて、亘は三谷家の跡取りだから連れて行くと言い出すのだが、邦子は拒絶する。精神的にまいってしまった邦子がガス自殺をしようとした夜、亘は美鶴の呼びかけを受け、壊れてしまった家族を元に戻すという願いを叶えるために「幻界《ヴィジョン》」に行く。美鶴は石岡たちにリンチを受けた時に亘に助けられたので、借りを返そうとしたのだ。「幻界《ヴィジョン》」は人間の精神エネルギーが生み出した異世界で、「幻界《ヴィジョン》」のどこかにいる運命の女神の下に行くことができれば、願い事を一つだけかなえてくれる場所である。まるでロールプレイング・ゲームのように、美鶴は魔導士、亘は見習い勇者というキャラクターとなって、「幻界《ヴィジョン》」の旅が始まる。

「幻界《ヴィジョン》」とＲＰＧ

『ブレイブ・ストーリー』第二部では、亘（と美鶴）の「幻界《ヴィジョン》」での冒険が描かれる。「幻界《ヴィジョン》」がロールプレイング・ゲーム（ＲＰＧ）的なのは、作者の宮部みゆきが、ゲームソフトの『ＩＣＯ』をノベライズするほどのゲーム好きだからだろう。ＲＰＧは子どもの楽しみの世界、第一部で亘の暮らす環境として描かれていた家庭と義務教育というエディプス的な同一化の延長上の世界にある意味対立する、子どもの欲望を満足させるゲームの世界である。亘とカッちゃんの会話にもよく最新のゲームソフトの話題が登場する。もっとも、そこで「勇者」として「敵」を倒してステージを上がっていくというゲーム世界の価値観は、競争社会で上の地位に進むという現実社会でのエディプス的同一化に基づく価値観に通じるものだともいえるだろう。

さて、現代では亘やカッちゃんに限らず、ゲームに熱中する子どもや大人が多く存在する。ネットでの参加型ゲームではそのなかに一種の「社会」ができて、そこでのアイテムが現実でも取引されるというような虚構と現実の交錯まで起きている。こうしたゲームをする人の同一化はどのようになっているのだろうか。現実から逃避しているのか。あるいは現実ではなかなか実現するのが難しい階層序列での成功を、虚構の世界で実現してヒーローやヒロインになろうとしているのか。いずれにせよ、現実と似てはいても独自のルールに基づく記号空間に仮の自分、一種の分身としてのキャラクターがいて、そのキャラクターがさまざまな冒険を経験することになる。

序章で書いたように、前エディプス期の精神内界は「良い」と「悪い」に分かれたさまざまなイメージに満ちた空想の世界である。とすると、イメージの具体性や恒常性などの点で幼児の空想よりはるかに堅固であるとはいえ、ＲＰＧで体験する世界は精神内界のイメージの世界とよく似ているといえる。

ウィニコットは、彼のいう内部と外部の「中間領域」や、有名な移行対象、つまり毛布や指やぬいぐるみなどの母親代わりの対象（用語解説「移行対象」の項目を参照）が、大人になってからは芸術創造などの文化的な活動につながっていくと述べている。[1] ウィニコットの考えに従えば、ＲＰＧに限らず人間の想像力が生み出す芸術作品などは、なべて内的な空想世界とつながっていることになるが、ＲＰＧは「良い」対象や「悪い」対象と自分の分身であるキャラクターとの関わりが直接物語となって出てくるので、幼児の体験するような内的世界を投影しやすいといえる。

つまり、ＲＰＧはパズルを解くようにしてゲームクリエイターが作った道筋をたどり、さまざまなキャラクターとの出会いや別れなどの物語に感情移入しつつ、早期幼児期の内的世界に存在するさまざまな要素を投影することが容易なジャンルであると考えられる。前に述べたように（序章の2節、とりわけ五六－五七頁を参照）、そうした内的世界で起こることの中心は、母親的対象からの分離と、分離がもたらす喪失感や自分自身のなかにあるネガティヴな感情の受容というプロセスである。「良い」対象の助けを借りつつ「悪い」対象に耐え、統合していくことである。『ブレイブ・ストーリー』は、こうしたRPGに本来潜在している「中間領域」的特徴にそって物語が展開している。その意味で、『ブレイブ・ストーリー』の「幻界《ヴィジョン》」がRPG的な世界として描かれているのは、理にかなったことだと思う。

精神内界としての「幻界《ヴィジョン》」

そのようなゲーム的世界内で、キャラクターにあたるのがワタルである。多少の例外はあるが、「幻界《ヴィジョン》」という一種のRPGのなかでは「ワタル」、現実の世界では「亘」というふうに使い分けられている。「美鶴」も「幻界《ヴィジョン》」では「ミツル」と表記されている。ワタルは見習い勇者であり、宝玉を集めるという試練を経て運命の女神に出会う旅をする。宝玉はRPGでいうとアイテムのような機能を持ち、獲得することで戦闘能力を高める。第一部の現実での生活とはうってかわって、ここでワタルは人間とは異なる竜や獣人なども含んだファンタジー世界の住人と出会いながら旅を続けていく。つまり、「亘」が現実の人物だとすると、見習い勇者の「ワタル」はロールプレイング・ゲームのなかの「役割」(ロール)にあたるヴァーチャルな存在である。

作中に説明があるように、「幻界《ヴィジョン》」は人間の精神エネルギーが生み出した領域で、現実世界からやって来てそこを旅する「旅人」である亘の精神の影響を受けて、若干変形されている世界である。

一人一人の「旅人」というプレイヤーに、個別にあつらえられたような世界なのだ。そう考えると、「ワタル」は自分自身の内的世界が実体化したような世界、つまり具現化した精神内界にいる亘の自己表象とみることができる。その「役割」は、はじめにラウ導師に説明されたルールでは女神を捜し出して願い事を言うことだ。しかし、今述べたようにそこが亘の内界だとすると、両親の離婚と母親のガス自殺未遂という危機的状況で混乱している亘の心を反映した「幻界《ヴィジョン》」で、PS↕Dをコントロールして（序章の五〇頁を参照）心を建て直すというのがワタルの役割であるともいえるだろう。

現実世界における家庭や小学校のクラスでの価値観にとらわれ、コンプレックスを抱いていた亘は、「幻界《ヴィジョン》」においては見習い勇者として、期待と不安に満ちた冒険を始める。こうした話は、多くの場合、こうであったらいいなという願望を幻想の世界で解消する代償的満足を与えるものだ。しかし、『ブレイブ・ストーリー』は、単に現実世界でうまくいかなかった者が空想世界の強者となる話ではない。ワタルは勇者として敵を倒しはするが、本当の勇敢さとは敵を暴力で倒すことではなく、アーシュラ・K・ル＝グウィンの『影との戦い――ゲド戦記Ⅰ』で、ゲドが自分の高慢さのせいで死の国から呼び出してしまった「影」を統合するように、自分の内部にある直面したくない嫌な感情に向き合うことなのである。(2)

『ブレイブ・ストーリー』では亘の周囲には人格的な歪みを抱えた人物が多くみられ、離婚をしようとする父の明もその一人として登場する。亘が飛びこんでいく「幻界《ヴィジョン》」は人間の想像力のエネルギーが創り出した世界なので、そうした現実世界の影響を受けて乱れており、その一見ファンタジー的な見かけよりもリアルなものである。

「幻界《ヴイジョン》」では現実世界の人びとがいわば投影同一化した「悪い」対象が一つになって「常闇の鏡」という巨大な暗黒の鏡を形成し、「幻界《ヴイジョン》」を破滅させる魔族の侵入口となる。魔界との通路が開いて魔族が解き放たれるのはミツルが常闇の鏡の封印を解いたせいだが、「幻界《ヴイジョン》」にはそれ以前から現実世界の歪みに対応して差別が横行し、南北二つの大国が争っている状況だった。「幻界《ヴイジョン》」自体が、「良い」対象と「悪い」対象が分裂したままで混乱しているPSポジション的な世界なのだ（用語解説「PSとD」の項目を参照）。

こうした投影同一化の悪循環で破綻しかかっている精神内界のような「幻界《ヴイジョン》」で、ワタルは前エディプス期の子どものように「母離れ」を模索するのだ。「幻界《ヴイジョン》」は精神的な危機に直面している亘（と美鶴）が、前エディプス的な「良い」と「悪い」の分裂と統合の過程を再び体験するための舞台なのである。

ミツル的キャラクターの系譜

『ブレイブ・ストーリー』第二部は基本的にはワタルの視点で描かれたワタルにとっての内界の話といえるが、ミツルにとっても「幻界《ヴイジョン》」は内界として機能しているといえる。しかし、後でみるワタルの場合と違って、ミツルの「幻界《ヴイジョン》」への態度は強烈な「悪い」対象の投影同一化に染め上げられている。それを抱えてくれる対象はほとんど存在しない。というより、ミツルがそのような対象を自ら切り捨てているので、ワタルが手をさしのべても届かない。ワタル以外にも北の帝国の皇女ゾフィーがミツルに好意を抱いて近づいてくるのだが、ミツルは宝玉を奪うために彼女を利用することしか考えない。こうした利己的な行動の結果、自らの憎悪が増殖して手に負えないものとなり、分身との決闘でミツルは敗れ去る。

ワタルとミツルは二人で「幻界《ヴィジョン》」を旅するある種の仲間同士である。現実世界では美鶴は亘が憧れるような優秀な少年で、「幻界《ヴィジョン》」のことを亘に教えてくれたのも美鶴だった。「幻界《ヴィジョン》」でも、最初の試練を難なくクリアして魔導士となったミツルに対し、ワタルは最低ラインでクリアして見習い勇者となった。では、なぜゴールである運命の女神のところへ行けたのがミツルではなくワタルだったのだろうか。そこに宮部みゆきのメッセージがこめられている。

宮部みゆきは『模倣犯』のピースや『火車』の新城喬子のような、それぞれに背景や性格に特徴のある殺人者を描いてきた。ミツルもこの系譜に属している。特に『模倣犯』のピースは外見がハンサムで飛び抜けた優秀さをもつ点がミツルとぴったり一致するだけでなく、少年時代からの友人ヒロミ（栗橋裕美）との二人組という点でも共通している。ミツルを理解する上で参考になると思うので、ピースの性格について少し考えてみたい。

ピースの小学校時代のことは、『模倣犯』の第二部の終わりに彼自身による回想の形で出てくる。彼はきわめて優秀で運動神経もよく、ハンサムな少年だった。授業を聞かなくても教科書を読めば何でも理解できるのだが、あまりにも問題を早く解きすぎてクラスのなかで浮いてしまわないように注意を払うという如才なさも身につけていた。先生の顔色を読むのも得意で、何が求められているかを素早く察知し、そのとおりの行動を取るので先生の期待を集めていたとある。ピースというあだながついたのは、いつもピースマーク（スマイリーフェイス）のような笑顔を顔に貼り付けているからだ。これも周囲に向けた仮面のようなものだったわけである。ピースの回想から読み取れるのは、彼は何でもできる自分に酔って先生を含めた周りの人間を見下しているのだが、実際のところ「自分」といえるものをもたない人間なのだということだ。

ピースの精神内界を考えると、分裂《スプリッティング》の統合ができずに、全能で完全な対象と一体化した自己イメージにとどまっている状態、コフートのいう病的な自己愛者に近いものと考えられる（序章の五四－五六頁、および用語解説「自己愛の問題」の項目を参照）。宮部みゆきがそれを念頭に置いていたかどうかはわからないが、近いものを想定していたことは確かだ。それはピースとヒロミの幼なじみで罪をかぶせられて殺されそうになるカズの言葉からわかる。

> ピースは自分を天才のように思っているらしいけれど、端からみれば、彼はただの自尊心肥大症にすぎない。（『模倣犯』下、八六頁）

カズはそば屋の息子で、親の跡を継いでそば屋をしている。頭はよくないのだが生活者の直感でピースの胡散臭さを見抜く。宮部みゆきはここでは「自尊心肥大症」という言葉で、彼女が現代の自分勝手な人物の根にあると感じているものを示している。これはコフートのいう病的な自己愛とほとんど同じだろう。

コフートが明らかにしたような病的な自己愛者は、DSM-Ⅳ（アメリカの診断基準）では自己愛性パーソナリティー障害（NPD）と呼ばれている。ピースを自己愛性パーソナリティー障害と言ってもいいのだが、そうすると宮部みゆきが描き分けている細かい要素が隠れてしまう気がする。虚構のキャラクターを作中の設定や言動から精神分析することには限界がある。なぜなら物語は現実ではない以上、生育歴と言動の因果関係には客観的な信頼が置けないからである。

ミツルには他人の喝采を得たいという誇大自己のようなものは見あたらないので、自己愛性パーソナリティー障害とは言えないだろう。しかし、ピースの性格を根っからの殺人者ではない少年を使って掘り下げたのがミツルであるという連続性が、宮部作品の理解においては重要性をもっと思われる。こうした点をある程度客観的で汎用性のあるモデルを用いて検討できることが、序章で整理した前エディプス期のモデルを使うメリットである。単に精神分析の内界モデルに還元したのでは、現代作家がリアリティーに迫ろうとする試みを理解したことにならない。

そうしたこともあって、診断名ではなく「自己愛の障害」や「病的な自己愛」などの表現を本書では使っているのだが、パーソナリティー障害などの診断名も一般に通用するようになってきたので、使ってもかまわないであろう。

話を『模倣犯』に戻すと、ピースは自分が素晴らしいストーリーを大衆に提供する演出家だという都合の良い考えのもとに、連続殺人を計画する。自分のやったことを見てもらって世間からの反応を得ることで、自分の全能感を満たすのだ。しかし実際にやっていることは、分裂排除《スプリット・オフ》している攻撃性を被害者やその家族にぶつけて発散することである。こうして投影同一化された攻撃性は、世間の驚きによって「抱えて」もらえるわけではないので、全能感によって覆ってはいても、実際にはビオンがアルファ機能の逆転と呼んだような悪循環によって恐怖は増大していくと予想される（序章の四四－四六頁、および用語解説「投影同一化」の項目を参照）。

ピースはカズに追い詰められそうになったとき、小学校六年生の時に書いた詩のことを思い出す。どんな課題でも先生の期待に応えてきたピースは、詩でも簡単にそれができると思ったのだが、書いてみると次のようなものしかできなかった。

コロシヤ。
コロシヤノカゲハ
コロシヤノアトヲ　オイカケル
ドコマデモ　ドコマデモ
イツノヒカ　コロシヤヲ
コロシテ　ウメルタメニ（下、一〇四頁）

ピースはこれが自分の内面にある芳しくないものを表わしていることに気づき、二度と詩は書かないと決心する。この詩は、ピースが「悪い」内的対象である「コロシヤノカゲ」を分裂排除《スプリット・オフ》してはいても、それを統合するプロセスにはいってはいないため、その破壊性は実は「コロシヤ」であるピース自身にも向かっているのだということを明瞭に示している。つまり、宮部みゆきはピースの性格をそのように分析した上で意識的に表現していることがわかる。

実際、ピースは自ら自分を危険に追いやるような行動を取りがちである。彼は社会を攻撃しているのだが、それは投影同一化した「悪い」対象に向けられているので、対象と融合したままの自己を攻撃することと紙一重なのである。

ミツルによる迫害的対象の投影同一化

ミツルはピース的なキャラクターを受け継ぐ形で書かれているが、大きな違いは彼がもともと非情な少年ではなく、ワタルとの友情にみられるように優しい面も残しているところだ。おそらくは優しい性格だったはずのミツルが非情になったのは、父が母とその浮気相手、そして家にいた幼い妹を殺して自殺したというトラウマがあるからである。絶望して自殺をしようとしたこともあるミツルは、「幻界《ヴィジョン》」の存在を知り、運命の女神に会えれば望みがかなうと知ってからは、死んだ妹であるアヤを生き返らせることがすべてに優先するようになる。

ミツルの精神内界を考えると、父親の行動とその帰結は抱えようのない「悪い」対象といえる。アヤは傷ついている「良い」対象にあたり、それを修復することが至上命令となるのだ。傷ついた対象の修復というのはDポジションでおこるプロセスで（序章の四九‐五〇頁を参照）、フロイトのいう「喪の仕事」、身近な例ではペットロスからの回復の時に心の中で起こることと同じである。しかし、ミツルはそれを自分の怒りや悲しみなどの否定的感情に向き合うことで行なうのではなく、アヤを生き返らせるという目的以外には目をつぶって、外部（この場合は「幻界《ヴイジョン》」やそこに住む住人）に向けて攻撃性をぶつけるというPS的な方法で行なう。

ミツルの場合はピースよりも共感できる目的のためとはいえ、「幻界《ヴイジョン》」の住人を自分の目的のために自己愛的に利用しているといえる。女神のところに行くのに必要な宝玉を得るために、彼はソレブリアの皇女ゾフィーの愛情を利用して秘密を聞き出し、ソレブリアの都自体が結界となっていることを知る。ミツルを信じていたゾフィーは、自分の漏らした情報のせいで自分の国も「幻界《ヴイジョン》」も滅ぶことになると知って呆然とする。宮部みゆきはしばしば出世などの利己的な目的ために女性の愛情を利用する男を描くのだが、このミツルの態度はそうした人物の身勝手さに通じるところがある。

ミツルは宝玉を手に入れるために、多くのゴーレムによって都をそこに住む人ごと破壊した。彼の「悪い」対象を向けられ、破壊される皇都ソレブリアの惨状を、宮部みゆきは容赦なく描いていく。町はミツルが作り出したゴーレムたちに踏みつぶされ、ワタルは踏み潰される人びと、瓦礫の下に消えていく若い男、破壊された家から飛び出していく竈と鍋など人びとの暮らしが瞬く間に壊されていくありさまを目にする。ミツルを追って城に瞬間移動したワタルは、ミツルが風の大魔法の刃によって城の兵士も文官もバラバラに切り裂いたことを知る。

ミツルは踏み潰されていく町を見ながら、ワタルに「なかなか面白いだろ?」(下、四七五頁)と言う。この被害を受けている対象の苦しみへの非共感的な態度は、ピースに通じるものだ。ミツルはRPG的な「幻界《ヴィジョン》」の規則に従って目的に向かっているという意識でいるので、自分の行動の破壊性、残虐性からは距離をとっていられるのだ。これは「悪い」内的対象を分裂排除《スプリット・オフ》して「幻界《ヴィジョン》」に向けて冷酷にぶちまけている状況である。ミツルの精神内界を対象関係論的な見地から敷衍して考えてみると次のようになるだろう。

ミツルは父親に家族を殺され、自分も殺されそうになるという目にあったので、彼の内的な父親像は迫害的なものと化している。その父親のイメージはミツルの怒りの投影同一化を受けて「悪さ」の程度を増し、さらに迫害的に彼の自己に襲いかかる。現実世界でのミツルの自殺未遂はこうした自己へと方向を転換された彼自身の怒りによるものだと解釈できる。あるいは「悪い」父親イメージは、「良い」対象である内的な妹のイメージを攻撃する。ミツルの叔母はまだ若く、彼を「抱える」ことで癒す力は全くない。それどころか、複雑な事情を抱え、自殺未遂の前歴もある甥の保護者であることに疲れ果て、限界にきている状態である。ミツルは周囲を見下すクールな仮面を身につけて防衛していたが、「幻界《ヴィジョン》」に来て迫害的で全能の「悪い」対象との同一化へと一気に突き進んでいくのである。

トリアンカ魔病院のシーンでは、老神教の魔導士に殺されそうになっているワタルをミツルが救う。突如空に出現したミツルは現実世界での小学校の教室にいたときと同じような全能感に満ちた様子で、ワタルをギロチンにかけようとする「幻界《ヴィジョン》」の魔導士を見下し、軽蔑しきった態度で翻弄する。この場合はワタルの側からみると、助けてくれるミツルは「良い」対象にあたるだろう。ワタルはこの時のミツルを後でカッコよかったと思う。しかし「幻界《ヴィジョン》」でのミツルのように自己の攻撃性を暴走させることとは、自分の精神内界の「悪い」対象を切り離したまま、果てしなく強めることでしかない。ピースが書いた「コロシヤ」の詩のように、他を破壊しているようでいて、実は内界にいる弱い自分を責め立てているようなものなのだ。

この物語でもワタルより先に女神のいる運命の塔に近づいたミツルだが、自らの影である攻撃的な分身と戦ったミツルは、分身に負けて死ぬことになる。


一人歩きを続けていたミツルの憎しみは、ミツル自身よりも遥かに巨大に成長してしまったのだ。だからもう、ミツルにはそれを呼び返すことができなかったのだ。憎しみが、ミツルの本体をうち負かしてしまったのだ。(中略)破壊も、殺意も、他者を踏みつけにして憚らない傲慢も、ミツルのものではなかった。ミツルの憎しみを背負った、分身のものだった。ただその憎しみが、あまりにもミツルの心に等しいものだったので、いや、憎しみ以外のものは自分にはない、それ以外のものなど必要ないと、ミツルが自分で自分を騙していたから、いつの間にかミツルには、憎しみの分身と、自分自身の区別がつかなくなってしまっていたのだ。

ワタルが最初、そうしたように、ミツルもまた自らの分身を倒そうとしたのだろう。しかしそれは、自分で自分を倒すことに他ならなかった。(『ブレイブ・ストーリー』下、五七九–五八〇頁)

ミツル自身と「ミツル自身よりも遥かに巨大に成長してしまった」「ミツルの憎しみを背負った」分身とを区別している印象的な文章である。このように宮部みゆきはワタルの口を借りて、憎しみの分身である「悪い」対象との同一化という形でミツルの内面を解説しているのだ。それは「自分で自分を倒すことに他ならなかった」のである。『模倣犯』でピースの内面を「コロシヤ」の詩という形で示した宮部みゆきは、もともとはかなり優秀ではあっても優しさをもった普通の少年であったミツルを通して、同じプロセスをさらに深く掘り下げて、普通の人間の内面に薄皮一枚隔てて存在する暴力性を描いているといえる。

「嘆きの沼」のエピソード

「幻界《ヴィジョン》」はワタルの精神内界と連動しているので、「幻界《ヴィジョン》」でワタルが目にする差別や犯罪、身勝手で人を傷つける悪人などは、すべて現実世界の亘の内界にいる「悪い」対象とどこかでつながっているとみることができる。「幻界《ヴィジョン》」には差別主義的な北の帝国があり、人型のアンカ族と呼ばれる種族とは見た目が違う獣人を差別し、強制収容所に入れるという蛮行が行なわれている。この設定は南アフリカのアパルトヘイトやナチスのユダヤ人差別など、いくつかの現実にも存在した差別問題を連想させる。ワタルは、北の帝国から逃れてきた難民でありながら獣人を差別する考えを持ち続けている兄弟や、リリスという町で獣人差別思想を教会で広めている町の有力者たちなどの差別主義的な人びとに出会う。そのたびに何ともいえない嫌な感じを味わうのだが、ワタルの心の中にもこうした差別の根にあたるような感情があることは、第一部で描かれていた小学校の教室での序列意識や、居酒屋の息子であるカッちゃんへの複雑な思いなどによって示されている。

あるいはオウム真理教を思わせる教団を作ったカクタス・ヴィラという人物もいる。ワタルがたてた最初の手柄は、この怪物と化してしまった教祖を倒すことなのだが、この場合は亘のなかにその元があるというより、過激な新興宗教の教祖やそこに救いを求めて集まる人などの現実にもある事例が、亘の内界に反映しているのだろう。ワタルは骸骨になった元信者の群れに追われて危うく助かるのだが、粉々になった骨を見て教祖への怒りと信者への哀れみが湧いてくる。現実世界では自分の不幸で頭がいっぱいだったワタルだが、こうした「幻界《ヴィジョン》」での体験を通じて、世の中にある多くの悲しみに気づいていくのである。

ほかにもトリアンカ魔病院でワタルをギロチンにかける老神教の魔導士、星読みの助手ロミを人質にとる脱獄犯などの「悪い」対象に相当する存在には事欠かない。「幻界《ヴィジョン》」の人や物を破壊しながら目的に向かうミツルの行動も、ワタルの側からみるとその一つだろう。また、「幻界《ヴィジョン》」では千年に一度の生贄を出す時期にあたっており、ワタルかミツルのどちらかが「ヒト柱」（「幻界《ヴィジョン》」では「人」を「ヒト」と表記する）にならなければならない。こうした「幻界《ヴィジョン》」という世界の凄惨で理不尽な出来事の数々と向き合うことで、ワタルは自分の心の中にある影の部分とも向き合うことになるのである。

それが最もよく表われている例として、ワタルの分身との戦いがある。この分身はワタルが「幻界《ヴィジョン》」の旅人になる原因をつくった父親の明に対する怒りが形になって現われたもので、「嘆きの沼」という場所でヤコムという明そっくりの顔をした悪人と出会ったときに、沼の毒が見せた幻覚として生まれた。この「嘆きの沼」では、ワタルの父への怒りとその否認がそれ以外にもさまざまなイメージとなって出てきている。この場面で宮部みゆきは、投影同一化という言葉こそ使っていないが、それに相当する描き方をしている。

現実世界の亘は、もともとは父をそれなりに尊敬していて、「父さんというドアは開いていないし、これからもめったなことで開きはしないけれど、その向こう側にあるものは、亘にとって大切なもので、父さんもまたそれを大事に考えてくれているのだと漠然と感じ」（上、五三頁）ている。母親とは違って距離を取りながらも、信頼関係によって社会へと導いてくれそうな父親イメージで、クリステヴァのいう「想像的な父親」に相当するイメージだろう。

しかし、離婚しようとする明の身勝手な部分が見えてきた後、亘のなかの明のイメージは「悪い」対象へと変化する。その結果、もともと身勝手な面をもった人物である明は、亘の内界である「幻界《ヴィジョン》」ではその身勝手さを拡大したような人物ヤコムとして現われる。彼は妻と幼い娘を捨て、愛人を養うために詐欺のようなことをしている悪人だ。明を「想像的な父親」として同一化し、社会へと歩んでいく道が断たれたせいだろうか、「幻界《ヴィジョン》」の「嘆きの沼」の場面は凄惨なイメージに満ちている。

幾層にも重なった投影同一化の悪循環

ヤコムの言動は、明白にコフートのいう自己愛の障害の特徴をもっている。彼は自分が妻子を捨てたことが「悪い」ことだとは決して認めようとしない。自分は「勝手なふるまい」をしているとわかっているが、それは「理屈ではどうしようもない〝想い〟」であり、自分は「本当の愛」を知ってしまったのだと言う。ワタルに愛が本物か偽物かどうしてわかるのかと訊かれると、大人になればわかるとはぐらかす。都合が悪くなると話を逸らし、決して自分が悪いことを認めないという自己愛の障害をもつ人物の特徴が現われている（序章の五五‐五六頁、および用語解説「自己愛の問題」の項目を参照）。ワタルはヤコムが卑怯であり、「自分に都合のいい屁理屈ばっかりこねてる」と言う。現実世界で明の振舞いに対して感じていても言えなかったことを、ここでヤコムに対して言っているようだ。追いこまれたヤコムは（自分の悪い部分に直面させられた自己愛的人物のように）逆ギレして、子どもなどは「もともと俺が与えてやった命」であり「ありがたいと思って、おとなしく捨てられるのが身のほど」だと言い放つ（以上、この場面の引用は、『ブレイブ・ストーリー』下、五四―五八頁より）。

この時点でワタルは沼の水の毒のせいか現実感を失い、「半透明のワタル」が自分から抜け出すのを感じる。強い精神的ストレスから心を守るために、現実感や記憶をなくしたり、別人格を作ったりする防衛機制を「解離」というが、この場面のワタルは一種の解離状態に陥っているのである。「半透明のワタル」は感情を欠いた冷酷な少年で、勇者の剣を抜いてためらうことなくヤコムに斬りつける。逃げようとするヤコムを追いかけ、血まみれの彼にとどめを刺した後、何度も足で蹴って沼に沈める。

この凶行を傍観するワタルは「いけない。僕はそんなことをするつもりじゃない」「僕はヤコムを殺そうなんて思っていない父さんを殺そうと思ってなんかいない父さんを憎いなんて思っていないこれは父さんじゃないこれは僕じゃない」と心の中で叫ぶ。ワタルは父親への憎悪と攻撃性を分裂排除《スプリット・オフ》しているのだ（以上、下、五四―六〇頁）。

ヤコムが蹴りこまれた場所にカロンという大きな魚が浮かび上がってくる。

黒い沼の水を分けて、カロンの背びれがぎらりと姿を現した。ワタルは依然として身動きもできないまま、ただじっと、恐ろしさに身体の芯まで凍りつきながら見つめるだけだ。カロンはヤコムの亡骸の周りを円を描いて泳いでいる。ヤコムはどんどん沈んでゆく。そして、彼の背中とシャツの一部がぽこんと水の下に消えたとき、大鎌のようなカロンの尾びれがざばりと持ちあがり、水面を叩き、凶悪な銀色の光をワタルの目の底に焼きつけて、水の下へと潜っていった。（下、六一頁）

この部分は投影同一化の表現とみることができる。ワタルは分裂排除《スプリット・オフ》した自分の父親への怒りを沼の光景に投影同一化しているのである。沼の底から浮かび上がるカロンは、その尾びれが「大鎌のよう」で「凶悪な」光を放つと描写されているように、攻撃的な感じがする魚である。これはワタルの意識の底から浮かび上がってきた、ワタル自身は受け容れていない殺伐とした怒りの感情が投影同一化されてこのような魚の姿となって出てきたと考えると、筋が通る。そのカロンを見るワタルは恐怖に凍りついている。この恐怖は自分の攻撃性に対するもので、自分自身に対する恐怖といえる。

ワタルの分身はワタルに微笑みかけたあと、さらにヤコムの愛人であるリリ・ヤンヌの小屋に行き、なぜヤコムを殺したのかと尋ねる彼女に「邪悪だから」と答えて、笑顔のまま彼女の胸に剣を突き立てる。邪悪なものは滅ぼしていいという確信は、現実世界でミツルが自分をいじめた相手を躊躇なく魔物に呑ませた場面でもみられたものである。ワタルの分身の笑顔は、この分身も自らの残虐性を意識から切り離していることを示すものだろう。

ワタル自身もこうした憎しみの感情が自分の内にあることを認めることができないでいるが、それでも分身はワタルに戻ってくる。すると今度はリリ・ヤンヌの小屋の中から石でできた赤ん坊が出てきて、ワタルを血も涙もない人殺しと呼び、ものすごい速度でワタルを追いかけてくるという悪夢的な情景が描かれる。

つまりこの場面ではワタルの自分でも気づいていない、気づくことを拒んでいる父への怒りが幾重にも重ねて描かれているのである。まずはヤコムの非道さとして、次にはその「悪い」対象を攻撃する彼の分裂排除《スプリット・オフ》された分身として、さらに沼に蹴りこまれたヤコムを飲みこむ恐ろしい大魚として、最後に彼の悪意の投影同一化が生み出したとてつもなく「悪い」対象としての全能的な力をもつ迫害的な赤ん坊として。夢中で逃げたワタルは気がつくと気を失って倒れていた。

ワタルと心の影の統合

そこから話は別の方向にしばらく進むのだが、最後に女神のいる運命の塔にはいるための試練として、ワタルはこの分身と再び出会って決闘する。その場所は水晶で作られた闘技場で、「嘆きの沼」に似ているが、ワタルの分身はもう親しげに微笑んではおらず、やつれて目だけが輝き、不敵な笑みを歪んだ口に浮かべているという凶悪な殺人者の顔をしている。分身の声は、石の赤ん坊の声である。ワタルは彼に対し「おまえは、僕じゃない。僕じゃないんだ。おまえは存在しない。おまえは幻だ！」（下、五七一頁）と叫ぶ。ここでの分身はワタル自身の受け容れていない攻撃性と、攻撃性の投影同一化によって非常に「悪く」なった対象に迫害されるという恐怖などが混ざり合って、ワタルから完全に分離した悪意の塊になっている。

この分身は全能的な力をもっていて、ワタルが宝玉を得ることで身につけた魔力は通用しない。戦闘の描写はかなり凄惨で、ワタルは分身にあちこち斬られて血しぶきを上げる。分身の「憎しみの波動」(下、五七一頁)がワタルを震わせるという表現を宮部みゆきはしているが、これもワタルが憎しみを受容していないことを示している。分身の剣がワタルの胸を刺し貫き、傷から血を流すワタルは死を覚悟しかけるのだが、戦いの前に心に響いた女神の言葉を思い出す。それは「夕星が、野に遊ぶ子を母の手に連れ帰すが如く、分かたれし魂を、彷徨えるものを、故郷へと呼び返しなさい。あなたのもとへと連れ返しなさい」(下、五六八頁)というものだった。この「母の手に連れ帰す」ようにという表現から、宮部みゆきはワタルの課題を投影同一化された攻撃性の母親的な「包容」であるとみているのだと考えられる(序章の四四‐四五頁を参照)。この言葉を思い出したワタルは、勝ち誇る分身に「さあ、還ってこい!」(下、五七六頁)と呼びかける。そしてワタルに分身がぶつかってそのまま消えると、ワタルは自分の心に向かって「お帰り」とつぶやくのだ。

嘆きの沼で別れて以来、ずっと一人歩きを続けていたワタルの〝憎しみ〟が帰ってきた。やっと故郷に、ワタル自身のもとに戻ってきた。(下、五七七頁)

「嘆きの沼」という名前から寓意的な教訓物語的な感じを受けるし、そういう面はあると思うのだが、ワタルが憎しみの分身を統合するプロセスは、ワタルが受け容れていない怒りが「幻界《ヴィジョン》」の人や生き物や風景に複雑に投影されたものを通して行なわれるので、型にはまった寓意による教訓とは違ったものである。それは宮部みゆきが現代社会を小説に描くなかで分析し、理解していった人間の内面のドラマを描くものであり、同じように人間の内界の分析から抽出された前エディプス期の精神内界のプロセスと響き合うものなのである。

もっとも、このように心の影の部分がその人から分離し、それを苦労して統合するというアイディア自体は宮部みゆきが考え出したものではない。前に書いたように、こうした分身の統合という場面は、ル＝グウィンの『影との戦い──ゲド戦記Ｉ』のラストシーンで描かれており、このワタルのエピソードもそれを踏まえて書かれたものだろう。しかし、単にこのアイディアを使っただけではなく、そこにこの章でみてきたような宮部みゆきの描こうとしてきたものを浸透させているのである。

さて分身との戦いを終えたワタルは、同じ闘技場で分身と戦って敗れたミツルを見つける。ワタルとミツルの二人も、対照的とはいえ一種の分身的な関係にある。『模倣犯』のピースとヒロミのように、こうした二人組の少年や青年が宮部みゆきの作品にはよく出てくる。ピースとヒロミは「悪い」対象関係を内部にもつもの同士としてつながっている感じだが、少年のもつ純粋性の表われとして描かれるキャラクターもある。本書の第三章でみる『龍は眠る』の慎司と直也がその例である。この二人はそれぞれに生きづらさや苦しみを抱えているが、それをこらえて自分たちの超能力を正義のために使おうとする。ワタルとミツルの場合も、二人の明暗を分けた重要な要因として、この正義という尺度がある。しかし、この正義は単に社会の法を守る立場への同一化ではない。このあたりを宮部みゆき作品の特徴と合わせて、次に詳しくみてみたい。

2 「悪」の統合と第三項

ハイランダーの腕輪

戦いに敗れたミツルの姿は、傷だらけで左足首が変な方向へ曲がっているという非常に残酷で正視しがたさを感じるものである。「幻界《ヴィジョン》」のなかにはこれまでみてきたように、RPG的なファンタジーという枠をはみ出すこうした凄惨で正視しがたいイメージが多くみられる。この正視しがたさはクリステヴァが「アブジェクト」と呼んだものに近いが、その残酷で耐えがたい感情に耐えてワタルが心を統合するために、仲間や女神などによる二者関係的な「抱えること」だけではなく、二者関係に介入する第三項との同一化も力になっていると思われる（序章の六三－六六頁、および用語解説「想像的な父親」の項目を参照）。

「抱えること」は母親的で、正義や法などの社会性をもった第三項は父親的と考えられるが、これは性別に必ずしも左右されない。便宜的にこのように大まかに分けて呼んでいるので、男性が二者関係的に抱える場合もあるし、女性が第三者的な基準に基づく秩序を示すこともある。「幻界《ヴィジョン》」

でも、現実世界の優しいルウ伯父さんに似ているキ・キーマは抱えてくれる存在だし、正義をワタルに教えてくれるカッツは女性である。ワタルは旅人として運命を変えるために「幻界《ヴィジョン》」を旅しているのだが、途中でカッツが支部長を務めるハイランダーという自警団の一員に加わって、その証しであるファイアドラゴンの腕輪を常に身につけている。

この腕輪は、北の帝国に向かおうとするミツルとワタルが言葉を交わす場面でも登場する。ワタルは「幻界《ヴィジョン》」の町を破壊したり、戦争を起こしたりしてはいけないと説得するのだが、ミツルは逆にワタルが目的を忘れていると反論してくる。自分は観光旅行をしにきたんじゃない、お前はハイランダーの腕輪なんかして余裕があるんだな、と言うのである。

ここでハイランダーの腕輪の話が出てきたのは、意味深長だ。なぜなら、ワタルとミツルの大きな違いは、この腕輪に象徴されるような社会的な基準という支えの有無にあるからである。自分が感じる正しさの観点からミツルに詰め寄るワタルと、からかうような調子でワタルの甘さを指摘するミツル。この二人の対決は、それ自体精神内界の分裂《スプリット》した「良い」と「悪い」の対立のような構図になっている。こうした構図は、『模倣犯』では第二部の終わりに出てくるカズ、ヒロミ、ピースの三者の対話に表われている。

『模倣犯』にみられる精神内界的ダイアローグ

ピースとヒロミは幼なじみのいじめられっ子であるカズを犯人に仕立て上げるために呼び出して

拘束するが、カズが「こんなことじゃないかと思っていたんだ」（『模倣犯』下、四八頁）と言った時から、どちらが主導権を握っているのかわからない状態になっていく。カズは子どもの頃からヒロミに憧れていて、ヒロミを連続殺人の悪循環から救おうとしてわざと騙されたふりをしていたのだ。カズをあなどっていたヒロミは、記憶がなくなるほどの怒りの発作を起こしてカズを殴る。ヒロミは昔からキレやすい人間だった。彼はコフートのいう自己愛憤怒を起こしているのだ。ここでヒロミの怒りの発作が車のハンドルを握っていて急にコントロールを失うような感じだと表現されていることから、宮部みゆきはコフートがいうような内的状況を念頭に置いていることがわかる。

それに続く会話は、ヒロミの精神内界にいる内的対象間で交わされているように感じられるもので、きわめて興味深い。宮部みゆきは誘拐殺人というこれまでもしばしば描かれた犯罪の当事者間の関係に、前エディプス的な対象関係を重ねて描いているのである。

例えばカズは次のように言う。

ヒロミはもっと違う人生を歩けたはずじゃないか？　俺みたいな能なしは、親の商売さえ満足に継げないで、半人前だよ。自分だってそんなことはよく判ってるよ。だけどヒロミは俺とは違う、子供のときからずっと優秀で、なんでもできて、どんな人生だって選べたはずだった。だけど今はどうだい？　ちゃんとした仕事もないじゃないか。（『模倣犯』下、五三頁）

世間の常識という超自我的な観点から、ヒロミの掛け値なしの現実の姿を容赦なく突きつけている。こうした真実をつくというやり方が、見せかけを繕って他人と同時に自分をもごまかすピースの影響力に対する有効な攻撃になっていくのである。カズはピースを一顧だにせずヒロミの心に向かって訴えるのだが、ピースはからかったり揚げ足をとったり怒鳴ったりして、それをやめさせようとする。フロイトの心の構造論モデルでいうと、ピースは欲望のままに動いているのでイド（エス）、カズは超自我、ヒロミはその間に挟まれた自我（エゴ）に相当し、この三つの間の葛藤が劇化されているのがこの場面である。

さらにいうと、この三者の関係はエディプス的というより前エディプス的な対象関係の劇化とみる方がふさわしいと考えられる。そうすると、ピースは「悪い」全能的対象、ヒロミはそれと分離していない自己、カズは「良い」対象であり、コフート的にいえば自己対象にあたる。そして、「良い」対象であるカズの機能には、幼児的な全能感に酔うヒロミに現実を突きつけて分離をうながす「脱錯覚」（序章の五六－五七頁を参照）が含まれる。

拘束されたカズは、自分たちは大人だと言うピースに対し、ヒロミとピースの子どもっぽい誇大性を指摘する。ヒロミの目に映っていたピースの全能性は、カズの言葉で消えていく。

「いいや、大人じゃない」カズは負けていなかった。果敢に言い返した。「ピースもヒロミも全然大人じゃない。さっきから、おまえらのしゃべってる話を聞いてると、まるでガキの自慢

話だ。まるっきり子供だ。子供ってのは、みんな自分が世界でいちばんだって思いこんでる」（下、五四頁）

ピースはこうしたカズの一連の直面化に対して、ふだんの余裕ある態度を保つことができない。ピースの幼稚さが目にはいっていなかったヒロミは、ここで初めて疑念をいだく。

だけど不思議だ。今までだって、「女優たち」（彼らの被害者になった女性たちをこう呼んでいる）から罵られたり、軽蔑の言葉をぶつけられたりしたことはあった。ひとりじゃ何もできないいくじなしとか、女しか殺せないだらしのないヤツだとか、決まり切った台詞ではあったけれど、命がけで、全身全霊でぶつけてくる非難の言葉ばかりだった。

それらの言葉に、ピースがひるんだのを見たことはない。ピースのなかでは、「女優たち」のそれらのささやかな逆襲も、計算済みのことのようだった。いつだって余裕で受け流していた。

それなのに、そのピースが今、カズのつたない言葉に激して怒鳴ったりしている。カズの何が、ピースを揺り動かしているのだろう？　自分の心の混乱の靄を透かして、栗橋浩美はピースの顔を見つめずにはいられなかった。（下、五五頁）

ピースが動揺しているのは、話をそらそうとしてもカズがひたすらヒロミに現実を突きつけることで、彼の詐術が暴かれることを知っているからである。また自分自身に対しても防衛的に抱いている魔術的な全能感が、カズの言葉で砂上の楼閣のように崩れ始めているからである。

ピースへの無条件の信頼が揺らいだヒロミは、カズの言葉に耳を傾け始める。そして自分をトラウマから解放するには「悪い」部分にあたる殺人行為を受け容れるしかないことを認めて自首しようと決める。この点は、ワタルの呼びかけに耳を貸さないミツルの場合との大きな違いといえるだろう。ヒロミは「抱える」と同時に道理を諭してくれるような「想像的な父親」ともいうべきカズと同一化する方向へ踏み出しているのである。結局ヒロミは救われはしなかったのだが、こうした社会性をもった第三項との同一化は、二者関係での迫害的な対象との同一化に対する歯止めとして機能する可能性をもっているといえる。ワタルがつけていたファイアドラゴンの腕輪は、こうした支えがミツルにはなくてワタルにはあるということの証しなのである。

「想像的な父親」としてのカッツ

しかし、ワタルがこのように第三項として同一化するハイランダーやカッツは、単に超自我に当たるものとはいえない。ワタルに話しかけるカッツは、ヒロミに対するカズと似ているが、カズは世間の常識という地点からピースやヒロミの行為を非難し追い詰めるのに対し、カッツは社会の法ではなく、自らの心の正義を強調する点が違っている。これはどのような正義なのだろうか。

カッツの属するハイランダーはシュテンゲル騎士団のようにエディプス的な社会の法に同一化した集団ではない。ハイランダーは南の連邦の自警団である。ファイアドラゴンの子孫であるという伝説にのっとり、ファイアドラゴンの赤い革で作った腕輪をしている。ハイランダーは、「幻界《ヴィジョン》」では正義と勇気をもつ者の代名詞とみなされ、赤いファイアドラゴンの腕輪は、その持ち主が正義に反することをした場合には、燃え上がってその持ち主を焼き尽くすという。これは『クロスファイア』の青木淳子や、彼女のように悪を倒す闇の組織ガーディアンを思わせる。『英雄の書』にも蘇った「英雄」を追う専門集団である「狼」がいるが、こうしたアウトサイダー的な立ち位置から正義を守る集団を、宮部みゆきは繰り返し描いている。

序章で述べたように、ギルバートとグーバーは『屋根裏の狂女』で、十九世紀の女性作家が描く「社会に背を向けた狂気の分身が行動するという幻想」に言及しているが、宮部みゆきの描く社会の不正にアウトサイダー的ポジションから立ち向かう女性は、そうした狂気の分身の子孫に当たるのではないか。ただし、単に内向するのではなく、エディプス的な法とは一線を画しながらも、社会性を獲得しようとしているのだが。

カッツが戦う相手は、北の国から逃げてきた差別主義的な兄弟、カクタス・ヴィラというカルト的な教祖、南の連邦を侵略しようとする北の国の皇帝、魔族の封印を解こうとするミツル、「幻界《ヴィジョン》」を滅ぼそうとする魔族など多岐にわたっている。しかしこれらの敵は皆、内的な「悪い」部分が統合されずに外部に向けられるという、前エディプス的な心の闇に関わっているという点で共通している。北の国の兄弟やミツルは明らかにそうだし、カクタス・ヴィラは救いを求める人びとの弱い心につけこんで利用した人物だ。皇帝ガマ・アグリアスⅦ世が振るう力は常闇の鏡という分裂排除《スプリット・オフ》された「悪い」対象の塊のようなものに関わっているし、魔界や魔族は「幻界《ヴィジョン》」という世界から締め出された者の集まりなので、それら自体が精神内界的にみれば統合されなかった心の闇に当たる。つまりカッツの正義は、投影同一化したものが「抱えて」もらえずに悪化して膿んだような未熟な内界から生じる悪に対立するものであるといえるだろう。そうしたものを許さないというカッツの態度は、精神内界でいえば、ビオンがアルファ機能の逆転やマイナスKと呼んだような悪循環(序章の四五 - 四六頁、および用語解説「Kとマイナス K」「投影同一化」の項目を参照)を断って、「悪い」対象を統合し全能の他者という幻影から分離するようにうながす、クリステヴァのいう「想像的な父親」に当たるものだ(序章の六三頁、および用語解説「想像的な父親」の項目を参照)。

社会の法に対するカッツのアブジェクト的なポジション

ワタルのミツルに対する葛藤についても、カッツは同様の立場をとる。ミツルは父親の理不尽な行為によって傷つけられ、自分のなかにいる怪物を目覚めさせてしまった少年だ。ミツルの行動の特徴は「悪い」相手を攻撃するときに、全く迷いがないことである。現実世界で美鶴を集団でリンチした三人の小学生を、彼は魔物を呼び出して呑みこませてしまう。ワタルはその時のことを思い出して、「あのときの彼の表情にも、迷いなんてものは欠片《かけら》もなかった。打たれたから打ち返す。

その決意があっただけだった」（下、一三五頁）と考え、自分の心の弱さに自信が揺らぐ。

北の大陸に向かおうとしたミツルと言葉を交わした後、ワタルはミツルの破壊行為を止めるべきかどうか迷う。「幻界《ヴィジョン》」をワタルにとっての内界とみた場合、これは「悪い」対象に対してどう臨むかを考えている状況になるだろう。

それ以外にもミツルに勝てなければ自分が「ヒト柱」になって死ななければならないという事情もあって悩んでいるワタルに、カッツは声をかけてくれる。ガサラの町で夜の見張りをしているワタルの所に来たカッツは、何気ない風を装いながら「あんた、本当に覚悟はできてるの」と言って「ヒト柱」の話を持ち出す。ワタルは仕方がないとかミツルにはいろいろ助けられているとか、言い訳めいたことを言うが、カッツは次のように言う。

ヒト柱になるのは怖くないのかとか、キ・キーマやミーナを悲しませることになっても平気なのかとか、女神さまに会えないままでいいのかとか、そんなことを訊くつもりもない。あんたはこの幻界に、自分の運命を変えるためにやってきた。ヒト柱になってしまえば、その目的は果たせない。それでいいのかと訊くつもりもない

ワタルはこうして容赦なく繰り出されるカッツの「ためらいのない強い言葉」を鞭のようだと感じる。その後もカッツは残してきた母親のことなど痛いところを突いてくる。こうした言葉はワタ

ルの迷っている心を奮い立たせ、導くような力強さを感じさせる。ワタルとカッツとの対話は、ワタルにとって行動の指針を与えてくれるような性質のものだと思われる。

最後にカッツは、こうした一連のことを尋ねるつもりはないが、一つだけ訊きたいことがあると言う。それはミツルを放っておくつもりかということだった。

　そのミツルって子は、やりたい放題やってるじゃないか。考えてもごらん。彼は何をした？　何をしてる？　トリアンカ魔病院でも、ソノの町でも、魔法を使って大勢のヒトを殺したり傷つけたりしてる。ソノの町も港も、その子の招いた竜巻のせいで壊滅状態だそうじゃないか。

　あんたそれをどう思う？

カッツはミツルのなかに身勝手な犯罪者同様の心理を感じ取って、それに怒りを燃やすのである。ミツルが強い魔導士ならなぜもっと「幻界《ヴィジョン》」を破壊しないやり方を選ばなかったのかとカッツは問いかけ、みずからその理由をワタルに突きつける。

　それはね、ミツルって子が、幻界なんてどうなってもいいと思ってるからだよ。運命の塔にたどり着き、女神さまに会って目的を遂げたら、それでオサラバだからね。二度と足を踏み入れることなんかない。だから、誰を傷つけようが困らせようが、知ったこっちゃないと思っているからさ。自分が通り過ぎた後に死体の山ができようが、廃墟がいくつも残ろうが、おかまいなし。手っ取り早い方法を選んで、とっとと先に進めればいいと思っているからさ

ミツルは旅が終われば現実世界に戻るので、このような無責任な行動を「幻界《ヴィジョン》」に対してとるのだが、『ブレイブ・ストーリー』の物語を離れて現実的に考えても、自らの利益や目的のために手段を選ばない人は存在するだろう。カッツはそうした投影同一化に呑みこまれたような未熟な考え方を断罪するのだが、ただしそれは社会の法の遵守というエディプス的な地点に導くためのものではない。それはこの時ワタルに話した回想からわかる。

カッツはシュテンゲル騎士団のロンメルとかつて恋人同士だった。ある時カッツがおとり捜査で捕らえた凶悪犯をめぐって、おとり捜査は連邦の法に反しているとしてロンメルが告発する。カッツは自らの悪への怒りに、ロンメルは法への忠誠に価値を見いだし、お互いに譲らない。釈放された凶悪犯がある一家を惨殺した時、カッツは信念に従いロンメルと別れた。自らのコントロールしきれない攻撃性を外部に押しつけるような犯罪が起こる余地を生んだ社会の法に、カッツははっきりと対立するのである。これは父親的な法に対立するアブジェクト的なポジションにあたると考えられる。ワタルにも、「友達だって、肉親だって、恋人だって、正しくないことは正しくない」「ミツルのやり方を許せないと思うのならば、あんたは行動しなくちゃいけない」と諭す（以上、この場面の引用は、『ブレイブ・ストーリー』下、三四三–三五二頁より）。

ロンメルのように法に従うことに終始するならば、「悪い」対象の中身は問題にならない。これは超自我によるイドの抑圧というエディプス的な図式に通じるだろう。これに対して、宮部みゆきがカッツを通して描いているのは、身勝手な犯罪の背景に統合されていない「悪い」対象を感じ取り、それに怒りを燃やしながらも自らは自他未分化へと退行しない、しっかりと「分離」を確立した社会的な存在である。ワタルも沼で生まれた分身のように怒りに呑みこまれる危険があったから、カッツの説得はミツルにたいする態度だけでなく、ワタル自身のなかにあるミツル的な迫害的分身への態度を決める助けにもなったはずだ。カッツの正義は、犯罪者だけでなく普通の人の心にも潜んでいる暴力性をコントロールするための正義なのである。

『ブレイブ・ストーリー』の「幻界《ヴィジョン》」は、ワタルの精神内界を反映しているだけでなく、そこでワタルのそれまでもっていた正しさなどの価値観に亀裂が生じていく世界でもある。表面的現実の覆いの下にあるのはPS的な自他の暴力性という前エディプス的現実だ。

カッツは「幻界《ヴィジョン》」の公の権力と微妙な距離をとりながら、そうした前エディプス的な暴力に対峙している存在なのだ。悪に向かって激しい怒りをぶちまける『クロスファイア』の青木淳子などのキャラクターに通じる激しい感情をもち、ワタルにも親しいものとの対立や別れをも辞さない態度を要求する。その一方で、ワタルとの対話にみられるように、年長者として毅然としながらも親しみをもってワタルを気遣い、同時に正義を突きつけてくるカッツは、アブジェクトが「想像的な父親」によってうまく生かされている状態といえるだろう（序章の六五－六六頁を参照）。このような特性をもつカッツやハイランダーという社会性を帯びた第三項を心に取り入れて同一化することによって、ワタルはミツルとの葛藤という二者関係の問題に向き合っていくのである。

魔族とオンバさまの羨望

このように『ブレイブ・ストーリー』は、自分のなかにあるネガティヴな感情と二人の少年がどう向き合うかというテーマを、「幻界《ヴィジョン》」という内的世界を反映する場所を舞台に描いている。普通の少年のなかに芽生えた激しい怒りは、場合によっては自分や世界を崩壊させるほどに凶悪な性質を帯びることがあるのだ。そうした感情を周囲に「抱えて」もらったり、あるいは混沌とした内界の基準となるような社会的価値意識を取り入れて同一化したりすることで、ワタルは危ういところでその危険を免れた。

一方のミツルの方は、すでにみたように自らの怒りを暴走させ、闇の宝玉を奪うことで魔界との通路である常闇の鏡の封印を解く。そのため常闇の鏡から無数の魔族があふれ出て「幻界《ヴィジョン》」という世界全体が破滅の危機に瀕することになる。

魔族は全身真っ黒で翼のある骸骨の姿をしている。魔界とは混沌の淵から「幻界《ヴィジョン》」が生まれ出たときに、「幻界《ヴィジョン》」の一部になることができなかった残余部分からできている。自分たちが排除されていることを恨みに思い、隙あらば「幻界《ヴィジョン》」にはいりこんで喰らおうとする闇の世界である。いってみれば前エディプス期の精神内界において分裂排除《スプリット・オフ》された「悪い」対象が凝り固まったような世界なのだ。

自分自身の迫害的な分身を統合したワタルは、「幻界《ヴィジョン》」そのものの迫害的な分身ともいえる魔界や魔族、そしてそれが湧き出す源である常闇の鏡を「幻界《ヴィジョン》」と統合する作業へと向かう。ワタル個人ではなく、社会的な広がりをもった影の統合を行なおうとするのである。

それは最終的にはワタルが運命の女神に何を願うかということに関わってくるのだが、その前に最後の試練として、オンバさまとの対決がある。オンバさまはワタルが現実世界にいた時から、姿は見えないが女の子の声でワタルに話しかけ、何かと助けてくれた存在である。子どもは、「イマジナリー・コンパニオン」と呼ばれる想像上の友達をもつことがあるといわれる。現実世界で亘に話しかけてくる女の子の声もそのような存在を思わせるのだが、ワタルを導いてくれるようにみえて実はワタルを利用して女神の座を奪おうとする、「渇望と嫉妬に満ちた」(下、六〇〇頁)ガマの妖怪だったことが、最後に明らかになる。その体には魔族を連想させる黒い骸骨のような斑点がある。オンバさまも「幻界《ヴィジョン》」にはいれなかった魔界の住人なのである。オンバさまは自分が「負なるもの」の化身であり、ワタルの心にある「負なるもの」とつながっているとして、こう言う。


他にありて我にないものを求め、それを与えられぬことを怒る。我から奪われ他に与えられるものを恨み、渇望と嫉妬に腸《はらわた》を燃やす。それこそがヒトの本性よ。なれば本来は〝負なるもの〟も、真実の鏡と同じく、幻界じゅうに細かく砕け散り、ひとつひとつは軽く無害な欠片《かけら》となって、無数のヒトびとのあいだに安住の地を見つけるはずであった。しかし愚かなるヒトは、〝負なるもの〟をその身の一部と認めることを嫌い、遠ざけた。〝負なるもの〟の存在を、あらざるものとして見ぬふりをした。（下、六〇〇頁）

このオンバさまの言葉にはPS的な世界を悪化させるものとしてメラニー・クラインが強調した羨望の問題が表われているように思う。羨望する自我は「良い」対象をうらやましく思って攻撃するため、「悪い」対象を統合する助けとして「良い」対象の力を使うことができなくなる（用語解説「羨望」の項目を参照）。そうした羨望の化身であるオンバさまとの戦いは、結局ワタルが自らの内にある羨望と戦うことを表わしていると考えられる。

ワタルのなかには、両親の離婚に苦しむ自分を幸せな子どもと比べて羨む気持ちがないとはいえない。それ以外にも、現実世界の亘は美鶴や宮原君などの成績が良くて人気のある子どもを羨ましく思うなど、羨望の念をもっていた。オンバさまは運命の女神を倒し、自分と一緒に「幻界《ヴィジョン》」の支配者になろうとワタルを誘惑する。全能の神の位置に立てば、「幻界《ヴィジョン》」を救うと同時に両親の離婚も止められ、それ以外にも何でも思いどおりになるというのである。

ゲドに対する全能性への誘惑

このエピソードは『影との戦い——ゲド戦記Ⅰ』のなかにあるテレノン宮殿のエピソードとよく

似ており、宮部みゆきはこれを意識して書いたのかもしれない。ゲドは高慢の心から死者の国にいる影を呼び出してそれに追われることになるのだが、危うく影に捕まりかけた時にテレノン宮殿に逃げこむ。そこにはセレットという美しい女性がいて、城にあるテレノンという魔力をもつ石を手に入れるように誘惑する。

テレノンは太古の精霊を封じこめた石で、城の主でセレットの夫であるベンデレスクが受け継いでいるものだが、ゲドが魔法の力でその太古の精霊と意思を通じ合えば、もう影を恐れる必要はないし、あらゆる望みがかなうというのだ。セレットは言う。

テレノンをして、質問に答えさせ、欲することをさせることができる方は、自分自身の運命をも支配することができるのです。そういう方は、この世、あの世を問わず、あらゆる敵をうち砕くだけの力を持ち、予見する力を持ち、知識も富も統治力も持ち、大賢人の鼻さえもあかしかねない魔法を自由自在にあやつることができるのです。(『影との戦い』一八〇頁)

このセレットの誘惑もオンバさまと同じく、世界を自由に支配する全能性への誘惑である。ゲドはこの誘惑を退けるのだが、妻の背信に気づいたベンデレスクが呼び出した石の使い魔が襲ってくる。それは黒い奇妙な生き物で、長い翼をもち、鎌のような爪をしている。この姿は「幻界《ヴィジョン》」の魔族を思わせるものだ。テレノンという石も「大昔の、邪で執念深い石の精霊」と形容されているので、魔界や魔族のようにネガティヴで羨望に満ちている分裂排除《スプリット・オフ》された心の一部に相当するようなものだといえるだろう。ゲドは影を恐れる自分の心の弱さに打ち克つことで、このテレノンや使い魔を退ける。

同じようにワタルもオンバさまの誘惑を退ける。ワタルがオンバさまと渡り合えたのは、これまでみてきたような「幻界《ヴィジョン》」での経験があるからである。旅の途中でオンバさまが女神を倒すという願いを言えばいいとそそのかした時も、ワタルはキ・キーマやミーナのことを思い、自分が彼らのことを好きなのは自分のいうことをきいてくれるからではなく、彼らの優しさが身にしみたからだと考えて、その提案を断わる。ワタルは仲間が自分とは違っているからこそ大切なのだということがわかっているのであり、自他の区別がついているのである。

最後のオンバさまの誘惑に対してもワタルは動じることはなく、羨望が自分の心の中にもあることを理解しながら、退魔の剣でオンバさまを倒す。オンバさまを倒すことはワタルが全能性への誘惑を振り捨てることであり、限界をもった存在であることを受け容れることだ。オンバさまを倒したワタルは「ありがとう」と誰にともなく言う。クライン派の理論にあるように、羨望が感謝に変わったのである（用語解説「羨望」の項目を参照）。

ワタルの願い

この後、ワタルは運命の塔の頂点で女神に会い、自分の運命を変えるのではなく、「幻界《ヴィジョン》」を魔族から救うために常闇の鏡を砕いてほしいという願いを伝える。その時に、自分が旅を通して理解したことを言葉にして説明している。これはワタルの口を借りて宮部みゆきがこの物語で描こうとしてきたことの総まとめのような場面になっている。

ワタルは自分が「現世の理不尽な運命を正しい形へと戻すため」に旅を始めたと思っていたが、それは勘違いだったと言う。なぜなら「この幻界は、僕の幻界だから」で、自分は旅をしながら自分の幻界を作ってきたのだ、だから幻界を魔族から守ることは自分の心を守ることなのだ、とはっきり言うのである（下、六二二頁）。

次章でみる村上春樹の『世界の終りとハードボイルド・ワンダーランド』でも主人公の一人である夢読みが、「世界の終り」の街は自分自身の心だということを理解する同様の展開がある。夢読みもワタルも、ネガティヴな部分も含んだ自分というものを受け容れるのである。

自分は強くなったわけではないとワタルは言う。現実の自分はまだ子どもで、「一人では何もできない。寂しさに泣き、恐怖に震える。大切なものが奪われることを怖れ、傷つくことを恐れる」（下、六二三頁）存在だと言う。このような弱さもしっかりと自覚している。しかしワタルは言う。

僕はこれからも、喜びや幸せと同じように、悲しみにも不幸にも、何度となく巡り合うことでしょう。それを避けることはできない。ましてや、悲しみや不幸にぶつかるたびに、運命を変えてもらうわけにはいかないのです（『ブレイブ・ストーリー』下、六二四頁）

宮部みゆきが描いているような現代社会の心の歪みの根には、喪失や分離などに由来するネガティヴな感情から目を背けるという態度がある。それはミツルのように全能的で迫害的な対象と同一化して周囲に害を与えるという犯罪のような形で現われたり、現実世界で亘の手を踏んでいった態度の悪い若者や、「幻界《ヴィジョン》」でのデラ・ルベシの教王のような、全能感の錯覚を手放すまいとして自分のなかに引きこもったような態度になって現われたりする。ここでワタルが運命の女神に語っている言葉には、自分が全能でなく弱い存在であることを受け止め、現実のなかにある自分に都合の悪いことや、それにともなって自分のなかに生じる感情とともに生きようという決意がみられる。これはミツルや教王などの態度とは対照的なものだ。

こうしたワタルの心の成長が、「幻界《ヴィジョン》」を魔族から救うために常闇の鏡を壊すという願いに結実し、勇者の剣は光となって常闇の鏡を砕く。常闇の鏡という投影同一化された「悪い」対象の塊は細かい破片となって、「幻界《ヴィジョン》」の住人の心にしかるべき位置を占めることになる。「悪い」敵を破壊して滅ぼしたのではなく、心の影の部分を統合するという作業を、「幻界《ヴィジョン》」というワタルの心を表わす世界全体の規模で行なったわけである。

ゲドと沈黙のオジオン

ワタルが自分の弱さや絶望感に打ちのめされる場面が、物語の後半では目立つ。ミツルやカッツが死ぬという喪失体験もある。こうした苦しみに向き合っていくDポジション（序章の四九－五〇頁、および用語解説「PSとD」の項目を参照）のプロセスが物語の後半で進行していく。

ワタルの場合はこれまでみてきたように、仲間の優しさによって「抱えられる」ことやハイランダーやカッツなどの第三項との同一化が、「幻界《ヴィジョン》」におけるPS↕Dをコントロールするプロセスを支えていたと思われる。これまでしばしば名前を挙げてきた『ゲド戦記』でも、ゲドをはじめとする主人公たちがさまざまな内的な葛藤を経験するのだが、そこでどのような存在が支えてくれる対象となっているのかを、比較のためにみてみようと思う。

前に触れたテレノン宮殿のエピソードでは、ゲドは石の使い魔との戦いでハヤブサに変身する。姿変えの魔法は危険なもので、人間であることを忘れてその動物になりきってしまうおそれがあるものだ。この時のゲドも怒りに身を任せてハヤブサに変身し、そのまま使い魔を振り切って故郷のゴントを目指すのだが、彼の感情はいつしかハヤブサの怒りと荒々しさに同一化してしまう。人間としての記憶を失い、本能のままに故郷のゴントに帰り着いたゲドは、無意識のうちに師匠であり名付け親である沈黙のオジオンという魔法使いの手首に降り立つ。オジオンはハヤブサがゲドであることに気づき、家に連れ帰って世話をしてくれる。

ここで自力ではハヤブサから人間に戻れないゲドは、怒りや荒々しさという自分の感情に呑みこまれて自分を見失っている状況にある。投影同一化の悪循環に呑みこまれたような状況である。それを「抱えて」世話してくれるのがゲドにとって父親のような存在であるオジオンであり、彼は前エディプス的な「想像的な父親」にあたるだろう。人間としての意識を取り戻したゲドは、これから影とどう向き合っていったらよいか、オジオンに相談する。オジオンは影を「わしには追い払えまい」と言う。追い払うのはゲドにしかできないと言うのである。弱気になるゲドにオジオンは静かに語りかける。

人は自分の行きつくところをできるものなら知りたいと思う。だが、一度は振り返り、向きなおって、源までさかのぼり、そこを自分の中にとりこまなくては、人は自分の行きつくところを知ることはできんのじゃ。川にもてあそばれ、その流れにたゆとう棒切れになりたくなかったら、人は自ら川にならねばならぬ。(『影との戦い』一九六頁)

ル＝グウィンが『ゲド戦記』で提示している社会的な基準である第三項には、『ブレイブ・ストーリー』と同じように、二通りあるように思える。一つはローク島の魔法学院にいる大賢人などのエリート魔法使いが代表するものだ。これは世界についての深い知識によって王族を助けて世界の統治に役立つためのものである。それに対して、ここで自分の心に向き合うことを諭しているオジオンは、田舎で羊を飼って暮らしている。彼は自然を支配する魔法を心得ていながら、雨が降れば雨に濡れながら山を歩くような人物だ。自然の均衡を乱すことを警戒しているのである。今でいうとエコロジー的なバランスを考えているようなものだろう。

子どもの頃オジオンに弟子入りしたゲドは早く魔法に熟達して使ってみたかったので、そのような地味な態度に不満をもち、師の下を離れてローク島の魔法学院に行く。魔法学院は、物語の舞台であるアースシーという架空の世界ではエリート養成所にあたる。世界中から選りすぐりの才能をもった少年が集まり、切磋琢磨して魔法を身につけた後、各地の王族などに迎えられて出世を果たす。ゲドはそのなかでもずば抜けた才能の持ち主だが、影を呼び出してしまってからは名声を求める気持ちは薄れていく。それよりも、内側から自分を脅かす影との戦いのほうが切実なのだ。

オジオンの助言を受けたゲドは、自分は多くの優れた魔法使いと暮らしてきたが、「あなたこそ真にわたしの師と仰ぐ方です」と深い敬愛をこめて言う。包んでくれるような温かさをもった父親的な対象と同一化して、自らの傲慢な心が呼び出した影に向き合っていくのである。

影を統合したゲドは、やがてローク島の大賢人となる。アースシーの魔法使いの頂点に立つのである。しかし、第三作の『さいはての島へ』でゲドは死の世界との間に開いた通路をふさぐことで力を使い切り、その後は故郷に戻って羊を飼いながら暮らすことになる。この第三作のエピソードは、ワタルが魔界との通路である常闇の鏡を壊すのとよく似ている。

『ねじまき鳥クロニクル』第3部の決闘場面

次に投影同一化の悪循環による怒りの感情の激発をある種の社会的な基準との同一化と結びつける例として、村上春樹の『ねじまき鳥クロニクル』第3部の最後の方に出てくるトオルとノボルらしき人物との決闘場面を考えてみよう。

『ねじまき鳥クロニクル』の主人公の岡田トオルは、家出して消息を絶った妻のクミコを取り戻そうとするうちに、ある井戸にもぐってそのコンクリートの壁を通り抜けることに成功する。その先には彼の敵である義兄の綿谷ノボルらしき人物がいて、トオルはクミコをめぐってその男と戦う。妻と別れたという状況は『ダンス・ダンス・ダンス』や『世界の終りとハードボイルド・ワンダーランド』などでも描かれる、村上春樹作品でしばしばみられる設定だ。井戸の壁の向こうにある世界はトオルの内界が実体化したような雰囲気の場所だが、こうした場所も彼の作品にしばしば登場する。『ダンス・ダンス・ダンス』には、ドルフィン・ホテルの十六階にある羊男のいる奇妙な空間が出てくる。『海辺のカフカ』では、入り口の石の向こう側の世界があり、主人公の田村カフカは自分の心と向き合うために森を通ってそこにはいっていく。こうした場所は主人公たちにとって、退行的な環境として機能している。彼らはそこで現実社会で負った心の傷を癒したり、自分自身の内なる闇と向かい合ったりする。

『ねじまき鳥クロニクル』の井戸の壁を越えた場所は退行的といっても、テレビに映るノボルらしき人物の演説に聴き入っている人びとがいたり、トオルが208号室で女と会っているとき、釘を打つような感じのノックの音がしたりするなど、迫害的な雰囲気をたたえた場所である。一方、顔のない男、208号室にいる女などの援助してくれる「良い」対象にあたるような存在もいる。こうした存在に助けられながら、トオルは自分がひどく憎んでいるノボルと対決する。

２０８号室に来るノボルらしき敵の顔は、最後まで描写されることはない。その男はトオル自身の心にある暗い攻撃的な部分、つまりトオルの分身かもしれないのである。あるいはトオルがその男を倒した時、その顔を見ないでくれとクミコが頼むことから、それはトオルが気づかなかったクミコの「悪い」面だと読むこともできそうだ。つまり、トオルとノボルらしき人物との決闘は、退行的状況の進行のなかで心に浮かび上がってきた愛着対象をめぐる根深い憎悪に向き合う作業だといえそうだ。

この場面でのノボルを、トオルの投影同一化によって生まれた自己と対象の混じり合った「悪い」対象だと考えると、それに対してワタルのように呼び戻して統合するという対処法が一つ考えられる。「抱える」ことによって、投影同一化の悪循環を止めるのだ。後で『世界の終りとハードボイルド・ワンダーランド』で詳しくみるように、村上春樹は二者関係において女性に「抱えられる」プロセスを描くことが多い。しかし、ここではナイフで襲ってくるノボルらしき人物をクミコから渡されたバットでトオルが撲殺する。心の影の統合とは正反対のことが起こっているのだが、これをどうみたらいいのだろうか。

個人の病んだ部分と歴史のなかにある暴力

このトオルの行動は、個人的な心的均衡の回復だけでなく、過去の歴史のなかで繰り返されてきた暴力につながっている。村上春樹は河合隼雄との対談のなかで、この場面についてかなり突っこんだ話をしている。[3]この対談は一九九五年一一月に行なわれたもので、『ねじまき鳥クロニクル』第3部が同じ年の八月に出版されて間もない時期のものである。

この対談には村上春樹の考える社会的な基準についてのヒントがいろいろ含まれている。村上春樹によると、彼が小説を書き始めたのは「ある種の自己治療のステップだった」[4]ということだ。小説家というのは「みんな自分の好きなものを書いて、それを持っていって売って、おカネをもらって生活する。誰とも付き合わなくていい」と考えていたが、小説家の世界も日本社会の縮図にすぎなかったので海外へ行ったという。[5]このように自分流を通せる職業を選び、さらにその職業の世界からも離れていくというのは、エディプス的な同一化を経て社会生活を送るというのとは逆方向に向かう姿勢ではないかと思う。しかし、小説家としての村上春樹の指針には、社会的な要素が感じ取れる。

「自己治療のステップ」として小説を書き出したということは、小説のなかに自分の病んでいる部分が投入されていることを意味する。このことに村上春樹は大変自覚的で、対談も人が自分のなかの病んでいる部分、村上春樹の言い方でいうと「欠落」した部分を、箱庭療法やカウンセリングなどでいかに表現するかという点に多くの分量がさかれている。例えば次のような対話がある。

村上　人間は病んでいれば、だれにでも物語をつくる能力が、潜在的にはあるということなのでしょうか。

河合　それはむずかしいところで、人間はある意味では全員病人であると言えるし、またいわゆる病んでいる人であっても、それを表現するだけの力がないと形になってこないんです。病んでいる人の場合は、疲れとか恐ろしさとか、そういうのがダーッと出るばかりで、物語にまでなかなかなってこないということもあります。

村上　芸術家、クリエートする人間というものも、人はだれでも病んでいるという意味においては、病んでいるということは言えますか？

河合　もちろんそうです。

村上　それにプラスして、健常でなくてはならないのですね。

河合　それは表現という形にする力を持っていないとだめだ、ということになるでしょうね。それと、芸術家の人は、時代の病いとか文化の病いを引き受ける力を持っているということでしょう。（『村上春樹全作品 1990 ～ 2000』7、三二四–三二五頁）

人は「ある意味では全員病人である」というのは、宮部みゆきが普通の人のなかにも異常性が隠れていることをよく作品で描くのとも共通した認識である。しかしその病んでいる部分を「物語」という象徴的記号形成につなげる力は、皆がもっているわけではない。河合隼雄は、実際に心を病んで箱庭療法をしたりする場合、物語的な構成がそこに表われることがあると、別の箇所で言っているが、ここでは芸術家の場合は「表現という形にする力」が関わっていると述べている。

「表現という形にする力」というのは、表現の才能があるというだけではなく、投影同一化に呑みこまれずに、そのプロセスを対象化して分析する強さをもっているということだろう。これは序章で紹介したクライン派の美学と重なる論点である。クライン派の美学では、創造性は投影同一化とDポジションでの不安の克服に由来するものであり、芸術はPS↓Dという治療的プロセスと同じく断片を統合する特徴をもつと考えられていた（序章の一八頁、および用語解説「PSとD」の項目を参照）。

また、個人的なPSポジションやDポジションを表現するにとどまらず、「時代の病いとか文化の病い」を表現するとも言っている。ここにも投影同一化のプロセスが関わっているだろう。自分の内部にある「悪い」対象を投影同一化することによって、時代や文化の「悪」とある種の同一化を果たし、我がことのようにそれを洞察するのだ。

この対談で村上春樹は、暴力について次のように話している。

村上　（前略）ですから、結局、これからのぼくの課題は、歴史に均衡すべき暴力性というものを、どこに持っていくかという問題なのでしょうね。それはわれわれの世代的責任じゃないかなという気もするのです。

河合　そうですね。暴力性をどういう表現に持って行けばいいのか、いまの若者がそこまで気がついてくれるといいんですけれどもね。（三五八頁）

このように暴力性、特に歴史との関わりにおける暴力性と向き合うことを、村上春樹は小説家としての「課題」であり、自分の世代の「責任」でもあると位置づけていることが、この対談から読み取れる。つまり村上春樹にとっては、自分が感じ取っているこうした暴力的な領域を物語の形にまとめることが、社会的な基準である第三項として機能していると思われる。

投影同一化された内／外の闇に向き合うという第三項

話を『ねじまき鳥クロニクル』に戻そう。ノボルは内部に嫌な何ともいえないものを潜めていながら、表面的にはマスコミで活躍する学者であり、政治家でもあるという小綺麗な仮面をかぶって世間に悪影響を及ぼしかけている人物だ。このノボルの特徴は、ワタルの父の明とは少しタイプが違うが、やはりコフートのいう自己愛の障害にあたるようにみえる（序章の五四-五六頁を参照）。トオルはそうしたノボルの嫌な面を見抜き、それを憎む。彼は村上春樹が投影同一化的に理解した歴史のなかにある暴力を体現した人物なのである。これは『ブレイブ・ストーリー』でいえば、カッツが怒りの対象としていた幼稚なPS的内界をもった犯罪者にあたるだろう。すでにみたようにカッツの場合、そうした相手を攻撃することは、内的な自他未分化のPS的世界から、自分のなかにある辛い感情に向き合ってそれを統合するDポジションの「分離」した対象関係へと「想像的な父親」との同一化を経て移行するプロセスと結びついていた（第一章の一〇九頁、および用語解説

「PSとD」「想像的な父親」の項目を参照)。ワタルがオンバさまを切り裂き、常闇の鏡を打ち砕くのも、それらの粉々になった「悪」が各人の内界に戻って統合されるためだった。では、ノボルの頭をバットで砕くトオルの場合はどうなのだろうか。

トオルはノボルに怒りを投影同一化してノボルの闇を認識する。これは先ほどの村上春樹と河合隼雄の対談でいうと、芸術家が自覚している病んだ部分にあたるだろう。芸術家は内部に病んだ部分をもつことで時代の病理を洞察すると同時に、健常な部分をもつことでそれを表現することができる。トオルも投影同一化した病んだ部分に対峙する健常な部分をもった人物だと思われる。それは物語のはじめから、トオルが内部の闇に向き合おうとして積極的に近づいていくところから察することができる。

トオルは法律事務所を自分から辞めて無職という社会的なアイデンティティー不在の状態になり、消えてしまった猫や妻のクミコの痕跡を求めて、画一的な住宅街の裏にある「路地」にはいっていく。そして、そこにある空き家の庭の井戸に潜って暗闇でさまざまな記憶や感情に身をゆだねる。そうするうちに井戸の壁を抜けてノボルらしき人物と対決する。ノボルは井戸などなんの関心もないように装いながら必死でその空き家を買い取ろうとするのだが、これは井戸が表わしている前エディプス的な内界の「悪い」部分を分裂排除《スプリット・オフ》して見ないようにしている態度である。それに対してトオルは自分のなかにある暴力的な部分を自ら探し求め、対決の場面ではバットという形で握っている。

砕かれた「悪」であるノボルは、ワタルの分身の場合のようにトオルに統合されるわけでも、オンバさまや常闇の鏡のように人びとに統合されるわけでもないが、心の深い部分と歴史とに共通する生々しい暴力性が言語的に表現されていると言うことができる。

先ほどの対談でも歴史的な暴力について、次のように語られている。

村上 『ねじまき鳥クロニクル』の中においては、クミコという存在を取り戻すことがひとつのモチーフになっているのですね。彼女は闇の世界の中に引きずり込まれているのです。彼女を闇の世界から取り戻すためには暴力を揮わざるをえない、そうしないことには、闇の世界から取り戻すということについての、カタルシス、説得力がないのです。（中略）もうひとつ、闇の世界はなにかというと、そこにはえんえん積み重なった歴史的な暴力というのが存在しているのです。（中略）結局、第三部の終わりで、闇の世界から光の世界へ引き戻すために揮われる暴力は、それら歴史的な暴力に呼応するものだという、一種の蓋然性というのですか、そういうものができてくるんですね。（三五六頁）

闇の世界に引きずりこまれているクミコという存在は、トオルに強烈な喪失感と不安を感じさせるので、アルファ機能によって処理されていない「不在の乳房」に相当すると思われる（序章の四五－四六頁を参照）。「悪い」対象の投影同一化により敵は迫害的で恐ろしいものと感じられている。その恐怖に向き合おうとするトオルは、戦時中に凶悪な人物を倒そうとした間宮中尉のような父親的な人物と同一化しようとする。

何も考えてはいけない、と僕は思った。**想像してはいけない**。間宮中尉は手紙の中にそう書いていた。**想像することがここでは命取りになるのだ**。（『村上春樹全作品1990〜2000』5、三八二頁）

襲ってくるノボルらしい男のナイフを闇の中でかわしながらバットで応戦する限界状況において、トオルはこのように間宮中尉のアドバイスに従おうとする。間宮中尉のように戦時中に暴力と向き合った人にトオルが同一化することによって、歴史のなかの暴力とトオルのふるう暴力が呼応していることが示されている。村上春樹のいわゆる「コミットメント」を支える第三項は、歴史のなかの暴力と精神内界のPS的な恐怖のつながりを洞察し、それを言語表現として形にするところに成立するものなのである。つまり、村上春樹の創作活動は現実の世界で分裂排除《スプリット・オフ》されがちなPS的かつ歴史的な暴力を意識に統合するという、PS↓Dにあたる作業（序章の四九–五〇頁、および用語解説「PSとD」の項目を参照）といえるだろう。

第二章　失われたものと取り戻せるもの
――村上春樹『世界の終りとハードボイルド・ワンダーランド』

1　分裂した世界と包容的・迫害的対象

村上春樹における内界の表現

村上春樹の作品では、日常的な生活のなかに不意に非日常的な領域が侵入してくるということが、よく起こる。そしてその非日常的で非現実的な領域の出来事は、主人公の内的な世界と関わりがあるように描かれることが多い。例えば、「象の消滅」では、町の動物園の象と老いた飼育係が、ある日突然いなくなるという出来事が起こる。その謎をめぐって周囲はあれこれ憶測するのだが、この象と飼育係のことを好きだった主人公は彼らが文字どおり縮んで消えてしまうのを偶然目撃する。

この消失は主人公が女性と食事をしているときに彼の口から語られるのだが、広告会社の社員として日々忙しく過ごしながらもそうした生活に違和感を感じている彼にとって、消えていく象と飼育係は「便宜的な」現在の社会システムとは別の体系へと移行していったように感じられる。移行していった先には何があるのだろうか。「象の消滅」には、そこまでは書かれていない。この物語では、主人公は象が消えた後も、それまでどおり会社員としての生活を続けていく。しかし、『世界の終りとハードボイルド・ワンダーランド』では、主人公の一人である計算士は自分のいる場所から別の世界へと移行してしまう。それは「世界の終り」という名前のついた、主人公の深層意識のなかにある世界である。

象が縮んで消えるにせよ、人間が自分の深層意識のなかにある世界に消えるにせよ、実際にはあまり起こりそうもない出来事だ。村上春樹は言葉によって物語を紡ぎ出すことで、主人公の内面と関わりのある非日常的領域へと読者を誘導していくのである。村上春樹の小説には「象徴」という言葉がよく用いられるが、実際、彼の小説で表現されている対象は、ウィニコットのいう主観的空想と外部の実在との「中間領域」に属しており、序章でミルナーの論文を紹介したときに述べたような意味での象徴使用の産物だといえる。

従って、村上春樹作品で表現される非日常性の中身が、例えば「悪い」対象を「抱える」作業のような、前エディプス期に起こるプロセスと重なってくるのは自然である。主人公たちが、彼らを悩ます「悪い」感情を知り合いになった女性に慰撫してもらうという展開が、村上作品ではよくみられる。これは女性たちがそうした感情をウィニコット的な意味で「抱えて」いると理解できる。その女性が、『ノルウェイの森』のレイコさんのように母親ぐらいの年齢である場合もあり、『海辺のカフカ』の佐伯さんのように本当の母親かもしれないとされている場合もあることは、この解釈の裏付けとなろう。

『海辺のカフカ』の主人公である田村カフカは感情のコントロールに難のある少年で、世界の闇の部分とつながっているらしい父親との関係で葛藤を抱え、十五歳で家出する。こうしたカフカの心にある「悪い」対象を受け止めてくれるのが、香川県にある小さな図書館と、そこにいる司書の大島さんと佐伯さんという二人の人物だ。大島さんは若い男性に見えるが、性同一性障害で身体的には女性である。物腰も柔らかで、カフカを「抱えて」くれるような感じで接してくれる。佐伯さんはカフカの母親ぐらいの年齢である。物語の最後の方で森の中にある町にいるカフカが、「悪い」対象に相当する「なにか」を自分の一部として受容するのだが、その時に佐伯さんが大きな力になってくれる。この森の中にある町は、『世界の終りとハードボイルド・ワンダーランド』で描かれている「世界の終り」の街とよく似ており、一種の続編であると指摘されることがある。

このように複数の対象が「抱える」役割を果たす場合が、村上春樹作品にはよくある。『世界の終りとハードボイルド・ワンダーランド』でも、博士の孫娘と図書館のリファレンス係の女性の二人が計算士をいろいろと助けてくれる。『ねじまき鳥クロニクル』第3部では、トオルを助けてくれるのはシナモンとナツメグという親子である。ナツメグは年配の女性、シナモンは青年なので、佐伯さんと大島さんに近い組み合わせになっている。

このように女性を含む複数の人物に「悪い」対象を「抱えて」もらうことが多いため、村上春樹作品を前エディプス期の精神内界と比べた場合、基本的には二者関係でものごとが進んでいるように見える。しかし、父親的な第三項が微妙な形で関わっているようでもある。今例に挙げた組合わせでも、大島さんとシナモンが女性ではないのはそのためではないだろうか。

あるいは大島さんやシナモンは、主人公の分身的な存在かもしれない。初期の作品では「鼠」という主人公の分身のような人物がいた。『世界の終りとハードボイルド・ワンダーランド』には夢読みと切り離された彼の影というペアが出てくる。双子の女の子が出てくる作品もある。分身テーマは村上作品に深く浸透しているようである。

こうした点を踏まえて、『世界の終りとハードボイルド・ワンダーランド』がどのように書かれているか、どのように解釈できるかを考えてみよう。

三つの無意識をもつ男

『世界の終りとハードボイルド・ワンダーランド』は奇数章の「ハードボイルド・ワンダーランド」と偶数章の「世界の終り」という二つの物語から成っている。この交互に進む二つの物語がやがて一つにつながるという書き方を、村上春樹はしばしば使う。『1973年のピンボール』でも既にそれに近い書き方がみられるし、『海辺のカフカ』や『1Q84』などでも使われている方法である。『世界の終りとハードボイルド・ワンダーランド』では、「世界の終り」が主人公の内界という設定になっているが、他の二つの作品はそういう分け方ではない。しかし、ふだんわれわれが暮らしている日常的な世界とは異質の領域を描き出す手法として、そのような語り方が選ばれていることは共通している。

「ハードボイルド・ワンダーランド」の物語は主人公である計算士によって、一人称で語られる近未来のハードボイルド風の話である。計算士とは自分の右脳と左脳の割れ方をコードとして使う「洗いだし《ブレイン・ウオッシュ》」などの方法で情報を暗号化する仕事をしている、生きた暗号製造マシンのような存在である。この近未来の世界では、計算士たちの属する『組織《システム》』と記号士たちの属する『工場《ファクトリー》』という二つの組織が対立して情報戦を戦っている。右脳と左脳、『組織《システム》』の計算士と『工場《ファクトリー》』の記号士、人間の世界と地下にいる怪物である「やみくろ」の世界といった具合に、この物語でははじめから分裂が強調されている。右脳と左脳がギザギザになった切れ目を挾んで分かれている手書きの図なども挿入されていて、擬似科学的な心地よい胡散臭さとともに、物語の主題ともいえる意識の底にある未知の領域に向かっていく。それが独特の設定である「意識の核」とその映像化である。

人間の意識には表層の流動的な部分と深層の固定した部分があるとされ、その固定した部分をこの物語では「意識の核」と呼んでいる。無意識にほぼ相当するといえるだろう。計算士は洗いだしよりもさらに解読されにくい「シャフリング」という暗号化のために、表層意識から切り離して固定された「意識の核」を脳に埋めこまれている。彼はいわば、無意識を二つもっているのである。一つは外界の知覚とつながった無意識、もう一つはそうでない独立した無意識である。主人公の「意識の核」には、「世界の終り」という名前がつけられている。

シャフリングを考案したマッドサイエンティスト風の博士が、計算士の「意識の核」を三次元の映像としてヴィジュアル化したものを、科学者としての好奇心から作成した。「意識の核」というのは主人公の深層意識のパターンなので、それを物語として映像化したものというのは前エディプス期の精神分析理論でいう精神内界構造（intrapsychic structures）にあたると思われる。

博士がデータを取る目的で、計算士の脳の中に三次元的にヴィジュアル化した「意識の核」を埋めこんだために、計算士の脳には合計三つの無意識が存在することになった。通常、計算士は意識と連動した無意識を使って生活している。シャフリングの時には第二の独立した無意識を使ってきた。博士の地下室に呼ばれてからは、第三のヴィジュアル的な物語である無意識への通路が開かれた。そして、やみくろの襲撃で研究室が壊されたため、博士は第三の無意識への通路を閉じられなくなり、計算士は第三の無意識の世界に永遠に閉じこめられることになるというのが奇数章の物語の大筋である。

「世界の終り」の街と壁の完全性

一方、偶数章ではこの第三の無意識の内容が、物語として語られる。そこは壁に囲まれたヨーロッパ風の田舎街で、「夢読み」として新たに街に来た青年の一人称で語られる。始まり方には明らかにカフカの『城』の影響がみられる。『城』でも、語り手の測量士が城のある村に到着するところから話が始まる。カフカの影響は「世界の終り」の街にカフカの短編「掟の門」を思わせる門番がいたり、主人公に助手がいたりするところにも表われている。

「ハードボイルド・ワンダーランド」同様、「世界の終り」の物語にも多くの分裂がみられる。街は壁で囲まれて世界の他の部分から切り離されていて、中央を流れる川で二つに分断されている。巻頭に付いている地図を見ると、街はまるで右脳と左脳に分かれた脳のように見える。夢読みのいる街が計算士の脳内の世界であることがヴィジュアル的にも示されているのである。

夢読みは、過去の記憶を失った状態でこの街にやってきた。そして、街にはいるときに、門番はナイフで夢読みの影を地面から引き剝がし、夢読みから分離する。このエピソードは計算士が彼の「意識の核」を分離されていることを思わせる。また、第三のヴィジュアル化された人工の「意識の核」に計算士の意識が到着したと考えると、夢読みが思い出せないでいる記憶や切り離された影は、自分の本当の無意識なのではないかと思われる。この切り離された影はただの影ではなく、主人公と会話する別の生命体のような感じのものである。つまり、村上春樹作品にしばしば登場する、主人公の分身的な存在である。切り離された影は弱っていき、影が死ぬと夢読みの心も死ぬ。弱っていく影は、Dポジションの母親のような修復の対象である。

街にみられる最も重要な分裂のシンボルは、街を囲む壁である。これは完全な壁であると門番は言う。


誰にも壁を傷つけることはできないんだ。上ることもできない。何故ならこの壁は完全だから

だ。よく覚えておきな。ここから出ることは誰にもできない。（『世界の終りとハードボイルド・ワンダーランド』一五四頁）

夢読みは、一度この街にはいると二度と出ることはできないのであり、この壁を越えられるのは鳥だけだと説明される。壁の中の街も完全で、争いも飢えもない。なかなか良さそうな状況だが、夢読みはこの説明を受けた後で「どうして僕が古い世界を捨ててこの世界の終りにやってこなくてはならなかったのか」（一五五頁）、そこには彼の心を失わせる何か理不尽な力が働いていたのではないかと自問する。この後、夢読みは図書館での彼の仕事を補助してくれる助手の女性や、切り離された自分の影などとの対話を通して、この疑念と向き合っていく。その作業が前エディプス的なプロセスによく似ている点を、順を追ってみていきたい。

まず、完全な壁とそのなかの完全な街という状況についてである。街は計算士の心なので、完全な壁は完全な部分とそうでないものとの二つにすっぱりと心を分断している。これは「良い」対象と「悪い」対象の分裂《スプリッティング》、あるいはコフートのいう自己愛性パーソナリティー障害の内界にある「垂直分割」を思わせる状況である。

街にはいるには影を切り離すことが必要という設定も、「悪い」対象の分裂排除《スプリット・オフ》という前エディプス的なプロセスの象徴的表現である。影＝「悪い」対象と考えると、物語の設定では影の死＝心の喪失であるから、「世界の終り」の街では心が「悪い」対象に相当することになる。住人には影も心もないのだが、それでも日々生じる心の泡沫のようなものがあり、この「悪い」対象の残滓のようなものを分裂排除《スプリット・オフ》する役割を、この街では「獣」と呼ばれる一角獣が担っている。

獣は秋になると金色の冬毛に変わる美しい生き物である。彼らは街の住人の心の残滓を内部に溜めこみ、街の外へ運び出す。冬になって死んだ獣は門番によって焼かれ、その後で獣の頭骨に残っている心の残滓を無害なものにして解放するのが、夢読みという仕事なのである。そのような街のシステムによって、住人は永遠に変化しない完全さのなかで生きることができる。このことは終盤の影との対話のなかで夢読みに知らされる。

「悪い」対象を処理するというアルファ機能にあたる作業をするのが獣なので、獣は「悪い」対象を投影同一化された存在であるといえる。つまり母親的な対象にあたる。この話では、獣が心の残滓を自ら壁の外に運んでいくところが、外部にいて投影同一化を受ける母親的存在とは違うが、やっていることは同じである。そのような獣が死んで焼かれるというのは、失われた母親的対象に対する「喪の仕事」を思わせる。獣の死後に夢を読む夢読みも、その作業の続きを行なっていることになる。

「古い夢」を読む夢読みと周囲の人びと

夢を読むとは、図書館に保存された獣の頭骨に指をあて、そこから漏れてくる淡い光をたどるという作業である。それは人びとの日々の記憶を読んでいくようなものだ。「それはざわめきのようでもあり、とりとめもなく流れていく映像の羅列のようでもあった」（八八頁）とある。この作業には物語を作る行為への村上春樹自身の自己認識が反映しているように思える。

この小説よりもずっと後になるが、村上春樹はオウム真理教の被害者のインタヴューをまとめた『アンダーグラウンド』という本を書いた。その後書き（「目じるしのない悪夢」）のなかで彼は、被害者の人たちに会ってインタヴューするなかで、事件の記憶をめぐる一種の「物語」ともいえるような彼らの話に対して、「自然な感応力のようなもの」を感じたと言っている。

私はそこにある言葉の集積をそのまま飲み込み、しかるのちに私なりに身を粉にして「もうひとつの物語」を紡ぎ出していく蜘蛛になった。薄暗い天井の片隅にいる無名の蜘蛛だ。（『村上春樹全作品 1990 ～ 2000』 6、六六〇頁）

目的は心の残滓を解消することではないが、ここで書かれているような、自らの心を開いて一種の〈通路〉のような存在となって物語を紡ぎ出すという作業は、「世界の終り」の街の図書館で頭骨の中に眠っている人びとの心を読むという、夢読みの作業に相通じるものがあるように思う。あるいは、これはクライアントとの対話のなかで彼らの心を文字に書き留める精神分析家の作業とも重なるような気がする。

サンドラ・ゴッソ編『精神分析と芸術(1)』をみると、序章で述べたように一九五〇～六〇年代のクライン派の分析家や、対象関係論に影響を受けた文学研究者が、精神分析過程と芸術的創造の類似性という議論を繰り広げていた様子がうかがえる。彼らによれば、創造はPS↕Dにおける母親的対象への「償い」（reparation）と関わりのある治療的プロセスである。芸術はボッシュの絵画のように混沌とした素材を扱うこともあるが、それを美的表現へと統合している点で、Dポジション的な修復作業を行なっているとみることができるのである[2]（序章の一八頁、および用語解説「PSとD」の項目を参照）。

「ハードボイルド・ワンダーランド」の夢読みは、獣の頭骨に感じられる「ざわめき」「映像の羅列」と表現される前記号的な流れである「古い夢」を読む。『アンダーグラウンド』を書いた村上春樹は、被害者が語る「言葉の集積」という感情的負荷を帯びた集塊から、「自然な感応力のようなもの」を通過させることで『アンダーグラウンド』という本の形へと象徴化を行なう。これらの作業も、インプットされた材料を「抱えて」秩序立てる作業といえるだろう。

夢読みは、はじめうまく夢を読むことができなかったが、やがて助手の女性の失った心を頭骨の中から選り分けることに成功する。助手の心を修復する「償い」に成功したのである。そこに至るまでに助手や街にいる大佐、影などとの会話が積み重ねられる。夢読みが「悪い」対象を抱えられるようになるプロセスで、これらの人びととの間で完全な壁や脱出についての話が交わされる。

街の特徴である壁の完全さは、単なる分裂《スプリッティング》の防衛よりも強いものである。壁自体も完全で、門番のナイフも通らず、継ぎ目もないので登ることもできない。つまり心の分裂《スプリット・オフ》排除された部分に相当する外部の世界への接近は、完全に断たれているのだ。そして、壁の中はすべて完全であるとされている。これはコフートの自己心理学が説明するような自己愛の障害をもつ人の心の構造とよく似ている。自分の弱さや不完全な部分を「垂直分割」という壁の向こう側に押しやるのが、自己愛的な人格の特徴である。夢読みはこうした自己愛的な完全性の壁に、周囲の人との関わりに支えられながら少しずつ迫っていく。

「世界の終り」の物語は、はじめからそれほど迫害的なトーンは強く出ていない。よく切れるナイフをみせびらかして獣を切り刻むのを楽しむサディスティックな門番はいるが、全体の雰囲気は「世界の終り」という言葉から感じられるようなしっとりとした寂しげな感じのものである。美しい獣や彼らの死は、「夢読み」にとってはじめから気がかりな現象だったが、こうした美しく力強い存在が傷つきやすい弱い存在でもあるというアンビヴァレンスが、夢読みが思い悩む要素となっていく。

つまりこの物語の世界はPS的であるというよりは、喪失感と向き合って傷ついた対象を修復するというDポジションの課題が中心であり（序章の四九－五〇頁、および用語解説「PSとD」の項目を参照）、そこに自己愛的な問題や、大佐との会話に示されるようなエディプス的な父親との問題などが絡んでいるのである。

「ハードボイルド・ワンダーランド」の計算士の「意識の核」には、このようにPS↓Dという意味で自己治療的な物語が含まれていたわけである。

計算士を「抱える」二人の女性

『世界の終りとハードボイルド・ワンダーランド』には、主人公たちに恐れを感じさせるいくつかの目立つイメージがみられる。「ハードボイルド・ワンダーランド」ではやみくろという地下の怪物がいる。計算士が二度目に地下を旅するときに、やみくろへの恐怖がピークに達する。また、地下の国にはヒルが湧き出してくる巨大な穴があり、そこから聞こえてくる怪物の息のような音も計算士を脅かす。「世界の終り」の方では「南のたまり」と呼ばれる恐ろしい水の流入孔がある。街を流れる川が南側の壁の手前で地下へと流れ落ちる洞窟のことだが、その地下では水が渦を巻いていて、はいったら二度と浮かび上がれないという。その水の音はやみくろのいる地下のヒルの湧く穴の音とよく似た感じのものである。また冬場に森を探索して壁に近づいた夢読みは、井戸のある広場で眠りこんで高熱を出すのだが、そのとき夢現《うつつ》となった夢読みを壁が脅かす。

すでにみたようにこの二つの世界は数々の分裂《スプリッティング》に満ちたものであるから、そこに存在しているこうした怪物や洞窟、恐ろしい音などは投影同一化された「悪い」内的対象とみることができる。「ハードボイルド・ワンダーランド」では、これらを「抱える」母親的役割をする女性が二人いる。一人は博士の十七歳の孫娘で、もう一人は図書館のリファレンス係の女性である。「世界の終り」では図書館にいる助手の女性一人だが、森には彼女の母親がいる。後に書かれた『海辺のカフカ』で、森の中の町にいる母親的人物に主人公が「抱えて」もらうことから考えると、これも「抱える」女性に含まれるだろう。

計算士が博士の孫娘に会うのは、仕事の依頼を受けて地下の博士の研究室へ行く時だ。彼女は若くて美しい女性だが、印象的なのは感じのいい太り方をしているという描写がされていることである。計算士は若くて美しくて太った女性を見ると、相手が食事をする様子を思い描くのだという。一見変わった思考回路のようだが、母親の幼児への世話は食事に関することが多いので、この食事へのこだわりは、村上春樹作品の登場人物が母親的対象による「抱え」の体験を求めているということと関係があると思われる。

それが特によく表われているのが、『海辺のカフカ』で主人公の田村カフカが森の中の町で食事をする場面である。その町は現実の世界と死後の世界の中間にある異界で、『ブレイブ・ストーリー』の「幻界《ヴィジョン》」のように、主人公の心の中にあるイメージが実体となって現われる。行ったことのある山小屋そっくりの小屋にカフカは泊まり、そこに現実世界で家出したカフカを温かく迎え入れてくれた甲村記念図書館の佐伯さんが、十五歳の少女の姿で現われる。そして部屋で一晩寝て起きたカフカになつかしい匂いのするシチューを作ってくれるのである。

「ハードボイルド・ワンダーランド」でも、計算士に関わる女性は二人とも食事のテーマと結びついている。博士の孫娘は太り具合が食事を連想させるだけでなく、おいしいサンドウィッチを作ることができる。計算士は地下の博士の研究室でそれを食べて、出来映えに感心する。図書館のリファレンス係の女性は胃拡張で、細身なのに信じられないような量の食事を食べてしまう人物である。この摂食障害を思わせるところのある女性との場合は、食事を作るのが計算士で食べるのが女性の方になる。つまり、計算士が母親役になっている。

全能の博士と「悪い」父親的イメージ

地下の研究室で、計算士は博士からシャフリングの手法でデータを暗号化する仕事を請け負う。実はこれは、博士が計算士を使ってシャフリング時の脳のデータを集めるための実験だった。この実験によって、計算士の知覚は第三の無意識であるヴィジュアル化された「意識の核」の世界に、永遠に閉じこめられてしまう結果になる。計算士にとって、いわば「世界が終る」のである。

シャフリングは、無意識の領域にアクセスする作業といえる。分裂排除《スプリット・オフ》された無意識部分である「意識の核」が意識を脅かし、世界の破滅につながるというのは、「悪い」内的対象の投影同一化が悪循環を起こした状況と重なる（用語解説「投影同一化」の項目を参照）。この状況を引き起こしたのは、マッドサイエンティスト的な博士である。彼は「悪い」父親的内的対象と思われるのだが、計算士は自分が博士の実験の犠牲になったと知ったときにも、呆然としたり、「やれやれ」と言ったりするだけで、一応「だんだん怒りたくなってきた」と言いはするものの、激しく怒って博士に詰め寄るといった行動はとろうとしない。これはなぜなのだろうか？

この博士は最初に計算士に会ったときに、自分は生物学者で、それも脳生理学から音響学・言語学・宗教学にまでおよぶ幅広い生物学を研究していると言う。孫娘は博士の方針で学校へは通わなかったが、ロシア語から解剖学まで博士に習って、四つの外国語、ピアノとアルトサックス、通信機の組み立て、航海術、綱渡りなど何でもできるようになった。彼女は株のやり方も博士に教わったという。博士は科学者になる前には株屋をやっていたのだが、お金がたまりすぎたのでやめたのだ。孫娘が「祖父は何をやっても一流なの」（二七四頁）と言うとおり、一言でいえばこの博士も孫娘も全能性を体現した人物なのである。

これに似たようなキャラクターは、村上春樹の他の小説にも登場する。『羊をめぐる冒険』には羊博士というきわめて優秀な農学者が出てくる。彼は満州で星型の斑紋が体についている邪悪な羊に取り憑かれ、日本に運んでくるのである。天才的な人物でありながら、世界を脅かすような悪につながる行為をするというところが、「ハードボイルド・ワンダーランド」の博士と共通している。羊博士が連れてきた羊は右翼の大物に取り憑いて、世の中に邪悪な影響を及ぼしつつある。主人公の友人である「鼠」は、それを阻止するために自分に羊を取り憑かせて自殺するのだが、闇の中で主人公の意識に現われた死後の「鼠」は取り憑かれた恐怖を次のように語る。

「羊は君に何を求めたんだ？」
「全てだよ。何から何まで全てさ。俺の体、俺の記憶、俺の弱さ、俺の矛盾……羊はそういうものが大好きなんだ。奴は触手をいっぱい持っていてね、俺の耳の穴や鼻の穴にそれを突っこんでストローで吸うみたいにしぼりあげるんだ。そういうのって考えるだけでぞっとするだろ

う?」(『羊をめぐる冒険』三八一頁)

この邪悪な羊の描写は、迫害的な「悪い」内的対象を思わせる。前に触れた河合隼雄との対談で語られているように、芸術家は内部に「病んでいる」部分をもつがゆえに時代や文化の病理を洞察するのだとすれば、世界に害をなす羊を取り憑かせた「鼠」は芸術家としての村上春樹と重なるだろう。

「ハードボイルド・ワンダーランド」の博士は、この羊のような邪悪さをもってはいない。計算士も博士の実験でひどい目に遭うのだが、そのことで博士を憎むわけではない。これは博士に向けられてしかるべき彼の怒りが、分裂排除《スプリット・オフ》されて別の対象に向けられているからだと思われる。

オットー・ランクは『ハムレット』の父の亡霊が復讐を命じる声は、ハムレットの「内なる声」、つまり父殺しを望む彼自身の偽装された声だという。(3) つまりハムレット自身の父への敵意を分裂排除《スプリット・オフ》するために、偽装された「悪い」父である叔父がいるのである。「ハードボイルド・ワンダーランド」でも同じように、博士への敵意が分裂排除《スプリット・オフ》されているので、計算士は怒りたくても怒れないのだろう。博士と別れてやみくろの国へ進んでいくシーンで、計算士は博士が最初に見たときよりずっと老けて見えることに気づく。皮膚にははりがなく、髪はぱさぱさで、顔にはしみがあり、疲れた老人としか見えない。

メラニー・クラインは「芸術作品と創造的衝動に反映している幼児期の不安状況」のなかで、この論文によって知られている画家のルース・クヤールについて書いている。クヤールはそれまで絵を描いたことがなかったが、鬱状態の彼女を不安にさせる壁の「空っぽの空間」を埋める絵を自ら描こうとした時、突然素晴らしい絵を描くことができた。その後彼女が描いた絵のなかには、「皮膚がしわくちゃで髪は色あせ、穏やかで疲れた目には不安が浮かんでいる」老女の肖像画があった。クラインは「死の際にいる老女の肖像画は原初的なサディスティックな破壊願望の表現であるように思える」と述べている。これは「母を破壊したいという娘の願望、母が年老い、やつれ果て、醜くなるのを見たいという願望」を表わしているのであり、それが素人同然の彼女の絵に高い芸術性を与えたのである。(4)

別れの時の博士の描写がみじめさを漂わせているのは、クヤールの場合と同じく全能の対象へのサディスティックな破壊願望の反映ではないか。「天才科学者であろうがなかろうが、人はみな老い、そして死んでいくのだ」(四四八頁)と彼は考える。計算士が博士に投影していた全能性が、ここでは薄れてきている。「老年」というのは全能感への脅威として自己愛的な心性の人が見るのを避けるもので、それが表われている文学作品についての研究もある。(5) 博士への脱価値化がこうやって進んでいくと、羊博士や『海辺のカフカ』のジョニー・ウォーカーのような迫害的で邪悪な存在になるのかもしれない。

やみくろの憎悪とアブジェクト

「ハードボイルド・ワンダーランド」では、このような邪悪さを博士の代わりに投影されているのがやみくろだと考えられる。やみくろは地上の人間世界から切り離されて生きる闇の生き物である。地下はやみくろの充満する領域で、彼らは地下鉄に続いている下水道から現われて人間を襲う。計算士は「世界が終る」という博士の孫娘とともに博士の隠れ家に行くのだが、その帰り道でやみくろの巣の近くを通る。孫娘は、地下では彼らが知らないことはないと言う。やみくろも博士同様、全能性をもっているのである。自分から離れたら暗闇からやみくろの手が伸びてきて、計算士をひきずりこむと孫娘は言う。やみくろは全能で迫害的な存在ということなので、投影同一化された全能と感じられる「悪い」内的対象と考えることができる。『ブレイブ・ストーリー』でワタルがカロンという魚に恐怖を感じたのと同じく、計算士がやみくろに感じる恐怖は、彼自身の内部にあるものへの恐怖ではないだろうか。このことを具体的な表現を手がかりに考えてみよう。

孫娘が注意した直後に左側の壁が消失して「生きて呼吸をし、蠢いて」いるような濃密な闇が現われる。この闇は「ゼリーのよう」とも形容されており、『ねじまき鳥クロニクル』でトオルが井戸の壁を通っていく途中のゼリー状の空間と似ている。計算士はやみくろから伝わってくる憎悪と周囲のおぞましい音に圧倒されて、一歩も動けなくなる。

その憎悪は私がそれまでに体験したどのような種類の憎悪とも違っていた。彼らの憎悪は地獄の穴から吹きあがってくる激しい風のように我々を押しつぶし、ばらばらにしようと試みていた。地底の闇をひとつにあつめて凝縮したような暗い思いと、光と目を失った世界で歪められ汚された時の流れが、巨大なかたまりとなって、我々の上にのしかかっているように感じられた。私はそれまで憎悪がこれほどの重みを持つことを知らなかった。（中略）私の足は動かなかった。彼らの憎しみが、私の足をしっかりと地面に押さえつけているのだ。（『世界の終りとハードボイルド・ワンダーランド』四五九頁）

やみくろは計算士の前に一度も姿を現わすことはなく、直接危害を加えるわけでもないのだが、彼はこのように精神的に極度に追いつめられている。これは、やみくろが内的な迫害的対象だと考えるとうまく説明できる。つまり、ここで描かれている憎悪や暗い闇の塊のようなものは計算士の分裂排除《スプリット・オフ》された怒りが彼自身を脅かしているものだと考えれば、つじつまが合うだろう。計算士が地底の湖を泳いでわたる際に、何の根拠もないのにやみくろの神である「不気味な爪のはえた魚」（四五〇頁）がいるのではないかという強迫観念にとらえられてしまうことからも、そう言えるのではないか。さらにいうと、ここではその憎悪が単なる憎悪ではなく、闇が凝縮され歪みと汚れが巨大な塊となった特別な憎悪だとされている。クリステヴァが「アブジェクト」と呼んだものを思わせる描写である（序章の六二－六五頁を参照）。

踊る影のイメージ

『世界の終りとハードボイルド・ワンダーランド』の続編のようなところがある『海辺のカフカ』には、森の中に住む生き物の恐ろしい気配が描かれているのだが、主人公のカフカはこうした敵意が自分の内部に存在するものだと自覚するようになる。カフカは「悪い」対象を統合し始めているのだ。一方、計算士はそのような認識には至らない。彼はこうした体験に向き合うことはなく、「蛭もやみくろも爪のはえた魚も、地下の世界で好きなように暴れまわればいい」（三六九頁）と考えて地下のやみくろの世界を分裂排除《スプリット・オフ》する。

このようにやみくろの憎悪は統合されないままだが、影の統合というテーマは別の形で出てくる。計算士は地下を旅する途中で、ダムの壁に自分の影が踊っている様子が映るという白昼夢を見る。九歳ぐらいの子ども時代の彼はダムの開通式のニュース映画を見ているのだが、ダムのコンクリートに映る水流の影が自分の影であることに突然気づく。このような白昼夢が湧き起こってきたのは、影が切り離されて弱っていくという「世界の終り」の物語世界が、博士の実験のせいで意識の表面に出てきたからだと考えられる。

この場面を精神内界構造から考えると、彼は自分のなかの分裂《スプリッティング》に気づき始めていることになる。計算士は「私は完全な私自身として再生しなければならないのだ」（三六七頁）と考える。彼はやみくろに投影同一化している自らの憎悪は拒絶しながらも、自らの「欠落」を埋めるという村上春樹のいう自己治療的な作業の必要を自覚するのである。

こうして自分の心について理解を深めながら、計算士は自分の体験は、世間の人びとがテレビから得る情報とは別種のものであると感じる。

地上の人々は朝食をとりながら天気予報や頭痛薬のCMや自動車の対米輸出問題の状況の進展についての情報をまだ眠りの覚めきらない頭に押しこまれているはずだった。しかし誰も私がひと晩かけて地底の迷路をさまよい歩いていることは知らない。氷水の中を泳いだり、蛭にたっぷりと血を吸われたり、腹の傷の痛みを抱えて苦しんでいることも知らない。（四五六−四五七頁）

『ねじまき鳥クロニクル』では、井戸の壁を抜けたホテルのような場所で、多くの人がテレビに見入っている場面が何度か描かれる。はじめに壁抜けをした時、トオルは人びとがテレビを通してノボルの演説を「真剣な顔つきで」聞いているのを見る。ノボルの話を聞いているうちに「間違いなく、何かひどくねじくれて歪んだ動機のようなもの」があることに怒りを感じるのだが、トオルは自分の怒りを「ここにいる誰とも共有できないという事実」に「深い孤立感のようなもの」を感じる（『村上春樹全作品 1990〜2000』4　三五八−三六〇頁）。トオルは計算士のように、深いところにある闇について個としての経験から感じ取ったことが、メディアの作り出す世間の人びととの感じ方とかけ離れていることを痛感しているのだ。トオルや計算士は、ビオンのいう「K」のように（用語解説「KとマイナスK」の項目を参照）、社会の人びとが分裂排除《スプリット・オフ》している暗い部分を意識化し、それに向き合うという段階に至っている。

村上春樹と河合隼雄の対談では、芸術家は社会や文化の病理的な部分を表現すると話されていた。計算士はそうした芸術家と同じように、人びとが気づかないでいる世界の暗い部分、とりわけ、やみくろの「闇をひとつにあつめて凝縮したような暗い思い」の存在を思い知る。計算士と記号士、そしてやみくろの入り乱れたPS的な世界は、このようにして徐々に喪失感を受け容れるDポジションの世界へとトーンを変えていく。現実の世界でも「意識の核」のなかの世界でも、はじめから強い喪失感は感じられるのだが、喪失感とその受容というテーマがストーリーの前面に出てくるのである。次にこのような心の闇を「抱えて」くれる女性たちについて考えてみよう。

相互的な「包容」と女性たち

博士の孫娘と図書館のリファレンス係の女性は、はじめから不自然なほど計算士に好意的に振る舞う。博士の孫娘ははじめから計算士に性的な関心を示すし、リファレンス係の女性は本を家まで届けてほしいという計算士の頼みを気軽に引き受けてくれる。孫娘は十七歳だが、地下のやみくろの国を通り抜けるときにタフガイのはずの三十代の計算士を終始リードしてくれる。この二人は、計算士にとっての「良い」内的対象としての役割を担っている人物なのだ。しかしもう一方で、二人とも自分自身がトラウマ的な喪失体験をもっている人物でもある。孫娘は両親と兄弟を交通事故で失い、一人だけ取り残された。リファレンス係の女性は、バスの中で注意されたことに逆ギレした若者に夫を鉄の花瓶で殴り殺された。

計算士と一緒にやみくろの世界を旅する途中で、博士の孫娘は突然後ろを振り向き、ライトを消して暗闇で計算士を抱きしめてキスをする。抱き合いながら計算士は「我々は抱きあうことによって互いの恐怖をわかちあっているのだ」と考える。しかし、彼女が体から離れると「まるで一人宇宙空間にとり残された宇宙飛行士」のような絶望を感じる（三〇九頁）。計算士はやみくろへの恐怖を「抱えて」もらうのだが、娘の体が離れると母親を見失った再接近期危機の幼児のような（序章の五三頁を参照）分離不安に襲われるのである。この描写から、孫娘と計算士の抱擁は、ウィニコットのいう「抱えること」、ビオンのいう「包容」のような前エディプス的なプロセスに近いことがわかる。

博士の孫娘は車の事故で一度に家族を失うという辛い経験をしている。家族が事故にあった時、彼女は心臓の弁に問題があって入院していたのだが、事故を知らされる前にも入院中に孤独を感じている描写がある。彼女は窓から見えるくすの木にとまった鳥や雨を眺めながら、自分はこうしたものを理解できないままいつか死んでいくのだと考えて寂しくなり、誰かに抱きしめて欲しかったということを、後になって計算士に話す。誰かに寂しさを「抱えて」もらう必要を感じていたのである。

村上春樹作品に登場する女性は、このようなトラウマと喪失感をもった人が多いように思う。主人公の男性も自らの喪失感を女性に「抱えて」もらうのだが、女性の側にも同じ必要がみられ、そこでは男性が「抱える」役割を果たす。『ねじまき鳥クロニクル』では、加納クレタや赤坂ナツメグの場合がそれにあたる。傷ついている女性を癒そうとするのは、Dポジションで自分の攻撃性が母親的対象を傷つけていたことに気づいて罪悪感を感じ、それを埋め合わせるために償いをしようとする段階でみられる心理である（用語解説「PSとD」の項目を参照）。計算士は自分自身も「欠落」した状態にありながら、傷ついた「良い」対象を「抱える」役割も担っている。

加納クレタの場合は夢の中や現実でトオルと性交渉をもつのだが、それは家から妻が消えたトオルの喪失感を癒す助けにもなり、またノボルによって自分のなかから得体の知れない「ぬるぬるした塊」を引き出されてしまったクレタが癒されることにもなるという両面をもっている。[6] ノボルがクレタにダメージを与えたのは、彼がクレタのなかに「憎しみの根源のようなもの」を投入してクレタを汚したからである。クレタは次のように言う。

憎しみというのは、長くのびた暗い影のようなものです。それがどこからのびてくるのかは、おおかたの場合、本人にもわからないのです。それは両刃の剣です。相手を切るのと同時に自分をも切ります。相手を激しく切るものは、自分をも激しく切ります。（『全作品』4、四六二頁）

自分の憎しみが本人も意識しないうちに、自分にものびてきて刃物で切られるようなダメージを与えると言っているが、これは投影同一化された感情が「包容」されずに残り、外部の迫害的な対象となって自分を傷つける状況の説明といってもいいだろう。ビオンのいう「マイナスK」の状態であり、投影同一化の悪循環が「言いようのない恐怖」を感じさせる悪性の不在の凝集物である「奇怪な対象」を生んでいるのだ（序章の四五‐四六頁、および用語解説「Kとマイナス K」の項目を参照）。「憎しみの根源のようなもの」という作中の表現も、この解釈に符合する。こうした「悪い」内的な対象関係に巻きこまれて「汚れた」クレタを、トオルが「包容」するのだ。

「奇怪な対象」への相互包容的対応

村上春樹作品では、しばしば「何か」という言い方で人間のなかにあって意識のコントロールの効かない、本能的で暴力的な感じのするものへの言及がみられる。こうしたものはビオンのいうベータ要素や「奇怪な対象」とみることができよう。例えば、ナツメグが治療しようとする奇妙な生き物もそうである。

ナツメグの場合は少女の頃満州から帰国する途中の輸送船で遭遇した出来事がトラウマになっているのだが、幼い頃に父親にしっかりと守られていたという安心できる記憶をもっている。クリステヴァのいう「想像的な父親」に相当する記憶である。彼女はそれを頼りに、上流階級の婦人たちの心の治療のようなことを行なう。それは「仮縫い」と呼ばれている。婦人たちのこめかみあたりに蠢く変な生き物のようなものの活動を、手をそこに当てて意識を集中し、かつての幸福だった少女時代を思い浮かべることで弱めるのだ。この変な生き物はノボルのなかにある「憎しみの根源」と根は同じものだと考えられる。ノボルのなかにあるほどひどいものではなくとも、投影同一化されて他人と自分にダメージを与える憎しみの元が多くの人のなかにあるのだという村上春樹の認識が、このような表現となって現われているのである。村上春樹は投影同一化という言葉で考えているわけではないだろうが、それに相当するものを念頭においてこのような描写をしているのである。

ナツメグの治療行為は「良い」父親的イメージを使っているので、クリステヴァのいう「想像的な父親」(用語解説「想像的な父親」の項目を参照)という社会的な第三項の力を借りつつ、ベータ要素もしくは「奇怪な対象」にあたる変な生き物を「包容」するプロセスだと考えられる(用語解説「アルファ機能と抱えること」の項目を参照)。もっとも、それがアルファ要素に変えられて自我に統合され、安定した心の成長や思考の発達をもたらすところまではいかず、あくまで仮初めに力を弱めるというのが「仮縫い」という名前になっている所以だろう。この「仮縫い」という言葉は、ベータ要素の一時的「包容」という前言語的プロセスを、言語によってすくい取った象徴的表現である(用語解説「象徴化」の項目を参照)。

トオルにもナツメグのような力があって、井戸のある空き家を思い浮かべることでナツメグらしき人物を「仮縫い」する。ナツメグとトオルの場合も、ともに喪失感をもつものが相互的に抱え合うのである。

計算士の話に戻ろう。計算士も博士の孫娘を抱きしめはするのだが、受動的に「抱える」だけにとどまっている。窓からくすの木を見て寂しかったという話を聞いても、自分を抱きしめてくれる人がいないとか、岩にはりついたなまこのように一人ぼっちで年を取っていくのだとか、自分自身の寂しさについて考えるばかりである。恐ろしいやみくろの世界を旅する計算士を終始リードして助けるのは十七歳の娘の方なので、「ハードボイルド・ワンダーランド」では基本的に計算士の精神内界の安定を孫娘が母親的対象となって支えているようにみえる。(7)

夢読みと助手との対話

図書館のリファレンス係の女性は、一角獣についての相談をもちかけられて参考書を持って計算士の家に行く。そこで計算士が作った料理を山ほど食べ、性交時に勃起しなかった計算士を慰めるなど、共感的な対応をしてくれる。その後、計算士は地下のやみくろの国を旅して博士の隠れ家に行くのだが、地上の世界に戻ってきた彼は自分の脳内にある世界に閉じこめられてしまうまでの数時間を彼女と共にする。その時、一角獣の頭骨のレプリカが光るという感動的なエピソードがある。これは「世界の終り」で、夢読みが多くの一角獣の頭骨の中から助手の女性の心を見つけ出すことに成功し、部屋中の頭骨が温かみをもつ光に包まれるというエピソードと連動している。

夢読みは切り離された影とともに街を脱出するか、助手の女性とともに街に残るか迷っていた。頭骨が光るエピソードの一つ前の章で、夢読みは助手の女性と話をする。

雪が降って凍てつくような寒さのある日、夢読みは図書館に行き、助手の女性が入れてくれたコーヒーを飲んで指を温める。差し向かいでコーヒーを飲む女性に、夢読みは二人で大事な話をしようと言う。

「僕の影が死にかけている」と僕は言った。「君にもわかるだろうと思うけれど、今年の冬はとても厳しいし、それほど長くはもちこたえられないだろうと思うんだ。時間の問題だ。影が死んでしまえば、僕はもう永遠に心を失ってしまうことになる。だから僕は今ここでいろんなことを決めなくちゃならないんだ。僕自身のことや、君に関することや、そんなあらゆることをね。(後略)」(『世界の終りとハードボイルド・ワンダーランド』五三七頁)

夢読みはこう話し、どちらを選んでも自分は多くのものを失うのだと考える。影がもうすぐ死ぬかもしれないという恐れだけでなく、助手の女性を置いて出て行くことについても喪失の予感を抱いているのだ。夢読みは自分が影とともに街を出て行くことに決めたと伝える。女性は「僕を見ているというよりは僕の顔のある空間をのぞきこんでいる」(五三七頁)ように見える。「僕の顔のある空間をのぞきこんで」というのは、夢読みの話にショックを受けている助手の喪失感を、言語的にうまくすくい取った表現だと思う。

「あなたはこの街が好きじゃないの?」「もう二度とここには帰ってこないのね?」「あなたはそれ

で〔二度と戻れなくても〕かまわないの？」（五三八頁）と立て続けに女性が発する質問のそれぞれに対して、夢読みはかなり長い返事を返す。自分は街を気に入っているが、心を偽ることは心を損なうことなので、それはできない。出て行ってしまったらもう戻れないだろうし、君を失うのは辛いが、愛している気持ちを損なってまで残るよりはその気持ちを抱いたまま君を失う方がよい、等々。

このように助手に対してアンビヴァレントな心情が吐露されているので、夢読みは助手を母親的対象として扱っていることになる。しかし、立て続けの助手の問いかけには、助手の側の分離の苦痛が感じられる。

影だけを逃がすということも考えたが、それだと自分は森に追放されて、結局助手の女性とは会えなくなるだろう、と夢読みは言う。

君は森の中に住むことができないからね。森に住むことができるのは影をうまく殺しきれなくて、体の中に心を残した人々だけだ。僕には心があるし、君にはない。だから君には僕を求めることさえできないんだ（五三九頁）

助手は心を殺せずに森に追放された母親のことを話す。この助手の女性も「ハードボイルド・ワンダーランド」の孫娘やリファレンス係の女性と同じく、喪失体験をもっているのである。助手は自分に心があれば母と森で暮らせたし、あなたを求めることもできると言う。このあたりから心を持ち続けるということが話題の中心となり、街や女性を失うことにまだ決心がつきかねている夢読みの感情に沿うような形で、助手の女性が自分も心を持って森に行くという方向へ話は進んでいく。森に追放されてもいいのかと訊く夢読みに、助手は次のように答える。

「心がそこにあれば、どこに行っても失うものは何もないって母が言っていたのを覚えてるわ。それは本当？」

「わからない」と僕は言った。「それが本当かどうかは僕にはわからない。でも君のお母さんはそう信じていたんだろう？　問題は君がそれを信じるかどうかだ」

「私は信じることができると思うわ」彼女は僕の目をじっとのぞきこんでそう言った。

「信じる？」と僕は驚いて訊きかえした。「君にはそれを信じることができるの？」（五三九頁）

信じるという助手の言葉を聞いて、夢読みは「よく考えてみてくれ。これはとても大事なことなんだ」と言って、話が新たな方向に切り替わっていく。

いいかい？　君が何かを信じるとする。それはあるいは裏切られるかもしれない。裏切られればそのあとには失望がやってくる。それは心の動きそのものなんだ。君には心というものがあるの？（五四〇頁）

今度は夢読みが立て続けに質問を発し、助手は明確には答えることができないながらも、それに応じていく。このように対話の微妙な流れの変化が、街を出るかとどまるかという物語の大きな分岐に影響を与えていく。

街を出て行こうと決めかけていた夢読みは、信じることができるという助手の言葉に、心の存在の痕跡を感じ取り、頭骨の中から彼女の心を選り分けようと試みる。

「いいかい、心というのは雨粒とは違う。それは空から降ってくるものじゃないし、他のものと見わけがつかないものじゃないんだ。もし君に僕を信じることができるんなら、僕を信じてくれ。僕は必ずそれをみつける。ここには何もかもがあるし、何もかもがない。そして僕は僕の求めているものをきっとみつけだすことができる」

「私の心をみつけて」しばらくあとで彼女はそう言った。（五四二頁）

この二人の対話のなかでは、影を失うか助手を失うかの二つに一つという喪失の必然性に悩む夢読みを助手の女性が「抱える」プロセスと、心を失った彼女が再び心を見いだすきっかけを夢読みがつかもうとするという、夢読みがカウンセラーになっているようなプロセスとの両方が進行している。夢読みと助手の女性も相互的な「包容」を行なっているのである。

Dポジションの達成と頭骨の光

お互いに傷ついている同士が双方を「抱える」というのは、悪くすると共依存（codependency）と呼ばれる状況につながるものだ。アルコール依存や機能不全の家族には、アルコール依存などの問題行動をかばう人（イネイブラーと呼ばれる）が存在することで、逆に問題が深刻になるといわれている。これは「悪い」対象を見ないで済ますための共同戦線である。ところが、夢読みの場合には助手の女性と対話しながら、自分自身に関する深い内省に導かれる。その手がかりになるのが音楽である。

心を見つけるように頼んだ助手の女性は、夢読みと一緒に手がかりをつかもうとするが、その鍵は最近発電所でもらった手風琴にあるのではないかと思いつく。夢読みがさっそく和音を奏でて彼女に聴かせるうちに、夢読みは心についての深い内省に導かれ、「世界の終り」の街を隅々まで思い起こす。

> 僕には心を捨てることはできないのだ、と僕は思った。それがどのように重く、時には暗いものであれ、あるときにはそれは鳥のように風の中を舞い、永遠を見わたすこともできるのだ。（中略）何かが強大な壁を作りあげ、人々はただそこに呑みこまれてしまっただけのことなのだ。僕はこの街の中のすべての風景と人々を愛することができるような気がした。僕はこの街にと

どまることはできない。しかし僕は彼らを愛しているのだ。（五六五–五六六頁）

ここでの「壁」の描き方は、現代社会の疎外のようなテーマを思わせる。分裂《スプリッティング》や「垂直分割」と関連がある完全性という特徴をもつ壁という意味と、社会の疎外の壁という意味が、二つながら壁というイメージに重ねられている。

夢読みはそうした壁にもかかわらず、街とそこに住む人びとを愛していると感じている。もっとも、この段階では夢読みは、街を出る決心を変えてはいない。しかし続いて「ダニー・ボーイ」のメロディーと題名を思い出したことで、夢読みの心は解きほぐされ、それまで人びとを隔てていた壁ですら、「動き、うねっていた」「まるで僕自身の皮膚のように感じられた」という変化を遂げる。そして「世界の終り」の街がすべて自分の中にあるものだという認識が湧き起こる。

> 僕は体の揺れをまだ感じることができた。ここにあるすべてのものが僕自身であるように感じられた。壁も門も獣も森も川も風穴もたまりも、すべてが僕自身なのだ。彼らはみんな僕の体の中にいた。この長い冬さえ、おそらくは僕自身なのだ。（五六七頁）

序章で紹介したマリオン・ミルナーの象徴化についての論文では、自分の作り出した現実という全能感に満ちた錯覚が、化学薬品の名前を媒介とした象徴化によって、患者の少年の現実適応に役立ったことが述べられていた。ミルナーはウィニコットの理論を参照しながら、原初的融合状態と分離したアイデンティティーとの間のせめぎ合いやバランスについて考えているが、この論点は本書で現代日本文学の表現を考える際に、繰り返し取り上げているものである。

前の引用の場面では、前エディプス期の分裂《スプリッティング》の壁が破れる瞬間が、「ダニー・ボーイ」という言葉とそのメロディーの想起に続く一種の象徴化の行為として描かれている。つまり夢読みは、「世界の終り」という街を、ここで新たに創造したようなものなのだ。そして世界が自分自身である、自分が作り出した世界であるという実感をもつことができ、それまでの世界への疎外感が一気に解消されたのである。

同時に助手の女性の目から涙がこぼれ落ち、多くの頭骨が光りだす。夢読みは頭骨の光という形で彼女の心を見つけだしたことを悟る。現実世界ではそれと連動して、博士が作って計算士に渡した頭骨のレプリカが光りだす。彼はこれが何なのかよくわからないまま大切に持ち続けていた。頭骨が光るのを目にした時の計算士の反応は、やみくろがそばに来た時の拒絶的な反応と対照的だ。彼は、その光が自分と結びついていることを理解し、落ち着いて受け容れる。

> 怖くはない。それはおそらくどこかで私自身と結びついているものなのだ。誰も自分自身を怖がったりはしない。（中略）目を閉じてそのほのかなぬくもりの中に十本の指を浸すと、様々な古い思い出が遠い雲のように私の心の中に浮かんでくるのを感じることができた。（五七二頁）

夢読み同様に、計算士も分裂《スプリッティング》を超えた向こう側にあるものに、思いを巡らせることができたのである。これは対象関係論の観点からすると、Dポジションの達成にあたる。そして、それが一角獣の頭骨を媒介におこることは意味があると思われる。Dポジションの徹底操作《ワークスルー》は喪失を受容するプロセスだが、一角獣やその頭骨は喪失感を感じさせる存在だからである。

夢読みは最初に図書館で一角獣の頭骨を見た時、「そこからはあらゆる肉と記憶とぬくもりが奪い去られていた」（八五頁）と感じる。そこには「無を思わせる深い沈黙」（八六頁）があり、角は取り去られてくぼみが残っているだけだ。頭骨は喪失や欠落を感じさせるイメージで描写されているのである。

また一角獣は完全さを感じさせるきわめて美しい獣で、その体毛は、「純粋な意味での金色」（二三頁）と描写されている。この獣については、前にもアルファ機能に相当する役割を担っている点から母親的対象だと述べたが、頭骨や外見の描写からも、完全で全能と感じられる失われた内なる母親的対象にあたることが裏付けられる。村上春樹が前エディプス期のモデルに従って一角獣を造形したというのではない。しかし、一角獣、頭骨、そして夢読みが街を受容するプロセスなどのイメージの緊密な結びつきは、前エディプス期のモデルとの比較によってその意味が浮かび上がるような性質のものなのである。

「純粋な意味での金色」をした美しい獣は、冬になると死んで門番に焼かれる。この獣の死は、夢読みにとって気がかりな現象だったのだが、それが寒さによるものではなく、街が完全性を維持するために、不完全なものである心の重みを彼らに押し付けた結果であると影から知らされる。助手の心を見つけたときに、夢読みは街が自分自身だったということに気がつくので、結局一角獣が死ぬ原因は自分にあったことになる。脱出するのではなく街にとどまることに決めた夢読みは、こうした喪失感と罪悪感にしっかりと向き合っていく決断をしたのである。

計算士の喪失の受容

では、頭骨の光という形でDポジションを達成した計算士の方は、失われた過去の記憶とどう向き合ったのだろうか。

頭骨が光る前から、計算士は地下の国を旅しながらやみくろの激しい憎悪という分裂排除《スプリット・オフ》された感情に相当するものに触れ、ダムに映る踊る影のイメージという失われた記憶を思い出していた。Dポジションへの助走のようなエピソードが続いていたのである。

その流れで、計算士が地上に戻るあたりから、喪失感を感じさせるイメージが数多くみられるようになる。彼は次々に過去の記憶を思い出していく。彼はかつて一緒に住んでいた妻と猫のことを思い出し、そうした存在が自分から去っていったことを考える。

いったい私は何を失ったのだろう?（中略）様々なものごとや人々や感情を私は失くしつづけて

きたようだった。私という存在を象徴するコートのポケットには宿命的な穴があいていて、どのような針と糸もそれを縫いあわせることはできないのだ。（五二二頁）

ここにも夢読みと助手の会話同様、対象の喪失というテーマがみられる。計算士はそれを「宿命的な穴」と呼び、諦めている感じがうかがえる。計算士はかつて一緒に暮らしていた妻や猫が自分の周囲から消えたこと、説明はできないけれども自分としてはどうしようもない必然性によって人生をねじ曲げて生きてきたことなど、これまで考えてこなかった記憶を思い起こして反芻する。彼自身にとって世界が終わるタイムリミットが迫るなかで、「失いつづける人生」が自分の人生であることを納得しようとしているようだ。

頭骨のレプリカが光るという体験の後で一人になった計算士は、この世界を喪失するという現実と一人で向き合うことになる。

私はこのねじまがったままの人生を置いて消滅してしまいたくはなかった。私にはそれを最後まで見届ける義務があるのだ。（中略）私はこの世界から消え去りたくはなかった。目を閉じると私は自分の心の揺らぎをはっきりと感じとることができた。それは哀しみや孤独感を超えた、私自身の存在を根底から揺り動かすような深く大きなうねりだった。そのうねりはいつまでもつづいた。私はベンチの背もたれに肘をついて、そのうねりに耐えた。誰も私を助けてはくれ

なかった。（六〇五―六〇六頁）

「ダニー・ボーイ」を思い出した夢読み同様に感情のうねりがある。不完全な世界を捨てていけないという態度も夢読みと共通している。ただ、ここには自分の消滅という大きな喪失に対して弱気になっている様子もうかがえる。

この後、計算士は自宅に電話をかけて、そこに戻っていた孫娘と会話を交わすことができた。以前そこには二人組の記号士が侵入して、計算士に対して去勢を思わせるような拷問をしたのだが、孫娘は再び来たその二人組をピストルで耳を撃って追い返したと話す。二人組は迫害的で、背の高い方は全能的なパワーで計算士を圧倒した「悪い」対象に相当する存在である。計算士は彼らが孫娘＝「良い」対象を迫害することを恐れたのだが、逆にその二人を孫娘があっさりと撃退したのである。これは「良い」対象である孫娘が守られたという意味でも、計算士を迫害した「悪い」対象が退けられたという意味でも、計算士の傷の修復と読める。さらに娘は、計算士の意識がなくなったとしても、冷凍保存していずれ元に戻せるかもしれないという希望があることを伝える。計算士の死という喪失さえも、孫娘によって修復される可能性があるのである。

計算士はその可能性に感謝するが、それよりも「君と話せたのがとても嬉しかった」（六一〇頁）と言い、孫娘は「ずっとあなたのことを覚えている」「私の心の中からはあなたは失われない」（六一一頁）と応える。孫娘は計算士を最後まで「抱えて」いるのである。

このように、これまでの人生の不完全性や喪失の苦しみへの気づきというDポジション的な内容と、前エディプス的な全能感を感じさせる予定調和的なものとはいえ、傷ついたものが修復されるというやはりDポジション的な希望がみられる。

最後に計算士は、自分が関わった多くの好ましい人を祝福する。PSからDへの変化で重要だとメラニー・クラインが論じた「感謝」を、計算士が持ち得た証しといえるだろう（用語解説「羨望」「PSとD」の項目を参照）。

2　登場人物の対話と第三項

ユートピア的な生へのいざない

このように物語の進展にともない、不安や寂しさを「抱えて」くれる対象との対話を通して、頑なだった計算士や夢読みの心は失われたものへと開かれていき、彼らは喪失感と向き合うようになる。次に、こうした色濃くなる喪失感のなかで、自らの責任や世界のあるべき姿などについてどのような社会的な第三項が求められているかという点について、主に「世界の終り」の大佐や影との対話を通して考えていこう。

博士の孫娘は「世界が終る」（二五〇頁）と言って、計算士を地下の博士のところに連れて行く。そこで計算士は実は終わるのは現実の世界ではなく、計算士の意識が現実との接触を断たれることによって、彼にとって世界が終わるのだということを告げられる。前に述べたように、計算士の脳内には三つの「意識の核」(もともとあるもの、シャフリングのために表層を削られて核だけになったもの、博士がヴィジュアル化したもの)があるのだが、博士が計算士に依頼したシャフリングの影響で、この三つを切り替えているジャンクションと呼ばれる部分がある時点で焼き切れて、計算士の意識は第三回路と呼ばれるヴィジュアル化された「意識の核」につながれてしまう。このように博士は言うのである。

「そうするとですね」と私は言った。「私はこのままでいくと第三回路の中に恒久的にはまりこんでしまい、もうもとには戻れないというわけですか?」
「そうなりますな。世界の終りの中で暮すことになりますな。気の毒だとは思うですが」(四一四頁)

計算士が閉じこめられることになるのは博士が再現して実験的に埋めこんだ「意識の核」だが、もともとの計算士の「意識の核」も終わっている世界の物語だった。それがなぜだったのかは、作中では説明されていない。博士は言う。

あんたの意識の中では世界は終っておる。逆に言えばあんたの意識は世界の終りの中に生きておるのです。その世界には今のこの世界に存在しておるはずのものがあらかた欠落しております。そこには時間もなければ空間の広がりもなく生も死もなく、正確な意味での価値観や自我もありません。そこでは獣たちが人々の自我をコントロールするのです（四一一頁）

計算士の心の深層はこのように「この世界に存在しておるはずのものがあらかた欠落して」いるという極端な空虚で占められている。終わっている世界を心にもっている計算士が現実世界との接点を失い、彼にとっていわば世界が終わってしまうというのであるから、ある意味この流れは必然的だったようにも思える。それでも計算士は、この世界から消えたくないと博士に抗議する。自分は虫めがねで見なければわからないようなちっぽけな存在かもしれないが、それなりに満足して生きてきた。「どこにも行きたくない。不死もいりません」（四一五頁）と彼は言う。このあたりの計算士の述懐はハードボイルドなタフガイとはほど遠いものだが、なんとなく心を打つものがある。そんな計算士に対して、博士は彼が失ったものすべてを、その世界で取り戻すことができるだろうと言う。

「それは……どんな世界なんですか？」と私は博士にたずねてみた。「その不死の世界のことです」

「さっきも申しあげたとおり」と博士は言った。「それは安らかな世界です。あんた自身が作りだしたあんた自身の世界です。あんたはそこであんた自身になることができます。そこには何もかもがあり、同時に何もかもがない。そういう世界をあんたは想像できますか？」

「できませんね」

「しかしあんたの表面下の意識はそれを作りあげておるのです。それは誰にでもできるということではないです。矛盾したわけのわからんカオスの世界を永遠に彷徨わねばならんものもおるのです。しかしあんたは違う。あんたは不死にふさわしい人なのです」（四三三頁）

「抱えて」くれる女性との対話で喪失がテーマであったのと同様、博士との対話でも現実世界そのものを喪失するという状況がテーマになっている。しかし、ここではそれが逆に、永遠の生という全能感を満たす状況へと反転している。計算士は無意識のうちに辻褄のあった物語世界を意識下に構築していたことで、不死にふさわしい特別な人物であるというのである。

地下のやみくろの世界を旅する途中で、ダムに映る自分の影を白昼夢に見た計算士は、その影はおそらくシャフリングの手術によって自分から取り去られた記憶であり、何があってもそれを取り戻そうと決意する。この影は第三回路との接続が生んだイメージだろう。とすると、自然の成り行きに従えば計算士はそれを取り戻し、そのなかで生きることになる。しかし、それは元々もっていた「意識の核」ではない。作中でも本来の「意識の核」とのギャップを計算士の脳が補正しようとするという話が、博士の口から語られる。

失ったものを取り戻すとは

では、計算士は「世界の終り」の街で、失った自分自身の記憶を取り戻せたのだろうか？　結果的に頭骨から助手の心を見つけだすことに成功し、それとともに街が自分自身だということを理解したので、失われたものを取り戻せたともいえるだろう。しかし、「世界の終り」という物語世界は、その完全な世界からの脱出を影とともに計画する物語でもある。取り戻せると博士が言った失われたものとは、失われた記憶を取り戻すためにその場所からの脱出を計画する物語だったという堂々巡りの状況なのだ。入れ子細工のような複雑な構成である。

夢読みは街を出ないという決断をするが、街の外にあるものは何だったのかという疑問は物語を読み終えても解決しないまま残される。「外」などはなく、出て行くとしたら元いた現実ということになるのだろうか？　壁を越えて鳥が飛んでいくという描写がしばしばあるが、その鳥が飛んでいった先はどこだったのかも謎である。最終章のタイトルが「鳥」となっていることからも、そのあたりが気になる。『ねじまき鳥クロニクル』では、トオルが通う空き家の裏庭に、飛び立とうとする鳥の彫刻が置かれていた。最後の夢読みの決断とは別に、閉塞的状況からの脱出という主題が『世界の終りとハードボイルド・ワンダーランド』にはある。この点を考えてみよう。

街を囲む壁は「完全な壁」で、そこを登ることはできない。夢読みが取り得る脱出の道は、「南のたまり」に影とともに飛びこむか、心を殺せなかった者として助手の母親のように森の住人になるかのどちらかである。

「南のたまり」は、おそらく計算士が暮らしていた現実世界に通じる道であろう。切り離された影＝記憶をともなって計算士が現実に戻るとすれば、博士が言った失われたものをすべて取り戻すとは、結局過去の記憶とともに元いた現実世界で生きることである。これは結果的に、不死とか永遠の生とかいうものとは訣別する道になる。

森の住人になるとすれば、夢読みはおそらく心を取り戻した助手の女性とともに暮らすのだろう。「たまり」に飛びこむ場合とは暮らすことになる場所は違うが、影＝心を殺して街に同化するのではなく、影を街から脱出させて心を持ち続けるという生き方を選択することに変わりはない。

『世界の終りとハードボイルド・ワンダーランド』は「ハードボイルド・ワンダーランド」と「世界の終り」という二つの物語に分かれてはいるが、どちらの物語も失われた記憶に接近し、それとともに生きる決断をするという方向に向かっている点は共通している。これがこの物語が示す、社会的な基準としての第三項であろう。つまり、人は心の深い場所にある記憶を分裂排除《スプリット・オフ》してはならず、それとの接触を保っていくべきだということだ。これは、「自己治療のステップ」として内部の「欠落」を表現しつつ、社会的・歴史的な闇を描くという村上春樹の芸術家としての指針と一致しており、またミルナーがいうような芸術は内部の「良い」ものとつながっている新たな世界を構築するという考えとも一致している。この第三項自体が言葉で語られるのではなく、登場人物同士のダイアローグのテーマとして取り上げられ、行きつ戻りつする対話のプロセスという形で読者に提示されていく。

「世界の終り」では、夢読みは大佐や影との間で、何が自然で正しいことかというテーマをめぐって対話を重ねる。まず大佐の方からみてみよう。

共感的な大佐とエディプス的な勧め

大佐は夢読みの隣に住む退役した老人である。尊大さや押しつけがましさはなく、親切でもの静かな理想的な隣人だ。彼は夢読みとチェスをして時間を過ごす。大佐はチェスの名手だがむやみに勝とうとするのではなく、道を究めるように熟考し、夢読みにも教え導くかのように接してくれる。小川未明の「野ばら」にも国境で老兵士が若い兵士と将棋をする場面がある。実の親子ではないのだが、老人と若い兵士との間には、父親と息子のような雰囲気がある。この大佐と夢読みの関係にも、そんな雰囲気が感じられる。

「ハードボイルド・ワンダーランド」の博士は計算士に対して悪気はないにしても、結果的に害をなすことになる。前に博士は全能的な「良い」対象だと言ったが、結果だけをみれば「悪い」対象といえる。この「ハードボイルド・ワンダーランド」の博士や、『羊をめぐる冒険』の羊博士、『海辺のカフカ』のジョニー・ウォーカーなどが「悪い」父親的対象にあたるとすると、この大佐は優しく穏やかな「良い」父親的対象といえるだろう。しかし彼は心を殺して街と同化した人物である。

夢読みは大佐に「あなたはどうして影を捨てたのですか?」と訊いてみるが、それに対して大佐は、長く街を守り続けてきたので街を捨てれば人生の意味がなくなるような気がしたからと答えている。続けて夢読みが影を捨てて後悔したことがあるかと訊くと、大佐は「後悔はしない（中略）後悔したことは一度もないよ。何故なら後悔するべきことがないからだ」と答える（一二六頁）。微妙な表現だが、これは影を捨てたことを一度も後悔したことがないという意味ではなく、後悔ということ自体を一度もしたことがないという一般論の形で答えているのだろう。後悔の種がないということは、心を失っていることと関係があるのだろう。博士がいうように「世界の終り」の街では現実世界に存在しているものがあらかたないのであり、「後悔」もその一つである。それでも、大佐の答え方はどこかしらウィットのようなものを感じさせる。大佐との会話は、記憶を失い、街になんとかなじもうとする夢読みにとって大きな助けとなるものであろう。


「ここのしばらくが君にとってはいちばんつらい時期なんだ。歯と同じさ。古い歯はなくなったが、新しい歯はまだはえてこない。私の意味することはわかるかね？」

「影はひきはがされたがまだ死んでいないということですね？」

「そういうことさ」と老人は言って肯いた。「私にも覚えがあるよ。以前のものとこれからのもののバランスがうまくとれないんだ。だから迷う。しかし新しい歯が揃えば、古い歯のことは忘れる」（一二二－一二三頁）

影を古い歯に例え、それを失った夢読みの気持ちに共感的に寄り添っているとはいえ、新しい歯が生えればその苦しみも忘れるように影が死ねば苦しみも忘れていくというやや残酷ともいえるアドバイスである。夢読みにとってクリステヴァのいう「想像的な父親」にあたるような大佐が示す第三項的基準は、このように以前の記憶は消え去るにまかせて忘れなさいというものだ。幼児期の満足を切り捨てて社会を受け容れていくよう促すという、エディプス的な父親の役割を果たしている。夢読みはこのように父親的人物である大佐との間で、失われたものを思い切る辛さと、その辛さを乗り越えていくのが正しい道なのだといったようなテーマの対話をしていく。

大佐はまた、次のようにも言う。

「あるいは君にはこの街のなりたちのいくつかのものが不自然に映るかもしれん。しかし我々にとってはこれが自然のことなのだ。自然で、純粋で、安らかだ。君にもきっといつかそれがわかるだろうし、わかってほしいと私は思う。私は長いあいだ軍人として人生を送ってきたし、それはそれで後悔はしていない。それはそれなりに楽しい人生だったよ。硝煙や血の臭いや銃剣のきらめきや突撃のラッパとかのことは今でもときどき思いだす。しかし私は我々をその戦いに駆りたてたものをもう思いだすことはできんのだ。名誉や愛国心や闘争心や憎しみや、そういうものをね。君は今、心というものを失うことに怯えておるかもしらん。私だって怯えた。それは何も恥かしいことではない」大佐はそこで言葉を切って、しばらく言葉を探し求めるように宙を見つめていた。「しかし心を捨てれば安らぎがやってくる。これまでに君が味わったことのないほどの深い安らぎだ。そのことだけは忘れんようにしなさい」（四八三―四八四頁）

大佐はこの街が自然であると言う。それに対して影は、この街は不自然だと言う。大佐は自分の軍人生活の記憶は覚えていても、自分を駆りたてた「名誉や愛国心や闘争心や憎しみや、そういうもの」は思い出せないと言っている。これは村上春樹が小説で描こうとしている歴史的な暴力に関わる感情を、大佐が記憶から切り離していることを示していると考えられる。従って、この大佐の発言は明らかに村上春樹の考えとは一致しないものなのだ。大佐は共感的に夢読みを支えてくれる父親的人物だが、夢読みは彼の言っていること自体を取りこんで同一化するわけではない。引用部分の最後で、大佐は心を捨てれば「君が味わったことのないほどの深い安らぎ」が得られると言っているが、こうした安らぎを生む社会との同一化とは違う道を、夢読みは失われた記憶を求めて進み、その先に前にみたような助手の女性の心を頭骨から見つけだすという成果が生まれる。

羊男のいる空間での対話

夢読みを導いてくれるのは、彼の分身ともいうべき切り離された影である。主人公の分身的な存在は、村上春樹の長編小説によく出てくる。これまで何度か触れた「鼠」は『１９７３年のピンボール』で故郷の街を去っていく。この「鼠」の行為も閉ざされた状況からの脱出といえるだろう。影だけが街を去っていく「世界の終り」の物語のエンディングと同じようなものは、以前の作品でもすでに描かれていたのである。

「鼠」は『羊をめぐる冒険』で世界に害をなす羊を道連れに死に、探しにきた主人公の前に羊の毛皮をかぶった羊男の体を借りて現われる。この羊男は『ダンス・ダンス・ダンス』ではホテルの十六階にある異次元的な空間で主人公を待っているのだが、その場所や羊男の話は「世界の終り」の街の状況と非常に似通っている。

このように主人公の分身が主人公と対話をするというシチュエーションは、『世界の終りとハードボイルド・ワンダーランド』以外の作品でも描かれているのだが、こうした分身は本来父親的な人物が果たす役割を肩代わりしているようなところがある。それは今までみてきたように、父親的な対象がたいてい「良い」と「悪い」に分裂していることと関係があるだろう。そして分身的な人物は、社会への道を示すと同時に母親的に「抱える」性質ももっている。つまりクリステヴァの「想像的な父親」的な存在なのである。羊男にそれがよく表われている。

『ダンス・ダンス・ダンス』で、主人公は友人と経営している会社が軌道に乗り、経済的には順風満帆の状態にある。しかし彼は、『羊をめぐる冒険』で出かけた北海道のドルフィン・ホテルを再び訪ねる必要を感じる。これは不思議なのだが、なぜ何が何でも行かねばならないと感じているのかという理由は、彼自身にもはっきりしないのだ。行ってみると主人公が「いるかホテル」と呼んでいた小さくて無個性だったそのホテルは、二十六階建ての巨大なビルに変わっている。近代化されていく社会のなかで、主人公の過去とつながりのあった場所が別のものになっているという軽い喪失体験に見舞われるのである。彼は親しくなったホテルの女性従業員からそこの十六階には奇妙な空間があるという話を聞く。ホテルの中にそんな場所があるはずはないのに、エレベーターのドアが開くと深い暗闇が広がっていて、彼女はそこに踏み入ったというのである。主人公も試しに行ってみようとして十六階で降りるが、そこはなんの変哲もないホテルの空間でがっかりする。しかし、あるときふと話に聞いた暗闇の広がる「十六階」に行くことができる。

まるで怪談のような展開だが、これはホラーではない。むしろ主人公から求めてそうした空間にはいっていくのである。経済的な成功を惜しげもなく投げ捨てて彼が北海道に来たのは、この空間にたどり着くためだったかのようである。暗闇を進んでいく彼は、そこに彼の分身ともいえる羊男が待っていることを予測している。そこは喪失感を感じる主人公を受け容れて「抱えて」くれる場所で、物語ではそれを「本当に含まれている」という印象的な羊男の言葉で表現している。

羊男は主人公に語りかける。

「さあ、話してごらん」と羊男は静かな声で言った。「あんたのことを話してごらんよ。ここはあんたの世界なんだ。遠慮することは何もないんだ。話したいことをそのままゆっくり話せばいいいんだよ。あんたにはきっと話したいことがあるはずだよ」（中略）僕は本当に久し振りに心を開いて正直に自分自身について語った。長い時間をかけて、氷を溶かすようにゆっくりと、ひとつひとつ。僕が何とか自分の生活を維持していること。でも何処にも行けないこと。何処にも行けないままに年をとりつつあること。誰をも真剣に愛せなくなってしまっていること。そういった心の震えを失ってしまったこと。(『ダンス・ダンス・ダンス』上、一四四頁)

「世界の終り」では助手の方が心を失っていたが、ここでは心を失っているのは主人公の方である。落ちつかせるような声で語りかけ、主人公の心の氷を溶かす手助けをするこの羊男は、カウンセリングにおけるセラピストに似ている。主人公は表面上問題のないペルソナ(8)による適応を示していても、それは「何とか」維持しているという苦しいもので、「何処にも行けない」という焦りを感じている。それが、主人公をこの羊男のいる空間に導いたのである。

「自己の成長再開」のための融合状態の回復

マイケル・バリントは、心の発達の早期に問題を抱えたクライアントの場合、治療が進むと治療者との心を開いたつながりをおずおずと求める時が、必ずといっていいほどやってくると述べている。

バリントによれば、これをどう扱うかが治療技術として重要だという。彼の考えではこの状況は、クライアントが分裂排除《スプリット・オフ》された「悪い」対象を受け容れるというDポジションの苦しみにある時に、捨てなければならない融合的な早期の対象との関係が浮上してきたものだという。クライアントが、なじみ深い分裂《スプリッティング》の防衛の殻を捨てて「自己の成長再開」（new beginning）を始めるためには、「常時現実吟味を行うという緊張に曝されることなく、また自分をめぐる人々の願望や感じ方に気を配らねばならないという義務もなしで生きられたらいいのにという、永遠の願望の残り滓[9]」と訣別しなければならない。その苦しい作業がDポジションの「良性の抑鬱」となるのだが、その時に太古的でユートピア的な融合的対象関係が一次的に復活することをクライアントは自らに許すというのである[10]。この考えは、ウィニコットの治療的退行に関する考えにも通じるものである[11]。

羊男のいる空間に話を戻そう。主人公がそこで心を開いて自分について話すこととは、今のバリントの考えを踏まえていうと、太古的で融合的な関係から離れたくない、離れるのが辛かったという、Dポジションの感情についてだろうと思われる。そうした不満を、羊男に受け止めてもらうことでゆっくりと溶かしていくのだ。羊男は主人公の話を聞きながら眠っているように見えるのだが、話し終わると目を開いて次のように言う。

「大丈夫、心配することはないよ。あんたはいるかホテルに本当に含まれているんだよ」と羊男は静かに言った。「これまでもずっと含まれていたし、これからもずっと含まれている。ここからすべてが始まるし、ここですべてが終わるんだ。ここがあんたの場所なんだよ。それは変わらない。あんたはここに繋がっている。ここがみんなに繋がっている。ここがあんたの結び目なんだよ」

「みんな？」

「失われてしまったもの。まだ失われていないもの。そういうものみんなだよ。それがここを中心にしてみんな繋がっているんだ」（一四五頁）

「ハードボイルド・ワンダーランド」の博士は、計算士の「意識の核」にある世界について「あんたはその世界で、あんたがここで失ったものをとりもどすことができるでしょう。あんたの失ったものや、失いつつあるものを」（四一七頁）と言っている。羊男のいる空間も全てが終わっていて、失われたものや失われていないものなどの「喪失」に関わるすべてが含まれているというので、これは「世界の終り」の街に非常に近い。そして、これらの場所で終わってしまっているものとは、原初的な母親的対象との一体的状況である。それが失われたことの苦痛を分裂排除《スプリット・オフ》しないならば、それに耐えていかなくてはならない。そうした過程で浮かび上がったユートピア的な関係を許す場所が、この羊男のいる空間なのであろう。

「繋がり」へ踏み出すための第三項

羊男は主人公が「いるかホテル」に「本当に含まれている」「繋がっている」と言うが、「結び目」という言葉も出てきて、「みんな繋がっている」とも言う。主人公は「繋がっている」みんなとの関係をたどっていきたいと羊男に言う。羊男はもう長いこと繋いでいないのでうまくいくかどうかわからないが、やってみようと言う。主人公を母親のように受容する退行的な空間を結び目にして他者、ひいては社会とつながろうとする主人公を手助けする役割を、羊男が果たそうとしているのだ。つまり、この場面で羊男は主人公を融合的に「抱える」母親的対象から、社会へ向かうという分離への道を示す父親的対象に変わっているのである。

この役割は、「世界の終り」の街から脱出する道を示す夢読みの影と重なる。影も元は同一人物であるという非常に強い一体的関係にある存在であり、共感的に「抱える」姿勢を夢読みに対して取っている。だが、夢読みが街から脱出するかどうかで迷っている時は、影は強い態度で脱出を促す。

夢読みは「もとどおりの僕自身とはいったい何だろう?」と影に言う。

「いや迷ってるんだ。本当に迷ってる」と僕は言った。「まずもとどおりの僕自身というものが思いだせない。果してそれは帰るだけの価値のある世界で、戻るだけの価値のある僕自身なんだろうか?」(『世界の終りとハードボイルド・ワンダーランド』五〇八–五〇九頁)

「いるかホテル」の例と比べると、夢読みの逡巡がより強い。『ダンス・ダンス・ダンス』の主人公は羊男に「抱えて」もらった後で、すぐに人びととのつながりに心が向かう。同様に夢読みも街にいる人びとや風景との絆を口にする。

図書館で知りあった女の子にひかれているし、大佐も良い人だ。獣を眺めるのも好きだ。冬は厳しいけれど、その他の季節の眺めはとても美しい。ここでは誰も傷つけあわないし、争わない。(五〇九頁)

しかし彼らは退行的なユートピアである壁に囲まれた街の住人であって、現実の社会にいる人びとではない。なぜ出て行かなければならないのかと問う夢読みに対して、影は夢読みがいくつかのことを見落としていると指摘し、次のように言う。

今君はその完結性と完全さについてしゃべった。だから俺はその不自然さと間違いについてしゃべる。よく聞いてくれ。まず第一に、これは中心になる命題なんだが、完全さというのはこの世には存在しない。この前も言ったように永久機関が原理的に存在しないのと同じようにだ。エントロピーは常に増大する。この街はそれをいったいどこに排出しているんだろう?(五一〇頁)

影の語り口は超自我的なものではない。ほぼ対等の立場から語っているが、夢読みに対して情報の点では上回っており、論理的でもある。ここでは永久機関やエントロピーなど、科学的な用語を交えながら説明している。これを大佐の場合と比較してみると、大佐は経験の蓄積の点で夢読みをはるかに凌駕した地点から語り、その語り口は穏和で年輪を感じさせる父性的なものだ。彼は夢読みに心を忘れることを説く。

それに対し、影は情報を提供し、論理的に心の重要性を説いている。やや先を進んでいる友人のような位置である。退行か分離かという選択に関しては、脱出という分離を指し示しているが、それは影＝心を持ち続けるということでもあるので、単純なエディプス的社会性とは一線を画するものだろう。影は次のように言う。

この街の完全さは心を失くすことで成立しているんだ。心をなくすことで、それぞれの存在を永遠にひきのばされた時間の中にはめこんでいるんだ。だから誰も年老いないし、死なない。（中略）君は俺にこの街には戦いも憎しみも欲望もないと言った。それはそれで立派だ。俺だって元気があれば拍手したいくらいのもんさ。しかし戦いや憎しみや欲望がないということはつまりその逆のものがないということでもある。それは喜びであり、至福であり、愛情だ。絶望があり幻滅があり哀しみがあればこそ、そこに喜びが生まれるんだ。（五一〇頁）

「心をなくすことで、それぞれの存在を永遠にひきのばされた時間の中にはめこんでいる」という表現は計算士に対して博士がした「世界の終り」の説明を思わせる。博士は街の特徴を不死とか永遠の生などの言葉で表現していた。それが計算士にとっての世界の再編であり創造であるという博士の説明には興味をそそるものがある。それはマリオン・ミルナーが紹介している症例の少年の場合同様、内的イメージとつながる外的世界の創造という意味での象徴形成の説明になっているからである（序章の二一－二二頁を参照）。しかし、ここで影は夢読みに向かって、その永遠性自体を批判的な視点で述べている。大佐、博士、影の主張は相互に矛盾し合うことによって、『世界の終りとハードボイルド・ワンダーランド』の小説世界を逆に活気づけるという、ミハイル・バフチーンのいう「多声的《ポリフォニック》」な特徴を示している。そのことがこの小説の一通りに決まった解釈を困難にしているのである。

「絶望があり幻滅があり哀しみがあればこそ、そこに喜びが生まれるんだ」という影の言葉は、『ブレイブ・ストーリー』でワタルが最後に運命の女神に言った言葉と重なる。ただ、この影の言葉は、今述べたようにこの物語の最終的なメッセージとはいえない。この後夢読みは助手の女性の心を見つけだし、いったん影とともに街を去ることにした決心をひるがえすことになる。

この物語で村上春樹が提示しようとしているのは、結論ではなく、そこにいたるまでのプロセスとしての対話自体なのではないだろうか。全能感に満ちて自他未分化の融合的な満足にとどまる態度に対して、それではいけない、社会的現実に向かって足を踏み出すことが大事なのだと説得する社会的な第三項も同時に存在するのが村上春樹の小説である。つまり、この二つの状況が基本的なものとして存在し、その二つの極が作りだす緊張関係をはらんだ磁場が登場人物の対話に複雑なニュアンスを与えているのだ。

宮部みゆきの小説では、「良い」対象にあたる人物と「悪い」対象にあたる人物との間でダイアローグが交わされていることをすでにみた。村上作品のベースにある二つの状況は、それとも少し違っている。対象関係論よりコフートの自己心理学のモデルの方が合っているかもしれない。全能的な完全さに防衛的に自足している内外の状況と、その防衛の「壁」に恐怖を克服して迫っていく状況の二つがあるのだ。「抱えて」くれる女性との関係は前者に、父親的もしくは分身的な人物は後者にあたるといえそうだが、必ずしもきっちり分かれているわけではない。羊男のように退行的に包む分身もいるし、博士の孫娘のようにやみくろの世界で計算士を導く強い女性もいる。

決断を促す役割の頻繁な交代

脱出ということに関していうと、『世界の終りとハードボイルド・ワンダーランド』ではさまざまな人物が脱出に向かうと解釈できるセリフを言う。例えば、図書館のリファレンス係の女性は部屋の頭骨のレプリカが光った後、計算士にかたつむりの話をする。

「服をかたづける？」
「いや、あのままでいい。あの方が落ちつくんだ。かたづけなくていい」

「かたつむりのこと話して」

「洗濯屋の前でかたつむりを見たんだ」と私は言った。「秋にかたつむりがいるなんて知らなかった」

「かたつむりは一年じゅういるわよ」

「そうだろうね」

「ヨーロッパではかたつむりは神話的な意味を持っているのよ」と彼女は言った。「殻は暗黒世界を意味し、かたつむりが殻から出ることは陽光の到来を意味するの。だから人々はかたつむりを見ると本能的に殻をたたいてかたつむりを外に出そうとするのね。やったことある?」

(五七五頁)


夢読みの助手が夢読みに「あなたはもっと心を開かなくちゃいけないと私は思うの」(二六一頁)と言うように、夢読みも計算士も「心を開く」ことが課題になっている。リファレンス係の女性は計算士を「抱える」役割を担った人物の一人だが、ここでは計算士が見たかたつむりのイメージから、暗黒の殻からかたつむりを出すという象徴形成を行なっている。それは心の殻から出るという分離へ向かう象徴的方向づけなので、父親的な第三項のポジションにいるともいえるだろう。

この小説には、状況を打開するために第一歩を踏み出すときに、誰かが「やるしかない」という意味のセリフを言う場面がよく出てくる。計算士は二度目に地下に降りるときに「これからどうするの？」ときく博士の孫娘に「地下に降りるしかないさ」と言う（二八五頁）。その地下で博士の研究室が破壊されていて、さらに奥に進まなくてはならない場面では、孫娘が「でももううしろには引き返せないわ。前に進むしかないんじゃないかしら？」と言い、計算士が「理屈としてはね」と応じる（三〇四頁）。このように先に進むことを提案する第三項的人物は、「抱えて」くれる女性も含めて入れ替わる。

「意識の核」にある恐怖

影と夢読みとの対話の話に戻ろう。彼らの対話は、夢読みが助手の女性の心を見いだすエピソードを挟んで、最後の脱出の場面に続いていく。そこでは影は自力ではしごを登れないほど本当に弱り切っている。弱っている対象に直面するというDポジション的な状況である。「どうやらもうおしまいらしいね」と弱音を吐く影に対し、夢読みは「君が始めたんだ。今更弱気を出すなよ」と言って影を助けて出口へと向かう（五九〇頁）。主導権が夢読みに移ったような形である。肉体的には弱っている影だが、情報や論理によって道を示すという役割は続いており、街からの出口が「南のたまり」以外にあり得ないことを、夢読みに告げる。「南のたまり」とは前にも書いたように、街を分断して流れる川が壁の手前で地面にもぐっている場所のことである。

「あのたまりの下は強い水流になっているから、そんなことをしたら地底に呑みこまれてあっという間に死んでしまうぜ」

影は身を震わせながら何度か咳をした。

「いや違うね。出口はどう考えてもあそこしかないんだ。俺は何もかも隅から隅まで考え抜いたんだ。出口は南のたまりだ。それ以外にはありえない。君が不安に思うのは無理もないが、とにかく今のところは俺を信用してまかせてくれ。(後略)」(五九一―五九二頁)

このように影はたじろぐ夢読みを論理的に説得して、自分に従うように言っている。

この後に続く場面では、「なんとかやれそうかい？」ときく影に「ここまで来たんだもの、やるしかないだろう」と夢読みが答える。夢読み自身が第三項の役割になっているのだ。夢読みは分身とともに、お互いに支え合いながら、「たまり」の恐怖に立ち向かっていく。この恐怖は計算士の「意識の核」にある恐怖の中枢ともいえる。すでにみたように夢読みは街が自分自身の作り出したものであり、自分自身に等しいものだということを感じ取っているので、ここで夢読みは自分自身のなかにある恐怖と向き合おうとしているわけである。

彼らは恐怖によってこのたまりを囲ってるんだ。その恐怖をはねのけることができれば、俺たちは街に勝つことができるんだ(五九六頁)

影はこのように言って、PS的な分裂排除《スプリット・オフ》された恐怖との戦いが問題であることをはっきりと示す。しかし、街が自分自身だと知った夢読みは「僕には僕の責任があるんだ」と言って、影だけを街から逃がして自分は街にとどまるという決断をする。彼は「たまり」への恐れからではなく、街に対する責任感から街に残るのだ。

僕は自分の勝手に作りだした人々や世界をあとに放りだして行ってしまうわけにはいかないんだ。君には悪いと思うよ。本当に悪いと思うし、君と別れるのはつらい。でも僕は自分がやったことの責任を果さなくちゃならないんだ。ここは僕自身の世界なんだ。(六一七頁)

切り離していた部分が自分の一部であること、それを保持していくことが避けられないことを、しっかりと受け止めている言葉である。つまり夢読みはDポジションの段階にあって、喪失の苦痛を含んだ世界を受容しようとしているのだ(用語解説「PSとD」の項目を参照)。

では分身である影の方はどうなるのだろうか。この切り離された影も分裂排除《スプリット・オフ》された対象だと考えられるし、第三項的な「想像的な父親」の役割も兼ねているのだが、夢読みは影と同一化するわけではない。影は「たまり」に飛びこむ前に、森の生活が考えている以上に大変だろうと注意する。最後まで影は、夢読みに父親や兄もしくは年長の友人的に接しているのである。夢読みはそれでも決心は変わらないと影に告げる。このあたりは、この小説の執筆後に日本を離れてヨーロッパで暮らすようになったという、村上春樹自身の行動と重なってみえる。

作家の責務

村上春樹は前にも触れた『アンダーグラウンド』の後書きのなかで、このことについてかなり詳しく説明している。自分は『世界の終りとハードボイルド・ワンダーランド』を書いてから『ねじまき鳥クロニクル』を書き終えるまで七、八年の間、長い外国生活を送ってきたのだが、そのことを自分自身では「一種のイグザイル（故郷離脱、という表現がいちばん近いだろうか）」（『村上春樹全作品 1990〜2000』6、六五八頁）だと考えていたと書いている。イグザイルとは亡命者のように故郷を離れた人のことだが、ここではあえて故郷を離脱したというニュアンスで語られている。故郷離脱作家というと、ジェイムズ・ジョイスやヘミングウェイなど、一九二〇年代のパリの作家たちを連想する。故郷を離れ、場合によっては母国語以外の言葉で書くということは、現代の作家の場合珍しいことではない。村上春樹もこうした作家の一人であり、また自らそれを意識していたということである。

さらに彼は、そのような自分の行動の意味を次のように説明している。

> 一人の小説家として、私は様々な外部の場所を体験し、腰を据えて、そこで日本語で物語を書くという作業を試してきたわけだ。日本という、日本語にとって、また同時に私自身にとっ

て、アプリオリな（最初から当然のものとしてある）状況を離れることで、自分がどのような方法で、どのような姿勢で日本語（あるいは日本性）を取り扱えるか、それを意識的・無意識的にその都度フェイズを変えながらマッピングしてきたのだ。（『全作品』6、六五八頁）

序章でも触れたように、ラカン的に考えると言語の習得は父親的な対象との同一化に相当する。「象徴界」のなかで「父の名（ノン＝禁止）」という去勢を経た主体となるのである。ここで村上春樹が述べている作業は、そうした対象との「アプリオリ」の同一化を再考に付す作業であるといえるだろう。意識的だけでなく無意識的にもそうしているという言葉は興味深いものだ。無意識において言語的な他者という第三項が成立するあたりの局面を構築し直そうという意図が、この日本語をめぐる「マッピング」（地図作り）には含まれているのである。夢読みも影のアドバイスに従って、脱出のために「世界の終り」の街の地図を作っていた。村上春樹の「イグザイル」状況をあてはめて考えると、この夢読みの地図作りは当然と感じられているという意味でアプリオリの日本語という環境を、他者の目で測定し直すという意味をもっていたとみることもできる。実際に故郷を離れる以前から、そのような作業を物語のなかに組みこんでいたわけである。

村上春樹は続いて『アンダーグラウンド』を書いた頃には、「さすらいながら自分を模索していくという時期」は終わりかけていると感じていたという。

（前略）もうそれほど若くなっていたのだろう。そして自分が社会の中で、「与えられた責務」を果たすべき年代にさしかかっていることを、自然に認識するようになっていたのだろう。（六五八頁）

「与えられた責務」という表現があることから考えて、社会的な第三項を自分なりに構築していこうとしているようだ。エディプス的な同一化を経て社会に適応していっているようにもみえるが、ここで引き受けようとしている責務とは、前にみたように「薄暗い天井の片隅にいる無名の蜘蛛」として、「自然な感応力」を頼りにさまざまな人びとがもつ記憶や「物語」を受け容れて、それを「もうひとつの物語」として紡ぎ出していくことである。

目の前にトラウマになるような体験をした人がいる。その人の話をインタヴュアーとして聞く自分がいる。その話は単に言語的な意味作用を通じて伝わってくるだけでなく、声の調子や雰囲気などそれ以外のさまざまな要素が全体として絡み合ったものとして、聞いている村上春樹に伝わってくる。プロの作家として彼はそのようにして語られる言葉を呑みこんで、自分なりの言葉にして物語を紡ぎ出すというのである。意識的な操作を超えたところで情報を別の形に作り直すという意味では、「意識の核」を使った暗号化であるシャフリングに近いものである。ただ、計算士のシャフリングとは違って、村上春樹は完全に無意識の状態でそれを行なうのではない。無意識的な操作を意識的に組みこみながら、相手のなかにある言語化しきれないような体験を咀嚼し、物語にしていくのである。
心理療法の現場で行なわれている作業とも通じるところがあるような、こうした一種の「夢読み」作業によって、村上春樹は前エディプス的な非言語の薄明に沈んでいるものを、日本語という〈大文字の他者〉のなかに刻みこんでいこうとしている。それを作家としての責務と考えている。「故郷離脱」という形で自らの生に刻みつけた亀裂のなかから、こうした新たな第三項が浮かび上がってきたのであり、デタッチメントからコミットメントへというような単なる方向転換ではない、作家としての連続性が認められるのではないか。

「南のたまり」と喪失感

「世界の終り」の話に戻ろう。夢読みは「たまり」に飛びこもうとする影に、君のことは忘れないと言う。

君のことは忘れないよ。森の中で古い世界のことも少しずつ思いだしていく。思いださなくちゃならないことはたぶんいっぱいあるだろう。いろんな人や、いろんな場所や、いろんな光や、いろんな唄をね（『世界の終りとハードボイルド・ワンダーランド』六一七−六一八頁）

影＝心を殺さずに逃がした夢読みは、街にとどまることはできない。やはり心を見つけだしたことで街にいられなくなるはずである助手の女性とともに、森で生きていくのだろう。それはここで夢読み自身が言っているように、失った記憶を少しずつ思い出していく作業になるのだろう。「思いださなくちゃならないことはたぶんいっぱいあるだろう」と夢読みは言っている。人、場所、唄などと書かれているが、これは計算士のいる現実世界の記憶なのだろうか。それとも計算士自身の失われた記憶であり、現実ではなくこの「世界の終り」の世界でしか思い出すことのできない事柄なのだろうか。クリステヴァが『黒い太陽』で述べているように、メランコリーを漂わせる文学作品が母親的対象への「喪の仕事」をめぐる記号化であるならば後者であろう。しかし、この物語の暗示的な終わり方に則して考えるといずれとも決めがたい。いずれにせよ、自分たちなりの「夢読み」の作業をこれから夢読みと助手は二人で続けていくのだと思われる。

影が「君のことは好きだったよ」と言い残して「たまり」のなかに消えた後で、夢読みは次のように感じる。

> 水は獣の目のように青く、そしてひっそりとしていた。影を失ってしまうと、自分が宇宙の辺土に一人で残されたように感じられた。僕はもうどこにも行けず、どこにも戻れなかった。そこは世界の終りで、世界の終りはどこにも通じてはいないのだ。そこで世界は終息し、静かにとどまっているのだ。（六一八頁）

この部分では、「たまり」の水は喪失感を感じさせる存在である一角獣の目のイメージとつなげられている。今まで対話していた自分の分身である影は、「たまり」に飛びこんで消えてしまった。影を失った喪失感が、母親的対象ともいえる一角獣と重ねられているということは、ここで夢読みがどうしようもない喪失の悲哀のなかに取り残されていることを示している。「世界の終り」という名前のとおり、もうどこにも行けないような深い喪失感のただなかに夢読みはいるのである。

そこから夢読みは踵《きびす》を返し、図書館にいる助手の所へ歩いて行く。壁の上を鳥が越えていき、夢読みの踏みしめる雪の軋みとともに物語は幕を閉じる。このように暗示的ではあるが、若干の希望を感じさせる終わり方になっている。これは夢読みがそのなかに取り残された喪失感と、どうつながるのだろうか?

物語を通じて進んできたPS的世界からDポジションの世界への変化は、夢読みが自分のなかに喪失の痛みを鋭く感じるという場面に結晶する。『ブレイブ・ストーリー』のワタルのようにはっきり言葉で示されてはいないが、ここでの夢読みも喪失や悲哀と向き合って生きていく段階にはいっているのである。前エディプス期の精神内界でいうと、分離のプロセスが最終局面にはいり、融合的な関係にはいった亀裂そのものがその先にいる第三者へと続いていく段階である。雪の中を白い鳥が壁を越えていくのだが、この鳥は夢読みが社会的な第三項と同一化して、完全な壁に囲まれた完全な街という幼児的なユートピアを越えていくことを暗示しているように思える。

ただし、夢読みは恐怖を感じさせる「たまり」に背を向け、「抱えて」くれる母親的対象でもある助手の女性が待っている図書館へ向かっている。原初的な一体感を喪失したという分離の自覚と、それが一時的に和らぐ羊男のいる空間のような融合的な感覚の回復という繰り返しが、PS↕Dの往復運動のように、この先もしばらく続くのだろう（用語解説「PSとD」の項目を参照）。羊男のいる空間を描いた『ダンス・ダンス・ダンス』が出版されたのは、この小説の三年後である。

ここまで『ブレイブ・ストーリー』や『世界の終りとハードボイルド・ワンダーランド』などを通して繰り返しみてきたのは、自覚された分離という一種の内的対象を第三項としてもつタイプの社会化である。内的対象は精神分析の用語でいう"phantasy"（幻想、空想）であり、これは無意識に属するものなので本来自覚はできないものなのだが、「幻界《ヴィジョン》」や「世界の終り」という"fantasy"（ファンタジー、幻想文学）が、そこに含まれる存在や出来事として具現化したことによって、言語化され、登場人物たちに認識され、しばしば暗示的な形を取りがちとはいえ、読者にも明確に示されるのである。

精神内界的な領域で主人公たちが果たす社会化――前エディプス期の精神分析的発達モデル風に表現すると、一種の分離‐個体化（separation-individuation）――は、分離の辛さを心の奥に押しやることで成立しているエディプス的な社会性とは異質のものである。『世界の終りとハードボイルド・ワンダーランド』の物語で描かれているのは、こうした前エディプス的な内容への自覚が可能にする、新たな主体性への道筋とみることができるのではないだろうか。

第三章　傷ついた心と影の統合

1　少年たちの心の絆と分離——『龍は眠る』『鉄コン筋クリート』『少年アリス』

子どもの心

ここからは前章までの話を受けて、これまで示してきた方法が他のさまざまな作品の分析にも有効であることをみていきたい。

まずは、『龍は眠る』（宮部みゆき）、『鉄コン筋クリート』（松本大洋）、『少年アリス』（長野まゆみ）の三作品を使いながら、それぞれの作品の主人公たちが前エディプス的な心の闇とどう向き合っているかを考える。そこにはエディプス的な同一化の対象としての父親的人物によるサポートもあるが、本質的に重要なのは仲間同士の支え合いである。これらの作品の主人公たちにとって「自分」というものは安定した確かなものとは感じられていない。それを補うのは身近な人物との親密な関係である。そこには退行状況のようなものもみられるが、これらの作品ではそこから真の自己の成長が始まったとまで言えるかどうか微妙である。

『龍は眠る』はニュー・ジャーナリズム的な手法を駆使して超能力者の少年たちを描く異色ミステリーである。『鉄コン筋クリート』は宝町という架空の町を舞台にして、空を飛ぶことのできる「ネコ」と呼ばれる少年たちが暴れ回る奇妙な味のある漫画である。『少年アリス』は耽美的な文体に乗せて、夢とも現《うつつ》ともつかない童話風の物語が展開する話である。このように、それぞれ全く趣の異なる話だが、主人公が二人の少年であり、その二人の間に心理的な絆がある点は共通している。そしてその絆は、主人公たちが不確かなアイデンティティーを保つ上で重要な役割を果たしている。

前エディプス期の母親との分離がもたらす空虚が、これらの作品の背景に流れている。ウィニコットの「抱えること」のような形で少年たちを心理的に抱えてくれる母性は、これらの話には見あたらない。西洋と比較した場合の日本文化の特徴に「甘え」があるということが言われるが、この三作品には甘えさせてくれる母親的人物は姿を見せない。共感的な父親的人物との同一化の周囲を漂いつつも、少年たちはそうした関係から滑り落ち、同年代の少年同士で不安定な心を「抱え」合う。それは必ずしも十分な支えとは言えず、心の闇に呑まれそうになったり、反対に社会正義といったような超自我との一足飛びの同一化に向かったりといった揺れのなかに少年たちはいる。

宮部みゆきは前にみたように、初期は社会派のミステリー作家と目され、『龍は眠る』でも文体はハードボイルドでジャーナリスティックな、大人の男が読むような感じのものである。つまり、一見するとエディプス的な父との同一化を経た社会的アイデンティティーを確立している人向けに書かれているようにみえる。しかし、主人公である「大人の男」の目は超能力という常識的でないものを抱えた子どもに向けられる。これは同時期に書かれた『火車』のなかで、引退した刑事のある種の共感を湛えた眼差しが、加害者であると同時に消費社会の犠牲者でもある女性に向けられていたのと同じ構図である。宮部作品では、エディプス的で父権的な社会の死角にスポットライトが当てられ、「大人の男」が温かいと言ってもいいような眼差しを注ぐという形でそこにいる存在が肯定されるのである。

同様に、松本大洋の作品では「子ども」の感覚が常にテーマとなっており、長野まゆみの作品では性別のない「少年」という作者のこだわりが貫かれている。大人の男性として社会に適応しているのではない、つまりエディプス的な同一化をすり抜ける存在を、この作者たちはジャンル横断的な作品で捉えようとしているのだ。

サイキックの少年たちの不安定さ

はじめにそれぞれの作品について簡単に内容を説明してから、いま述べたような方向で主人公たちの父親的対象や分身的対象との関係について検討したい。

『龍は眠る』は慎司と直也という二人のサイキック（超能力者）の少年と、彼らを見守る雑誌記者の高坂《こうさか》を中心に展開する物語である。雨の日に慎司と出会った高坂は、自分はサイキックであるという慎司を容易に信じることができない。しかし、人の心を読むことができるがゆえに、疎外感を感じることの多い慎司は、高坂という大人に信じてもらうこと、そして雑誌記者という彼の職業のもつ力によって自分の超能力を社会正義のために役立てる道筋をつけることを強く望む。

一方、慎司の友人でより強力なサイキックである直也は、世間に自分たちの力が知られることによって迫害される危険の方を重くみて、高坂に自分たちはサイキックではないと嘘を言う。慎司が理解ある両親をもち、同じ能力をもつ叔母によって力をコントロールする技術を学んでいたのに対し、直也は苛酷な家庭環境から家出することによって逃れ、一人で苦労を重ねてきたという違いがある。高坂は迷いながらも、最終的には彼らの超能力を信じ、彼の周囲で起こった誘拐事件は二人の力によって解決に向かう。

宮部みゆきは、この物語はスティーヴン・キングの『デッド・ゾーン』を意識して書いたと述べている。[1] また、少年や青年の超能力者が登場する物語というと、ジュヴナイルSFの眉村卓の作品が思い浮かぶ。しかし、スティーヴン・キングや眉村卓などの作品に比べて、『龍は眠る』では超能力者であることによって心の中に抱えることになった、自分でもコントロールしきれないモヤモヤした感情に焦点があてられている。このことはサイキックが活躍するこの物語に独特の深みを与えている。ビオンのいうベータ要素のように心理的安定を損なう超能力の影響を、慎司と直也はどう「抱えて」いるのかという、精神分析的な読みが可能なのである。彼らは、言いようのない「何か」を抱えた村上春樹の作品の登場人物と比較し得る。

慎司は自我のコントロールが効かない激しい感情に翻弄される少年である。慎司は高坂の物わかりの悪さにいらだち、自分の考える正義に反する大学生や犯罪者に過剰に憤り、無謀に突っかかっていって逆に重傷を負うなど、精神的に未熟な点が多い。児童公園の木に登って高坂と話している時、慎司は自分が選ばれた存在だと感じることがしばしばあると話す。『ゲド戦記』のゲドが影を呼び出すときに感じるような、自己愛的な優越感と全能感を彼も抱いているのである。同時に、「落っこちて死ぬなら、それでもいいいんだ」（二一四頁）と、死への心理的傾斜を匂わせる。それは能力や感情をコントロールする苦痛や優越感を抱くことへの自己嫌悪のためである。ここで慎司の感情を受けとめる高坂は、統合しきれていない内的な「悪い」感情を心理的に「抱える」役割を果たしている。高坂は慎司の困難が、「能力をコントロールすると同時に、自分の感情をも制御しなければならない」（七八頁）ところにあると考える。

直也の場合は家庭環境の複雑さによる精神的ダメージをもつ上に、能力のコントロールができないために身体的な負担が極めて大きく、いつも半病人のようなありさまである。高坂が最初に直也に会った時、「感じの悪い笑顔ではなかったが、首から上だけで笑っているという感じがした」（八一頁）と表面的で作為的な印象を抱くが、これは前エディプス期のプロセスがうまく働かなかった場合に生じるとウィニコットがいう「偽りの自己」（false self）を思わせる記述である。「偽りの自己」は、周囲の環境が幼児に干渉過多である場合に、そうした周囲へのやむを得ない迎合的反応が幼児の個人的な体験に取って代わることで生じるものである。

こうした苛酷な内的世界をもつ少年たちをサポートする父親的人物については後でまた触れるが、

既に述べたように、そうしたサポートが機能するかどうかが微妙ななかで、慎司と直也は苛酷な状況を共有する少年同士で「抱える」機能を提供し合っている。こうした点を、松本大洋の『鉄コン筋クリート』、長野まゆみの『少年アリス』にみられる少年二人の関係とも比較しながら検討していこう。

奇妙な名前と非現実的な舞台

『鉄コン筋クリート』の舞台である宝町は不思議な町で、「ネコ」と呼ばれる二人の少年、シロとクロは空を「飛ぶ」ことができる。村上春樹の初期作品では「鼠」という主人公の友人が出てくるし、羊男という謎の存在もいる。猫も鼠も羊も毛皮をもつ哺乳類である。村上春樹と松本大洋の登場人物の名前の付け方には、移行対象的な動物を選ぶという、似たような傾向を感じる。シロとクロという対比も分裂《スプリッティング》のようであるし、一見奇妙にみえる名前は、前エディプス的なプロセスの言語による象徴的表現なのではないだろうか（序章の二〇-二一頁参照）。少年たちを襲う三人の殺し屋（龍、虎、蝶）が「飛ぶ」ことができるのも、全能感の表現とみることができよう。

　シロとクロは孤児であり、慎司と直也とは違って普通の人と異なる能力をもつことで疎外感を感じるわけではないが、宝町で生き延びるには人を信用してはいけないと信じており、また宝町自体も近代化が進んで住みにくくなっていると感じている。孤児である彼らは暴力で金銭を奪うことによって生活している。警官の藤村の言う「第一級ぐ犯少年」（1　二一頁）、ヤクザの木村が上司の

「ネズミ」から聞いた「宝町には餓鬼がいる。道徳を知らず血を好む餓鬼」（1　八六頁）というのがシロとクロの二人である。

一見すると厳しい環境をはねのけるエネルギーをもったわんぱくな子どもが主人公の話のようにみえるし、はじめの方の展開はそのような感じだが、二人の保護者的なホームレスの老人（「じっちゃ」とクロに呼ばれている）は、クロの心がひどく傷ついてカチカチになっていると言い、怖いものなしのようにみえるクロの心にある救いようのない寂しさと虚しさ、そこから生じる破壊性が後半のテーマになっている。

宝町を近代的な町に変えることで儲けようとする、近代的な組織でありグローバル化の寓意でもあるような「財団法人　こどもの城」という組織がある。そこから宝町に派遣された「蛇」と、その部下の三人の殺し屋に追われ、シロは瀕死の重傷を負う。自分ではシロを守りきれないと感じたクロはシロを警察の手にゆだねるが、シロという心の支えを失ったクロは狂ったような自暴自棄の少年へと変貌する。そんなクロの荒んだ心から、世の中にある暴力の化身のような「伝説の餓鬼」イタチが生まれ、クロを襲った殺し屋は一瞬で惨殺される。イタチの叫びは宝町に起こる暴力と連動し、クロは自分の心の中のような場所で、イタチという暴力と破壊を選ぶか、シロという平和と安心を選ぶか、決断を迫られる。

飛ぶことのできる「ネコ」という設定といい、内界が実体化したような状況で自らの暴力的な分身（絵で見るとほとんど悪魔といっていいような外見である）と対峙するところといい、現実離れした話であるが、精神内界の出来事をこのような形で描いているとみると、苛酷な状況下で自らの攻撃性をコントロールしようとする少年の内的リアリティーを、ウィニコットのいう「中間領域」（序章の二五頁、および用語解説「移行対象」の項目を参照）であるフィクションとして描いているといえる。

『少年アリス』は、アリスという少年が友人の蜜蜂と犬の耳丸と一緒に夜の学校へ行く話である。『鉄コン筋クリート』同様に現実離れした名前の付け方であり、この特徴によって日常的現実との距離感が強調されている。『龍は眠る』や『鉄コン筋クリート』と違って、この少年たちに特別な能力があるわけではない。しかし、夜の学校では卵から孵化できなかった鳥のヒナたちが人間の子どもの姿で授業を受けており、間違ってその仲間に入れられたアリスは、夜空の天幕に星を縫い付けて修理する作業をするのだが、その時他の少年＝鳥と一緒に空を飛ぶなど、物語自体は奇妙な出来事に満ちている。後で正体がばれたアリスは、教師によって黒鶫《くろつぐみ》に変えられてしまう。こうした不思議な現象が当たり前のように起こる世界で、アリスの現実感覚は失われ、さまざまな恐怖や不安に襲われる。

そうしたなかでアリスは自分の防衛的な性格や、のんきな蜜蜂との違い、蜜蜂の兄などについて内省を繰り返す。同時に蜜蜂も自分とアリスや兄との関係における依存の要素について内省する。このようにそれぞれの少年の内省が、物語の大きな要素となっている。

物語が進んで、自らが人なのか鳥なのかが定かでなくなるというアイデンティティーの危機を経て黒鶫にされてしまったアリスは、蜜蜂の助けによって再び人の姿に戻り、人間の世界へ戻っていく。

作者の長野まゆみはインタヴューのなかで、少年のアイデンティティーや性的な同一性の曖昧さについて自覚的に語っている。例えば、記憶というテーマについて次のように述べている。

そのテーマは実はいつも出ていて、それは「自分は何ものだ」という感じに近いので、いつも少年たちは自分が何ものかわかっていないことが多かったわけです。自分が誰かわからない、思い出せない。そして、思い出せないまま終わる（笑）というのが、ひとつのパターンなんです。(2)

『少年アリス』ではアリスは自分のアイデンティティーを蜜蜂の助けを借りて回復するので、このパターンとは少し違うが、途中で深刻なアイデンティティーの揺らぎを体験することは同じである。

別のインタヴューでは、インタヴュアーが『少年アリス』以来の作品で重要なのは「「少年」と「アリス」のくっつけが象徴するような何か」であり、両性具有とも稲垣足穂が描く「美少年」とも違って「男と女という性別自体に、境界がない。その感覚がどこからきているのか」と尋ねると、次のように答える。

根本的にあるのは、いつも植物の雌雄。植物が環境に応じて性別がシフトしていく。確定しているように見えるものももちろんあるけれども、植物の中のゆらぎみたいなものを使いたいと思っている。(3)

こうした作者の考え方を踏まえていうと、長野まゆみ作品に出てくる「少年」とは、性別が男性でまだ成年に達していない人間のことを指しているのではなくて、性別も含めたアイデンティティーの揺れを恒常的にもっていて、それが解決に向かうことのない存在だということになる。アリスは両親たちについて、次のように言っている。

アリスは自分が危い目に遭っている時助けてくれる人間が誰かを考えてみた。社会的な意味では父や母になるのだろうが、アリスの云う危険とは、アリスや蜜蜂の棲んでいる世界の事なのだ。父や母に沼地や空屋の秘密を明かすわけには行かない。彼等はとうに、この世界の扉を閉めてしまったはずだからだ。(『少年アリス』五六頁)

アリスや蜜蜂が生きている世界、奇妙な固有名詞と安定しない時間や空間、そしてくるくると入れ替わるアイデンティティーを特徴とする世界は、両親たちの暮らしている、常識的な大人のいる安定したアイデンティティーをもつ社会とは対立するものであることを、アリスが明確に意識していることを示している。

自分のなかにいる龍

次に、それぞれの作品にみられる父親的存在について考えてみたい。幼児が前エディプス期の母親との分離の苦痛を乗り越える上で、これまで論じてきたように父親的第三項が助けになる。父親的な対象として機能する人物は性別や年齢に必ずしも関わらないが、大人の男性がそのような機能を果たす場合が多く、『龍は眠る』と『鉄コン筋クリート』でもそうなっている。『少年アリス』では、そうした対象が欠けていることが目立っている。

『龍は眠る』では、慎司の訴えを聞いてくれる高坂が、父親的な対象として機能している。物語が高坂の視点から語られるために、慎司から見た共感的な父親としての高坂像は間接的にしか読み取れないが、慎司にとって高坂は信頼できる大人に見えていることは、高坂への態度から明らかである。

大雨の日にマンホールを開けっぱなしにするといういたずらをした二人の大学生のせいで、子どもが穴に落ちて死ぬ。それを許しがたい不正義と感じた慎司は、偶然出会った雑誌記者の高坂に自分がサイキックであることを彼の記憶を読むことで証明し、協力を求める。慎司はサイコメトリーの能力によってマンホールの蓋から読み取った二人の会話と車の特徴を高坂に話し、そこから大学生を見つけ出すことができるが、性急に二人を追い詰める慎司のせいで、警戒した彼らは口を閉ざしてしまう。高坂は慎司の未熟さに苛立ちを感じる。慎司は好きでこんな力をもって生まれてきたのではない、高坂さんも自分がそうだったら似たようなことをするだろう、と言って共感を求める。しかし、意固地になった高坂は「わからないよ」としか言わず、慎司の期待するような対応に失敗してしまうのだが、後で慰めの言葉をかけなかったことを悔やむ。

その後、事務所に現われた直也の話によって慎司の超能力はトリックだと信じかけるが、再び訪れて信じてくれと頼む慎司の言葉に高坂は迷う。常識を外れた現象である超能力というものにとまどいながらも、彼らに誠実に向き合う高坂の存在は、慎司に必ずしも非共感的でない社会の存在を確認させてくれるものであろう。また、慎司の訴えを聞いてくれる高坂は、単に社会の規範を提示するだけではなく、「抱える」機能も果たしている。つまり、高坂はクリステヴァが「アブジェクト」に対処する上で役に立つと述べた「想像的な父親」のような父性をもつので（用語解説「想像的な父親」の項目を参照）、慎司の不安を静めるのに適していただろう。(4)

他にもかつて警察でサイキックの女性と協力して捜査を行なっていた村田薫という刑事にも、柔軟で安定感のある父性が感じられる。彼は、日焼けしてがっしりした半白の短髪という風貌の、映画の「鉄の男」を連想させると形容される人物であり、超能力の存在に対しても独特の悟りめいた感想を述べる。

ことによると、我々は本当に、自分のなかに一頭の龍を飼っているのかもしれません。底知れない力を秘めた、不可思議な姿の龍をね。それは眠っていたり、起きていたり、暴れていたり、病んでいたりする（中略）我々にできることは、その龍を信じて、願うことぐらいじゃないですかね。どうか私を守ってください。正しく生き延びることができるように。この身に恐ろしい災いが振りかかってきませんように、と。そして、ひとたびその龍が動きだしたなら、あとは振り落とされないようにしがみついているのが精一杯で、乗りこなすことなど所詮不可能なのかもしれない。（『龍は眠る』二五六頁）

この「龍」は直接には人間の潜在能力としての超能力を指すが、宮部みゆきが多くの作品で追求している、普通の人のなかにもある制御しにくい激しい感情を指しているとも読める。それが「病んで」しまうとは、前エディプス期の精神内界で考えると、アルファ機能の逆転によって、ベータ要素が無秩序に増殖することである（序章の四四-四六頁、および用語解説「アルファ機能と抱えること」「投影同一化」の項目を参照）。直也や慎司の「龍」は、半ば病んでいるようだ。そして誘拐事件を起こした小池令子や川崎明男の「龍」は、かなり病が進んだ部類だろう。「龍」を前エディプス的な対象関係によって生じる諸々の感情と考えると、それに相当するものは現実に存在する。村田刑事のような共感的父性は、それを包容して社会的な存在意義を与えてくれるものなのである。

クロとシロへの抱えと迫害

『鉄コン筋クリート』では、孤児のクロとシロは暴力によって生計を立てている。いわばそうやって「自活」しているのだが、彼らをかわいがっている老人（「じっちゃ」）が、父親的ないし保護者的な人物として存在している。

「じっちゃ」はクロの内部にある殺伐とした感情に気づいており、クロがシロを保護しているようにみえるが、実はシロの方がクロを守ってきたのではないかとクロに告げる。人に心を開かず、暴力とともに生きてきたクロに老人は言う。

あの子〔シロ〕はお前が考えてるよりずっと強い。／そして、お前さんは自分で思っとる程たくましくはないぞ。／（中略）いずれにしてもワシはおまえを信じとる。／世間を敵に回しても神に愛想つかされても、この老いぼれがお前を信じとるから安心しとけ。（『鉄コン筋クリート』2　一九二―一九三頁）

この言葉を聞いてクロは涙を流す。この場面では、クロは老人に心理的に「抱えられて」いる。ほかにもクロやシロに対して共感を寄せる人物たちがいる。宝町の警官である藤村は、クロとシロの暴力性に手を焼きながらも、彼らを見守る父親的存在だ。彼は社会にはルールがあるのだとエディプス的な説教をするが、クロは自分たちは誰にもシッポを振らないと言って挑発する。しかし、秩序を保つ役割の警察官ではあるが、藤村はクロとシロに共感的なまなざしを向け続ける。シロが殺し屋に追われ、瀕死の重傷を負ったときも、藤村がシロを助けて病院に運んだ。

藤村と微妙な心理的絆をもっているヤクザの「ネズミ」は、クロの分身のような面がある。「ネズミ」は町の再開発をめぐる争いによって殺される。クロの心理的な本質を表わしているような黒猫が、「ネズミ」の死を見届ける。「ネズミ」はクロに対して、この町はもう先がない、先に地獄に行って待ってるぜ、と言い残して死んでいく。

このように、宝町というクロやシロの心理的な拠り所が、近代化によって変質していくのである。それとともに、クロのなかにある暗い暴力的な部分はコントロールを失い、愛を知らず暴力によって生きる「伝説の餓鬼」イタチという形で実体化する。

こうした変化を体現している存在が、新しく町を支配しようとする海外の組織から来た「蛇」である。原作では「蛇」と三人の殺し屋はアジア系に見えるが、アニメではロシア系に見える。いずれにせよ、「ネズミ」のような土着の人情的なヤクザとは別種の、合理的で冷酷な人物で、再開発の邪魔になるクロとシロを「消去」することにためらいはない。

「蛇」は老人などの共感的な父親的対象とは正反対の、迫害的な対象であると考えられる。三人の殺し屋も同様である。暴力の点で並ぶもののなかったクロとシロは、彼らの圧倒的な暴力に対してなすすべもない。しかし、シロが去った後、つまり内界において「シロ」という「良い」対象による歯止めを失った後、自らの怒りを解き放っていったクロは、彼らを「友達」と呼び、毎晩自分を殺しにくる殺し屋と暴力の交換という否定的な絆を結ぶ。迫害する‐される、暴力をふるう‐ふるわれるというネガティヴな対象関係が実体化しているのである。

アリスと蜜蜂の内省

『少年アリス』では、アリスにとって両親の住む社会は、自分や蜜蜂のいる世界――卵から孵《かえ》らなかった鳥のヒナたちが夜の学校で人間の子どもの姿をとって夜空の補修をするような、奇妙で美しいイメージに満ちた世界――の「扉を閉めてしまった」ところに成立しているものである。つまり、この小説で描かれている冒険の外にしか、彼らの父はいないのだ。

このように精神内界に安定をもたらす父親的対象との同一化はどこかに行方不明の状態であるが、この「少年」たちの世界で彼らを助けてくれる存在はいる。蜜蜂の兄である。アリスは蜜蜂の兄が蜜蜂に対して保護者的なポジションをとっていることを、「本当に危険な場合には間違いなく傍にいるだろう。彼の兄はそういう存在だ」（五五‐五六頁）と理解している。しかし、蜜蜂の兄も物語にはほとんど姿を見せない。

父親的対象の機能が、融合的な状態から抜けきれずにいる幼児の精神内界に亀裂を生じさせ、分離を促すことだとするならば、この物語ではアリスや蜜蜂の内省がそれにあたる。彼らは自分自身に対して分離を促すという父性を行使しているのである。

アリスが自分の性格を自覚するプロセスは後で触れる。ここでは、蜜蜂が授業をのぞいているのを見つかった時にアリスを置き去りにしたことを反省している箇所をみてみよう。

蜜蜂はアリスを一晩中探すべきだったと後悔する。自分は「自己中心的な甘え」をもっていて、兄に対しても反発しながらいざという時に自分を守る楯にしている。兄に対して甘えているように、アリスに対しても甘え、楯にしてきたのかもしれない。このように考えて蜜蜂は自己嫌悪に陥る(二〇三―二〇四頁)。

自意識的なアリスに比べて、気楽な性格の蜜蜂だが、ここでは自分の甘えを分析している。蜜蜂とアリスという友人関係における融合的な一面がこうして分析されるということは、そこからの分離のプロセスに踏み出していることであり、それを蜜蜂は年長の誰かの態度を取り入れることによってではなく、夜の学校での事件をきっかけにした内省によって行なっている。

依存関係と社会への適応

このように苛酷な状況で生きる少年たちに父性的な保護を与える人物は、『龍は眠る』と『鉄コン筋クリート』には存在している。高坂は疑いながらも慎司と直也への共感的関心を切らすことはないが、サイキックであるという重荷を背負う二人を安定した社会性に導くには至らない。「じっちゃ」はクロを信じていると言うが、それでもシロなしではクロは精神的に壊れてしまう。

周囲にある「悪」や自らの内部にある心の闇に対抗して生き延びるべく、少年たちはお互いに助け合う。単に危険に際してお互いを守るだけでなく、精神的にお互いの拠り所になっている。この点は『少年アリス』も共通している。こうした少年たちの関係がどのように機能しているかをみていきたい。

すでにみたように、『鉄コン筋クリート』で「じっちゃ」は、クロがシロを保護しているようにみえるが、実はクロの方がシロを守ってきたのではないかとクロに告げる。これは当たっているだろう。内部に殺伐とした感情を抱えるクロは「シロを守る」という役割に同一化することで、自分を守ってきたのである。このような少年二人の関係は、他の二作品でもみることができる。

蜜蜂の兄にとって、蜜蜂はからかいながらも保護する対象である。兄は蜜蜂を夜の学校に色鉛筆を取りに行かせるが、犬の耳丸やアリスが同行するように配慮する。物語の最後で、自分から少し自立したようにみえる蜜蜂に対して兄が寂しいような複雑な感情を抱くのは、保護をしているつもりでいながら、実際は蜜蜂に精神的に依存している部分があったからである。これはクロとシロの関係とよく似ている。

蜜蜂とアリスの関係も、同じような特徴をもっている。アリスは単純で明るい性格の蜜蜂に対し、どちらかというと保護者的なポジションにいた。しかし、夜の学校の理科室での授業に紛れこみ、人間であるという正体がばれて教師によって戸棚に閉じこめられる恐怖を体験することで、自分の性格のなかにある鎧をまとって防御している部分に気づき、蜜蜂の存在がそのような自分にとって欠かせないものであることに気づく。アリスにとっての蜜蜂は、コフートのいう自己対象に相当する存在なのである（序章の五四頁を参照）。

アリスは黒鵜に姿を変えられ、狂ったように飛び回るが、これは彼の心のネガティヴな部分が形になって現われたような感じである。窓を破って閉じこめられていた教室を飛び出し、気を失って横たわっている黒鵜＝アリスを拾って保護し、銀の実を飲ませて元の人間に戻すのは蜜蜂である。

『龍は眠る』では、慎司と直也とが出会った時、家出して衰弱している直也を慎司が見つけて助けている。直也は年長でサイキックとしての能力も上だが、慎司のように理解ある家庭や叔母という指導者をもたなかったため、苦労してきたのである。しかし、その後は、正義感で突っ走って窮地に陥る慎司を直也が助ける役まわりである。

直也にとっての慎司はサイキックというアウトサイダー仲間であり、能力をコントロールするすべを教えてくれた者であるというだけでなく、自分の助けをしばしば必要とすることによって、逆に自分の存在に意味があることを感じさせてくれる対象だったのではないだろうか。クロにとってのシロのように、またアリスにとっての蜜蜂のように。

直也は心に影の部分をもっていて、自分が誰かの役に立っているという状況を必要とする人物のように思える。慎司に対してだけでなく三村七恵に対する行動でも、それはわかる。直也は口のきけない七恵のために安全な住居を探し、将来厄介ごとに巻きこまれそうな高坂を遠ざけようとする。高坂と七恵が付き合うようになってからは、体を張ってその厄介ごとの根を断とうとする。

機能不全家族で育ったためにいびつな対象関係（もしくは対人関係）をもつようになった人び

とを指すアダルト・チルドレン（AC）という概念があるが、直也はAC的な感じがする。ACは元々はアルコール依存の家庭で育った子どもを指しており、直也の他人を「助ける」役割への同一化は、アルコール依存者の家庭にみられる共依存（codependency）を思わせる。もっとも、彼の行動によって周囲の人びとは実際に助けられているので、病的な依存ではなく、自らの問題をうまく社会的な適応に生かせているといえるかもしれない。

直也は自分が生き延びるだけでも大変なので、「助ける」相手は身近にいる一部の人びとだけである。彼は社会に対しては、自分のことを知られずにひっそりと暮らすことを最優先にしている。これは自分のサイキックの能力を社会正義のために生かしたいと熱望する慎司と対照的である。『鉄コン筋クリート』では、クロとシロの反社会的なふだんの活動は、適応とはほど遠い。しかし、シロはしばしば電話に向かって、自分を「シロ隊員」と呼び、今日も地球の平和を守っていると報告する。

もちもーーち、こちら地球星日本国シロ隊員。応答どーじょー。／この星はとっても平和です。どーじょー。（1　八八頁）

宝町という古い町の中で「ネコ」と呼ばれる異能者であるシロとクロであるが、彼らは「俺の町」を守るために、「ネズミ」や「蛇」などと対立する。警官の藤村とは違った形であるとはいえ、シロやクロも正義のための行動をとろうとしているのである。

慎司の正義が犯罪者に対立するものであったのに対し、クロの正義は宝町、そのなかでもシロにとっていいことかどうかという個人的な基準によっている。これは直也が慎司や七恵という身近な人の幸せを基準に行動するのと重なる。クロも直也のように、身近な人を「助ける」役割と同一化することによって自分を支えているのである。シロはクロにとって、修復すべき「良い」対象なのだ。シロが殺し屋に刺されて死にかけた時、自分では守りきれないと感じたクロはシロを警察にゆだねる。この段階で精神内界的にみると、クロのなかでは迫害的な対象が勢力を増してきて、アルファ機能による処理能力を凌駕してしまったと考えられる（用語解説「アルファ機能と抱えること」の項目を参照）。シロと別れたクロの心は急速に荒《すさ》んでいく。

『少年アリス』では、適応すべき社会の存在が、はっきりとは描かれていない。学校の授業というのは、子どもたちにとっては社会化のための場なので、教師はエディプス的な対象だとみることもできるだろう。とすると、アリスの教師に対する不安は、社会化へと向かうことへの不安で、エディプス的な同一化に対立する退行的な方向をもつものということになる。

しかし、夜の学校やそこでの工作、空を飛んで星空を修理するという体験自体は、夢のような退行的体験であるから、これは退行への不安なのかもしれない。いずれにせよ、夜の学校でアリスは自分が何者であるかわからなくなるという、眩暈《めまい》のするようなアイデンティティーの揺らぎを味わうことははっきりしている。

アイデンティティーの危機に見舞われるアリス

三作品中でアイデンティティーの揺らぎが最もはっきり描かれているのが、『少年アリス』である。石膏の卵を持って家を出たアリスは、夜の学校の教室で、卵から孵ることのなかったヒナたちの授業をのぞき、そこで「人」として教師から警戒の目を向けられる。ところが、ポケットに卵を持っていたために、新しく来ることになっていた生徒と間違われる。自分は人であると主張するアリスに対し、教師はそういう「妄想」をもってしまうことがよくあるのであり、アリスの記憶は紛いものだと説明する。

きみは行方不明になっている間に夢を見て、自分が昔から人であったように錯覚してしまったのですよ。（七二頁）

アリスは嘘だと抗議するが、教師はアリスをしっかりとつかんで離さない。鋭く目を光らせて「どうしてそんなに聞きわけがないのです。きみは鳥の子供なのです」（七二頁）と迫る。こうした年長者の圧迫するような態度を前にして、アリスは自分の記憶に自信がもてなくなる。

アリスは意識が遠退くのを感じた。頭が次第に重くなる。途切れ〳〵の意識の中で蜜蜂を探したが、彼の姿をはっきりと思い出す事ができなかった。記憶とはこんなにも曖昧なものなのか。海岸でなくしたボールを追い駆けているようなものだ。波は打ち寄せて来るのにボールは遠ざかって行く。まるで、失われてゆく記憶のように緩やかに。アリスは蜜蜂を呼ぼうとしたが声にならないうちに戸棚に押し込められてしまった。（七二―七三頁）

自分が鳥なのか人なのかというアイデンティティーの危機に見舞われたアリスは、自分を支えようと蜜蜂のイメージに頼ろうとするが、その記憶すら曖昧になっていく様子がここで示されている。

次の夜、卵をなくした生徒が現われ、アリスが「人」の子であるとわかると、周囲は迫害的な雰囲気に変わる。アリスは教師が勝手に間違えただけだと考えて自分が正当であると思おうとするが、周囲の生徒たちが全員自分の敵であることに気づいて気力を失う。生徒たちの「一致団結が彼らの小さな世界を護っている」（一一三頁）とアリスは考える。この表現は、生徒たちの集団が偏った狭い世界であり、彼らは徒党を組んで防衛しているのだと批判的にみる見方である。これは孵らなかったヒナの世界だが、学校の教室であることを考えると、現実の学校という世界のもつ偏狭さへの批判とも読める。この点は『ブレイブ・ストーリー』第1部の亘の学校生活の描写とも共通している。アリスは自分の陥っている孤立に苛立ちを感じる。

それでも、教師が「残念ですが、きみをこのまゝ返すわけには行かないのですよ」（一一四頁）と言ってアリスに迫ると、アリスは助けを求めて教室を見回す。しかし、誰も彼に共感している様子はない。アリスもあえて彼らに助けを求めようとはしないのだが、追い詰められても膝を屈しないそうした自分の自負心について、この場面でアリスは内省する。

自分は蜜蜂に対してすら弱みを見せまいとするが、それは怪我をする前から包帯を巻いているようなものだ。その心理は「自分が相手に対して優位でありたいという心理の裏返し」（二一五頁）である。トランプで自分よりも強い札を見せられることを恐れて、手の内を隠しているようなものだが、「友人を得ることはゲームではないのだ。勝つことや報酬を受けることを期待するものではない」（二一六頁）ということにアリスは思い至り、自分には蜜蜂に助けを求める資格がないのではないかと考える。

教師はすべて忘れてしまうように言って、上着のボタンをひねってマグネシュウムをたいたような強い光を発し、アリスを黒鶫に変える。狂ったように飛びまわる黒鶫＝アリスは窓を突き破って気を失う。

ここで内面的、外面的にくるくると変わるアリスのアイデンティティーの揺らぎは、夜の学校の魔力が生み出したものとばかりはいえない。アリスが傷を受ける前に包帯を巻いておくような脆弱な内面を固く防衛している子どもだとしたら、そのような防衛はウィニコットのいう「偽りの自己」なのであり、アリスの真の自己はむしろ自分が何者なのか確信することができず、クラスで疎外感を感じ、年長者の力に迫害されることに脅えてパニックになっている感情の側にあるかもしれないからである。そのような自分の感情を意識し、傷つくまいとする全能感の防衛を捨てて、有限性と分離の自覚から出発することがアリスには必要なのである。

しかし鳥になってしまったアリスは自力で人に戻って、そのような認識をもって生き直すことはできない。この危機を救ってくれるのは蜜蜂である。秋の使者である彫像の水鳥が命あるものとなって現われるシーンは幻想的で神話的である。そしてその秋の使者が残した銀の実を蜜蜂が拾ってアリスに飲ませることで、アリスは人の姿に戻る。飲ませた後に彫像とはまた別の、生きた白鳥の翼が月を覆い隠して、すべてが闇に包まれるのだが、それに先立って蜜蜂が黒鶫を拾い上げ、お互いの心臓の鼓動が重なり合う場面が印象的である。

> 蜜蜂は横たわるその小さな生きものを拾い上げると掌にのせた。その鳥の胸のあたりに耳をあてると、体内の奥深くで微かな鼓動が聞こえる。（中略）突然、鳥は瞳を開いた。スグリの実のような澄んだ瞳。その瞳が蜜蜂の視線と逢うと語りかけるような懐かしさを帯びて見つめる。（中略）鶫の細い首の振動は蜜蜂の鼓動と重なってゆく、その音が自分のものなのか、それとも鶫のものなのか蜜蜂にはわからなかった。胸のあたりに手を当てゝみると、急立《せきた》てられるような音がする。（一三一－一三四頁）

母親と幼児の「抱えること」という関係におけるように、あるいはもっと密接に、二人は融合して一体になったかのような状況である。ウィニコットは治療的退行を必要とする四十代の女性を文字どおり抱えて、呼吸を合わせたりして心身ともに同調させながら治療を行なったことを報告している。(5) この女性は退行が進むなかで呼吸をしている腹の動き以外は死んだようにじっとしている鳥の記憶を思い出し、その鳥に同一化したという。これは生きることが生理機能以外なにもないという退行状態なのである。

彼女の体の呼吸がすべてであるというような時期が、一時的に訪れなくてはならなかった。このようにして患者は知らないでいる、という状態を受け入れることができるようになったが、それは、彼女が身構えるのをやめ、相手に委ね、何も知らないでいる時に、私が彼女を抱えてやり、私自身の呼吸によって連続性を保っていたからである。(中略) 彼女が (鳥のように) 呼吸している時に、お腹が動く様子を見て聞くことができ、それゆえ彼女は生きているのだと知ることができたために、私の側も効果を上げることができたのである。(『小児医学から精神分析へ』二〇七頁)

現実の治療においても鳥の状態になっている状況が出現している、そしてそれが治療的効果につながっているという点は興味深いものだ。この場面のアリスもそうした退行的な状況にあるとみることができる。アイデンティティーを揺さぶられて自分を見失っているアリスを、蜜蜂は自他の区別がなくなるような融合的感覚を体験しながら「抱えて」いるのである。

友人のこうした支えによって、アリスは闇の中から再生する。アリスが作った石膏の卵は砕ける。これは退行のシンボルとしての卵が砕けるという退行からの訣別という意味でもあろうし、アリスの性格の防衛的な殻が砕けたという意味でもあろう。小説の最後は、アリスが蜜蜂の兄も卵を作ったらどうかと蜜蜂に言うシーンで終わる。蜜蜂の兄もアリス同様、傷つく前に包帯を巻いて防衛しているような人物である。彼がアリスのような体験をしたら、誰かその心にある不確かな自己を「抱える」役割を担う人物が現われるだろうか。

慎司と直也の結びついた意識

『龍は眠る』の場合は、慎司と直也のアイデンティティーは彼らがサイキックであることによって揺さぶられ続ける宿命にある。高坂は「慎司が本当に自称しているとおりのサイキックなのだとしたら、これから先生きてゆくこと自体が、ほとんど責め苦に近いのではないか」(七九頁)と言う。このように共感的に考えてくれる高坂にも、彼らの重荷を減らす力はない。

時折正義感から暴走しがちではあるが、直也に比べてさまざまなサポートに恵まれて安定しているはずの慎司も、根底のところで安定を欠いている。直也になると、意識的に社会の表面から消えようとしているようなところがある。高坂は直也の居所を突き止めようと職場に出向いて電話番号を聞くのだが、その番号と住所が食い違っていることに気づく。住所を探し当てると、高坂の追跡を見越して直也はいなくなっていた。

このような直也も、慎司や七恵の危機に際しては姿を現わす。重傷を負った慎司は、高坂の周囲で起こりかけている殺人事件を何とかしてもらおうと、直也を心の中で「呼ぶ」。慎司の呼びかけをキャッチした直也は、慎司の痛みをもそっくりそのままキャッチするという自らの能力の反動によって半死半生の状態で、慎司のいる集中治療室の前まで来る。高坂はそんな慎司と直也の関係を「まるで鏡。まるで双子だった。一人が傷つけば、もう一人も同じ場所から血を流す」（二五九頁）と感じる。この二人は言葉を介さずに直接意識が結びついていて、苦痛さえも共有するという、分かちがたく結びついたアイデンティティーをもっているのだ。

直也は医者を呼ぼうとする高坂を制止し、慎司の言うことを「聞いてやらなくちゃ」（二六〇頁）と、助け手としての役割に同一化したような言葉をつぶやき、慎司のいる集中治療室近くまで行って壁に頭をもたせかける。それまでは慎司と直也の超能力はその実在をはっきりと断定できる証拠はなく、間接的な証言によって語られることが多かったが、ここは高坂と同僚の生駒らがいる前で、直也の超能力が発揮されるという点で印象的なシーンである。直也は「身体を丸めるようにして」（二六〇頁）ベンチに坐り、自分のなかにはいりこんだような感じになる。この姿勢は胎児を思わせるものであり、アリスと蜜蜂が退行的な状況にはいりこんでいった状況と重なる。やがて部屋の空気が重く感じられ、圧迫感が増し、直也のいるあたりを中心に目に見えないものが部屋中を飛びまわっているような感じになる。

大きな、でも我々の目には見えないものが、空を行ったり来たりしている。丸まった直也の背中が、それを受けとめ――（二六〇‐二六一頁）

この見えない龍が飛んでいるかのような表現は、かつてサイキックの女性と協力して犯罪捜査を行なっていた村田刑事が言った「我々は本当に、自分のなかに一頭の龍を飼っているのかもしれません」という言葉と呼応している。このように直也は自らの超能力の影響に苦しみながらも、仲間として慎司の期待に応えて、慎司の考えを読み取っていく。

ここで直也は、『少年アリス』で蜜蜂が黒鶫になったアリスを抱えるのと同じように、慎司を抱えようとしている。特に、蜜蜂とアリスの鼓動が重なるのと同じように、直也の意識が部屋を飛びまわる龍のようになって病室の慎司の意識に重なるという、アイデンティティーの融合ともいえる事態が生じていることに注目したい。不安定なアイデンティティーをもつ少年たちは、逆にアイデンティティーという境界を半ば失ったような、融合的な状態でのアイデンティティーを、こうした場面で生み出している。サイキックであることによって世間が暮らしにくいものとなっている二人は、お互いがお互いにとって退行的環境であることによって傷つきやすい真の自己を守って生きてきたのだろう。しかし、それはウィニコットがいうような真の自己の発達再開につながっているわけではない。

この後、直也が事件の解決に向けて活躍している間、慎司の意識は直也とつながっていて、病室から直也の行動をずっと追い続けていた。このようなつながりは、『鉄コン筋クリート』にもみられる。

イタチとシロ

荒《すさ》みきったクロから「純粋な悪」としての分身であるイタチが生まれたとき、警察に保護されているシロの意識はクロとつながっている。シロはクロの意識から破壊性の化身ともいえる牛の骨をかぶった少年イタチが生まれたことを知っており、紙に牛の頭をした怪人の絵を描き、「凄くいやな感じなんだよ」（3　九九頁）と言う。

イタチが二人の殺し屋を瞬殺した後、クロは五日間眠り続け、その後シロとイタチの間でクロをはさんだ綱引きのような事態が生じる。イタチは最初に姿を現わしたとき、クロに「ここは違う。ここはお前の住む世界じゃない。／もっと深くもっと高い次元がある」（3　一一二頁）と言う。クロにはそのレベルに行ける力があるが、シロという「偽善の代表者」（3　一五五頁）によって「白く濁って」（3　一三九頁）いるという。真実とは純粋な闇のことであり、自分についてくるようにと、そして「俺の街」を血に染めようとクロを説得するイタチに対して、クロの意識とつながっているシロは「ダメ……」と言い、海辺の家や羊を枕に眠るといった「安心」のイメージを送ってクロを引き留めようとする。こうしてクロはイタチを拒否し、「あんたについて行くぐらいなら俺は死ぬ……」（3　一七七頁）と言う。イタチは誘惑に失敗した悪魔のように、悔しがって退散していくが、去り際にクロの右手を傷つけていく。そして、自分は消えない、「いつでもお前の中に住む。／お前を守る……／お前を救う……」（3　一八一頁）と言い残して消える。

このクロの内的世界での善と悪の戦いのようなエピソードで、シロはクロにとって「良い」対象にあたる。それは心の影の統合を助ける力になるものだ。ただ、シロとともにしばしば現われる楽園的イメージである海や海辺の家などは、クロの内界が「良い」対象と「悪い」対象の統合へ向かっていることを示しているとは言えない。影の統合は楽園的な融合願望から卒業することでもあるからだ。ここでは、ひどく「悪い」対象であるイタチに呑みこまれそうな危機が、一時的に「良い」対象の力を借りて収められただけである。イタチが自分は消えずに残ると言うところも、そのことを示している。

最後にシロと再会したクロが右手で握手しようとして、イタチの残した傷に気づき、一瞬握手をためらう。クロは自らの内的均衡にいまだに自信がもてないでいるのだ。それに対しシロは「クロやいっ」と呼びかけて、傷を手で包みこみ、「安心安心」と言う（3　一九三頁）。心理的にクロを「抱えて」いるのである。「抱える」役割にあるのがクロの場合もある。瀕死の重傷を負ったシロのベッド脇にクロは坐り続け、意識を取り戻したシロに「お帰り。シロ」と言う（2　一八二頁）。

少年たちの不安定な状況

ここで取り上げた三作品のなかで、父親的存在との同一化によって支えられていない少年たちは、半ば融合したアイデンティティーをもつ関係性のなかを漂っている。そしてその関係にも、それぞれの作品で変化が訪れる。

直也は事件を解決に導くが、誘拐犯ともみ合ったときに腹を刺され、その後高坂の前で死んでいく。エピローグで高坂はそのことを慎司に謝るが、慎司は直也の意識が途切れる瞬間も、つながった意識を通してモニターしていた。直也は慎司に対してへへっと笑い、やることはやったという充実感を感じながら死んでいった。直也がいなくなったことは寂しいが、それは自分に対する罰だと思うと慎司は言う。慎司は社会から身を隠して生きようとしながらも、最後は彼の助けを求める呼びかけに応えてくれた直也の生き方を取り入れ、「今度自分の番が回ってきたときには、精一杯やる」（三二三頁）と高坂に語る。自らの存在意義に疑問をもっていた慎司は、こうして社会正義という超自我との一定の和解に至るのだが、そこには融合的なアイデンティティーをもっていた直也との分離を受容する作業が介在している。

『鉄コン筋クリート』では、二人がともに海辺にいるというユートピア的な情景で終わるが、クロにはイタチの残した右手の傷があり、それはコントロールの効かない内なる破壊性が消え去ってはいないことを示している。

『少年アリス』では、夏から秋へと季節が移り変わるに従って、少年たちの関係にも微妙な変化が起こる。石膏の卵を砕いたアリスは、傷つきやすい心を覆っていた鎧から出て少し心を開き、それが蜜蜂との関係を別のものに変えていくことだろう。夜の学校での出来事を経験したアリスは、その分離の衝撃を既に受け容れているようにみえる。アリスの目には、夜の学校から戻った蜜蜂の自立した様子にショックを受けている兄の心理がよくわかっており、兄に石膏の卵を作ることを勧めたらと蜜蜂に言うなど、関係性における余裕を感じさせる終わり方になっている。

これらの作品で描かれている少年たちの状況および彼らの関係性は、それぞれの作品の父親的な存在が属している社会とは異質のものとして提示されている。雑誌記者の高坂には直也と慎司の生き方は異質である。クロの味方であるホームレスの「じっちゃ」にとっても、彼の暴力性は容認しがたいものである。アリスや蜜蜂にとって、両親の世界は自分たちのものとは異質であり、子どもである二人が感じ取っているものとは疎遠になってしまった人びとである両親は、物語に出てくることすらない。このように大人の社会からは異質なもの、異常なものとみなされがちな少年たちは、当事者同士ではそれぞれの欠けた部分を補い合うような融合的な関係を結んでいる。そこには自らの心にある空虚感とそこから生じるさまざまなネガティヴな感情に向き合う作業が含まれるのであり、いずれの作品でも主人公たちは前向きな姿勢で終わるのだが、嘆きの沼で怒りの分身を受け容れられずに投影同一化の悪循環に陥ったワタルのように（第一章の九三－九五頁を参照）、分裂排除《スプリット・オフ》したネガティヴな感情に呑みこまれかねない危険は去っていないようにみえる。

2　心の「傷」と向き合う少女――梨木香歩『裏庭』

喪失感と裏庭

梨木香歩の『裏庭』は、自己愛的な問題を抱えた主人公の照美が、母親をはじめとする家族へのこだわりから分離する過程を描いた物語である。照美個人だけでなく、祖母と母親を含んだ三世代の女性の心の傷も同時に取り上げられており、照美が旅する「裏庭」はユングのいう集合的無意識にも通じるような特徴がある。つまり、これは照美という個人だけに限らず、女性が家族、特に母親との関係で抱える葛藤の根を掘り下げて描こうとする試みである。ただし、照美が旅する「裏庭」の世界はユング的な色合いも感じさせるとはいえ、ユングの無意識モデルに還元できるものではない。デビュー作の『西の魔女が死んだ』にも明瞭にみてとれる攻撃性のコントロールというテーマは『裏庭』にもみられるが、これは前エディプス的なモデルによって解釈するのに向いている。照美の感情生活の核心部分には、育った家族の状況からうまれた喪失感と愛情の渇望がある。それをこの話では「傷」という言葉でしばしば表現し、その「傷」とどう向き合っていったらよいかが探求される。話の流れを追いながら、「傷」の変容がどのようなイメージで表現されているかをみていこう。

『裏庭』はバーンズ屋敷の話から始まる。バーンズ屋敷はかつて英国人の一家が住んでいて、その後空き家になって荒れ放題の屋敷である。その一家にはレイチェルとレベッカという娘がいて、レイチェルの友人だった丈次おじいちゃん（照美の友人の綾子の祖父）が照美に「裏庭」[6]の話をする。丈次おじいちゃんのいう裏庭は普通の庭ではない。バーンズ屋敷には普通の庭もあるが、それは奥庭と呼ばれ、裏庭は屋敷の中の鏡を通ってしか行けない超自然的な場所である。レイチェルによれば、バーンズ家は代々、裏庭を丹精して世話をしてきた一家で、一世代に一人、世話役の「庭師」がいるのだが、死の世界に接している裏庭にエネルギーを吸い取られるため、病弱である。その時の庭師であったレベッカは、裏庭にしばしば出入りして、何かを育て始めていた。裏庭は庭師の心と対応する世界である。レベッカが育てているのはおそらく後で物語に出てくる一つ目の竜で、それが暴れ始めた結果、レベッカは命を落とすことになる。『龍は眠る』で村田刑事が言った「病んでいる龍」というのが、この物語でもぴたりとあてはまる。レベッカの命を奪ったのは、悪化した投影同一化の産物なのである（用語解説「投影同一化」の項目を参照）。

丈次おじいちゃんもレイチェルと一緒に裏庭へはいりかけたことがある人物で、現在では照美のいい話し相手になっている。主人公の照美の両親はレストランを共働きで経営していて、いつも夜遅く帰るので、照美は寂しさを感じている。丈次おじいちゃんとの会話は、それを埋めてくれるものだった。

照美には純という知的障害のある双子の弟がいたが、石垣の穴を通ってバーンズ屋敷の奥庭にはいり、池に落ちたのがもとで亡くなる。照美はそのことで喪失感と罪悪感を感じている。それが多忙な両親との心のすれ違いに影響しているのである。

照美の母の幸江は文中で「さっちゃん」と呼ばれている。この表現の仕方には、母親にも母親としての顔以外にさまざまな事情があり、子ども時代の体験などが影響して現在の存在となっているということを明確にしようという、作者の意図が感じられる。照美が両親との関係で寂しさを抱えているのと同じように、さっちゃんはさっちゃんの母親である妙さんとの間で、同じような感情を経験していた。さっちゃんは妙さんが自分に対して皮肉で冷たいと感じていて、妙さんが死んだ時も悲しいと実感できなかった。母親の死に対する「喪の仕事」をする機会をもてなかったのである。ただ、妙さんが女の子が生まれたら名前を照美とつけてほしいと言ったことは覚えていて、それで娘の名前を照美にした。このことは照美が裏庭への旅に出る伏線となっている。

照美の父は、照美の顔を親類縁者からの寄せ集めと評する。これは娘に対してデリカシーに欠けた行動であり、『ブレイブ・ストーリー』の亘の父親である明のような悪意はなさそうだが、自己愛的な感じを受ける。母親のさっちゃんは、働くのが忙しくて娘に関心を向ける余裕がない。つまり両親は照美に対して、非共感的な振舞いを常としていたのである。そんな両親に対して、丈次おじいちゃんは照美に「ちょうどいいくらいの関心のはらいかた」（二七頁）をしてくれると照美は思っていた。

ウィニコットは幼児に対する母親のありかたとして、「ほどよい母親」（good-enough mother）というものが良いとした。それは「完全な母親」でも「外傷的な母親」でもない、微細な共感不全を与えつつもそれを「抱えること」によって処置し、そのことで幼児と母親とのほどよい分離を進める母親である。

『裏庭』に鏡や鏡像が頻出するのは、母親によるミラリング（「映し返し」）と関係があるのかもしれない。養育者による必要なミラリング体験が不足している照美に対し、丈次おじいちゃんは感情的に強く結びついた他者としてそれを補う位置にあったといえるだろう。従って、その丈次おじいちゃんが脳溢血で倒れたと聞いて、照美が「一瞬心臓が止まりかけたよう」に思うほどショックを受けたのは当然である。そのような重要な人物を喪う危機と、バーンズ屋敷が宅地にされるという喪失の危機が重なる。

照美は混乱しながらバーンズ屋敷に行き、どういうわけか錠が掛かっていなかった門扉《もんぴ》から中にはいる。そして、純が死んだ頃のことを思い出す。ママはもっと優しかった。パパは役に立つと言ってくれた。だが、純が奥庭の池に落ちたのがもとで死んだ後は、両親はあまり自分を気にかけなくなった。もしかしたら両親は自分を許していないのではないか。このように照美は考え、喪失感のなかで自分をネガティヴにとらえる傾向に陥っている。

照美の家庭は必要な愛情が不足しているという意味で、いわゆる機能不全家族ということもでき、そうすると照美はアダルト・チルドレン（ＡＣ）である。さっちゃんも妙さんにあまり愛情を受けていないので、照美は次世代ＡＣともいえる。ＡＣは自分の価値に自信がなく、マイナス・イメージを自分に対してもちやすいが、照美も自分を否定するような感情を現実世界でも裏庭の旅でもしばしば感じるところに特徴がある。

しかし、照美にとってバーンズ屋敷の裏庭という超自然的な場所が、一種のカウンセリングの場所のようになっていく。この場面でも丈次おじいちゃんが純のように死ぬかもしれないと考えて自分を消してしまいたいと感じた照美に、バーンズ屋敷のドアが開くという確信が閃き、ドアは予想どおり開く。バーンズ屋敷の内部で、照美は何かに見られている感じをもつ。これが何だったのかは明かされないが、裏庭の生き物たちの存在感か、あるいは妙さんの視線だろうか。不安な感じだが、丈次おじいちゃんも昔ここに来たと考えて元気を出す。照美の不安な心情が投影同一化されて外部の攻撃的な何かと感じられたのを、共感的な「想像的な父親」である丈次おじいちゃんを取り入れ同一化することで乗り切ったというふうに解釈できる。

丈次おじいちゃんから聞いていた鏡の前に行くと、その鏡が照美に「フーアーユー?」と問いかける。照美が一語一語区切るように「テ・ル・ミィ」と答えると、それを"Tell me."と認識した鏡は、「アイル・テル・ユウ」と答え、裏庭への道が開ける(三八頁)。もともとの生育過程で自分というものが不安定で、直面する喪失感から自分を見失いかけていた照美に、裏庭は「あなたが何者であるか教える」というのである。裏庭の旅は照美の自己探求の旅なのである。

照美という名前を妙さんがつけるように言い残したおかげで、照美は裏庭に行けた。つまり、祖母の妙さんは、照美の裏庭行きを準備したと考えられる。妙さんは自分の攻撃性をコントロールしきれず、娘のさっちゃんの心を傷つけ、間接的に孫の照美の心の傷の原因にもなった。妙さん自身にもそれは不本意なことであったから孫に照美という名を与え、裏庭に来てもらおうとしたのであろう。照美は突然湧き出した霧のようなものの中を、おかっぱ頭の少女の後について裏庭の世界にはいっていくのだが、彼女は実は妙さんであることが最後にわかるのだ。

服選びと道連れ

『裏庭』では、裏庭での出来事を描いている時は、頁の上側に木の枝の図柄が印刷され、本文はその下に印刷されている。(7) つまり、目に見える形で異世界を表現しているわけである。照美の名前もテルミィと表記される。これは『ブレイブ・ストーリー』で「幻界《ヴィジョン》」にはいると亘がワタルに変わるのと同じだが、裏庭はＲＰＧ的な世界というよりファンタジーや昔話のような世界である。

崩壊を促す音であると後でスナッフから説明される礼砲が鳴るなか、テルミィは透明な化石となった竜の骨の解体作業をしている人たちを見るのだが、解体された竜の頭骨は見る間に飛び去ってしまった。

その後テルミィは、水のない川で釣りをしている人に話しかける。スナフキンに似ているのでスナッフという名前で呼ぶことになるその人物は、テルミィが元の世界に帰るためには、竜の骨を元に戻す必要があると言う。スナッフに連れられてテルミィの旅が始まる。

スナッフの案内で行った貸し衣装屋には、カラダ・メナーンダとソレデ・モイーンダという否定と肯定を意味する語呂合わせの名前のついた二人がいて、テルミィは旅のための服を選ぶ。はじめに目についたのはお姫様のような服だった。少女らしい可愛らしい服を着たことがなかった照美はそれに惹かれるが、スナッフにそれは君の本当の服かと訊かれて迷う。「本当の服」「本当の自分」などという言葉がしばしばスナッフから出るのだが、その言葉は本当の自分を求めるテルミィを導くものである。これは『世界の終りとハードボイルド・ワンダーランド』の夢読みの影と同じ役割である。テルミィは可愛い服への憧れをあきらめる。

次に翼のついた服を選ぶ。その服を着ると飛ぶことができるのだが、舞い上がりすぎて降りられなくなりかける。M-L・フォン・フランツは『永遠の少年——『星の王子さま』の深層』でサン＝テグジュペリを論じて、彼がパイロットを職業に選んだことと彼自身のナルシスティックな内面とを結びつけて論じている(8)。テルミィの着た翼のついた服も、自己愛的な全能感とその危険を比喩的に表現したものではないか。

最後にテルミィが選んだのは実用的な目立たない服である。そのような服を選んだことでテルミィは得意な気持ちだったのだが、いつも賛成するソレデまでがやめたほうがいいと言う。この服はテルミィの感情に合わせて変化するもので、裏庭で自分の心を見つめるためには最適なのだが、それは逆にいうとテルミィの内面にある激しい怒りを実体化してしまう服だということになる。その危険をテルミィ以外は認識しているため、こうした反応になったのだということが、後の方まで読むと読者にわかるようになっている。服を選んだテルミィは、竜の骨があるアェルミュラ、サェルミュラ、チェルミュラという三つの藩に向かう。三つの藩の広場にはそれぞれ親王樹と呼ばれる大木が立っており、礼砲の音の意味を読みとく「音読みの婆《ばば》」と呼ばれる三つ子の老婆が、それぞれの藩の親王樹を守っている。

現実の世界では、レイチェルがレベッカの思い出を語る。レイチェルはレベッカが戦争に行っている婚約者のマーチンに超自然的な手段で会うために、裏庭の庭師としての力を使い、その歪みがレベッカに死をもたらしたと話す。庭師としてのルールを破ったとも取れるが、前エディプス期の理論を踏まえると、マーチンを傷つけた戦争という暴力に対してレベッカの内界で投影同一化の悪循環が起こり、コントロールできなくなった攻撃性＝一つ目の竜がレベッカに死をもたらしたと解釈できるだろう。

ある明け方、レイチェルの枕元に立ったレベッカは、「一つ目の竜が死んだ。私は、死ぬけれども、死なない。私は待っている」とつぶやく。急いでレベッカの部屋に行ったレイチェルは、死の間際のレベッカが「……クォーツァスに……を灯して」と言うのを聞く（八二頁）。帰ってきてレベッカの死を知ったマーチンは悲嘆に暮れる。このように戦争がもたらした多くの人の悲嘆があり、それが裏庭で照美／テルミィが向き合う「傷」とつながっている。

裏庭の方の物語ではテルミィたちは、コロウプに出会う。コロウプは人間ではなく、裏庭の地の底にある根の国の生き物が、樹木の木の股のところにはいって生まれ変わった存在である。木の股のところでさなぎになり、その時たいてい二体に分かれるので二人一組の強い絆をもつ生き物だ。灰まみれのコロウプであるハイボウというのもいるが、これはグリム童話の『灰かぶり姫』からきているのだろう。昔話のモチーフを現代の少女の内面と重ねるという方法は、『裏庭』のいたるところにみられる。

二人はコロウプから、アェルミュラでは異変が起こり、逃げ遅れたコロウプが両手を失ったことを聞く。コロウプは二人一組でいることが多いのだが、その手を失ったコロウプは、片割れを失った片子《かたこ》であった。自分は手を失う前はナナシと呼ばれていたが、今はテナシと呼ばれており、名がないという名前よりはっきりどこがないという名前の方がいいと、そのコロウプは言う。これは欠落がある自分に向き合おうという姿勢を表わす言葉である。必要なものがないという不在の問題は現実世界での照美の感情的問題の核心であった。裏庭は旅する人の内面と呼応するので、このテナシの存在はテルミィの問題を示しているとも取れる。

テルミィたちが歩いて行くと、「地中に棲むもの」(不吉だとされる地中の生き物のこと)であるくろみみずが姿を見せる。テルミィは不気味に黒光りするくろみみずに対して本能的な恐怖を抱き、手で捕まえるスナッフにぞっとする。自分の内面の深い本能的な部分、そこには彼女の「傷」も存在するのだが、そうした領域に触れることへの嫌悪感が、この「地中に棲むもの」に対する感情に含まれているように思える。

照美は丈次おじいちゃんとバーンズ屋敷という二つの対象に対する喪失感に導かれて裏庭に来た少女である。照美の心には、親に関心をもたれていないことからくる愛情の渇望もある。そうした喪失感や渇望は、旅するものの心を反映して変化する場所である裏庭では、傷や嫌な生き物などの具体的な形をとってテルミィに現われてくる。テルミィが旅することで、裏庭は現実世界の照美の抱える問題を具現化したものとなるのである。

一つ目の竜

はじめに訪れたアェルミュラで、テルミィは音読みの婆から竜の骨の解体がもたらした異変を聞く。アェルミュラの人びとは欲のために竜の骨を持ち去り、骨から出たガスの影響で、傷を負うのを恐れるようになったという。婆は竜の骨から出たガスの本質を、他との接触ができなくなることだと言う。人びとは欲に任せた行動の結果として、傷を負うことを恐れ、お互いに触れあうことができなくなったのである。

人と交渉をもてば精神的に傷つくこともある。傷を負うことを完全に拒否するならば、人と関わることはできない。音読みの婆は竜の骨が運びこまれたときに鳴った礼砲を、「つなぎとめるものがなくなる兆し」と読んだ。結局、アェルミュラの人びとは傷を拒否し、お互い同士心を触れ合わせることができなくなったのである。

音読みの婆はさらに、一つ目の竜が裏庭の世界に混乱をもたらしたこと、暴れる竜を命を賭して鎮めた幻の王女＝レベッカは、竜の目玉を持って根の国へ行ったことなどを説明する。

この暴れる一つ目の竜とは、何を指すのだろうか。裏庭は世話をする人間の無意識的な領域とつながっている世界である。照美が家庭状況からくる渇望や激しい攻撃性を内に秘めているように、かつての庭師で幻の王女と呼ばれるレベッカの抱える感情が、竜の形となって裏庭の世界で育ち始めたのである。竜は古今東西の文化において多く現われるシンボルであり、ユング派の元型的イメージでもある。前節で『龍は眠る』を論じた際に、人は皆自分のなかに龍を飼っているという村田刑事の言葉に触れたが、これもサイキックという設定を除いて考えると、人間の無意識に存在する強いエネルギーが良い方向に働くか悪い方向に働くかということを言っていると解釈できる。ここでもレベッカの心と連動した裏庭で育ち始めた「竜」は必ずしも悪いものではなかったと考えられる。しかし、折悪しく戦争が起こって婚約者のマーチンが傷つき、裏庭の力を使って戦場のマーチンに会いに行くという力の濫用をレベッカは行なった。自らの内面にある力の扱いに慎重さを欠いたのである。また、マーチンを傷つけた戦争への怒りは、レベッカの内的均衡を乱したと推定できる。そのため育ち始めた一つ目の竜は暴れ始め、レベッカはそれを鎮めるために死んで根の国へ行かねばならなかった。レベッカに死をもたらした一つ目の竜とは、レベッカ自身のなかにある感情の氾濫であり、それを「竜」という普遍的な象徴によって表現したものである。つまり、「一つ目の竜」という梨木香歩による象徴形成は、普遍的なシンボルを現代の少女の内面と直結した象徴使用に転用したものなのである（用語解説「象徴化」の項目を参照）。

表面的な癒し

二番目に訪ねたチェルミュラでは、偽りの癒しがはびこっている。テルミィの服が血を流すと、それを見てテルミィに同情し、頭をなでる年配の女性が現われる。なでられるといい気分だが、その女性が離れると、前にも増して服から血が流れる。テルミィはその女性のところへ戻ろうとすると後ろめたい気分になる。ここでもスナッフは、そう感じるのは本来のテルミィのありかたと違うからではないかと言って、テルミィを本当の自分への道に向けてくれる。

チェルミュラには「癒し市場」という偽善的な感じの名をもつ場所がある。チェルミュラの音読みの婆は、「皆が傷をさらしているので、攻撃欲も萎えた代わりに、目に見えぬまやかしの癒しの菌の根がはびこって、かんじがらめになってしもうた。（中略）本当に、癒そうと思うなら、決して傷に自分自身を支配させてはならぬ」（一四九－一五〇頁）とテルミィに言う。

このエピソードでは、「傷」に対する表面的な対処が批判されている。アェルミュラで欲に駆られた人びとが竜の骨を持ち去った影響として描かれていることは、現実の社会で経済中心の価値観に踊らされている人びとを連想させてある意味でリアルだが、ここでも安易な癒しの流行は、自己啓発セミナーなどの現実社会に実在する問題を連想させる。『ブレイブ・ストーリー』の「幻界《ヴィジョン》」同様、裏庭は主人公の心を反映すると同時に現代社会の問題を映し出すように、作者によって構成されているのである。

梨木香歩はエッセイ集『ぐるりのこと』のなかで、中学一年生の少年が幼児を殺害した事件に触れて、犯人の少年の異様性を強調するマスコミの報道の仕方は「社会に深い傷を負わせまいとするマスコミ流の「癒し」ででもあるかのよう」（一一八頁）と、チェルミュラ同様の表面的な癒しが社会に存在することに触れている。こうした事件の際によくニュースなどで見かける形式的なコメントについて、梨木香歩は「事件に本当に「関わっている」という感覚がない」と書いている。

何だろう、このリアル感のなさは。全ての現象が皮膚の上をつるりと滑って行くような、乖離感は。まるでプラスチックのような、現実感の希薄な世界。(『ぐるりのこと』一一六頁)

我々が本来感じているはずの、我々個人個人が構成して成り立っている社会に対する深い痛みが、中世の魔女狩りのように乱暴に的を絞った異端の追い回しにすり替わっている。その方がより安易に精神の安定が確保できるからだろう。(一二〇頁)

梨木香歩は『裏庭』でもこのエッセイ集でも、自分の感覚をよりどころにして「傷」と向き合う道を模索し、表面的でリアルな感覚を欠いた反応に対して、自分の感覚を頼りに事件が呼び起こした「つらさ」を語ろうとしている。

音読みの婆も真の癒しは鋭い痛みを伴うものであり、単に心地よいだけのものではないと言う。テルミィが行なうことになる「傷」と向き合う作業も、自分自身の心を相当深くえぐるものである。

ハシヒメ、テルミィ、妙さんの「傷」の具象的イメージによる表現

チェルミュラを出た後、川の氾濫を鎮めるための生贄としてハシヒメをたてたことが話題になる。コロウプが二人一組の堅固な絆をもつことから、橋が耐久力をもつことを祈願して、建設する時にコロウプが橋の両端に埋められた。この人柱がハシヒメと呼ばれているのである。川の氾濫とは竜が暴れることでもあり、裏庭の世界全体の規模での「傷」が問題になっているとみることもできる。それを抑えるのが一人の力ではなく、二人の絆であるという点は重要である。この物語では、英国と日本、老人と少女などの異なった二つの存在が結びつくことの重要性が、はじめから強調されているからだ。また、ハシヒメの話題とともにコロウプが雌雄同体であることも話題になるが、これも性別という異質性をまたいでいるといえるだろう。

テルミィたちの旅の途上で、水蜘蛛やのぞいてはいけないというタブーのある部屋などの昔話のモチーフが現われる。テルミィはマボロシの巣であると説明された、四つの部屋のある家にはいるが、四番目の部屋をのぞいてはいけないと警告される。これは「鶴女房」や「見るなの座敷」などの昔話を思わせる。昔話の定石どおりその部屋にはいったテルミィのタブー破りの結果、ハイボウが消えてしまうのだが、このエピソードはむしろその前の部屋の描写が重要である。

はじめの部屋は庭のようになっていて、そこに亡くなった弟の純がいる。テルミィは驚いて、純を追って次の部屋に行くと、そこは一面真っ赤な花が咲いている。これは丈次おじいちゃんに聞いたストロベリー・キャンドルだとなぜかテルミィにはわかる。そのすさまじさに切ないような気持ちになる。この赤い色については、後でまた触れる。

このように、マボロシの巣は照美／テルミィの心の中をあらわすイメージという意味での「マボロシ」の巣なのである。裏庭自体もそういう性質のものなのだが、照美の精神内界的世界のなかに、さらに同様の場所がある。その後進んで行く根の国も同じように精神内界的世界であるという入れ子状の構造になっている。

テルミィはさらに三番目の部屋に進むが、その部屋は、照美の家の居間そっくりだった。

そこは、テルミィの家の居間だった。パパもママもいない、いつもの寒々とした居間だ。純もなく、独りぼっちで話す人もない。（『裏庭』一七五頁）

テルミィの「傷」はこうした空気をもった家庭から生まれた。しかし、テルミィはそこに懐かしさや落ち着きを感じる。自分を苦しめてきた部屋に共犯者として馴れ合っているような親しみを覚えているとも思う。この部屋を憎んでいながらも、そこが自分を育んだという事実は変えられないという、家族に対するアンビヴァレントな感情を自覚し、絶望的になる。そして「もう、どうしようもない……」と感じたテルミィのなかに「無力感と同時に、心の奥底で、抑えようのない破壊的な衝動が沸き起こる」のである（一七五頁）。テルミィの「傷」は、ここで激しい破壊性に達する。テルミィはそれを暴力的で自分にはなじまない衝動であると感じるが、これはくろみみずなどの「地中に棲むもの」を嫌だと感じるのと同様に、自分のなかにある嫌な部分から目をそらそうとする防衛の心理ではないだろうか。

その後で向かったサェルミュラの手前では、ハッカクモグラなどの「地中に棲むもの」が再び現われる。真っ黒で艶がある姿を、テルミィは不気味だと感じる。裏庭というテルミィの内面と連動した世界の深部にいる存在を厭う気持ちは、自分の内面にある嫌なものから目をそらす心の動きである。テルミィは過去の記憶から喚起された怒りの感情にも、裏庭という世界の深部にある自身の感情の現われである生き物にも目を向けたがらないが、こうしたものが徐々にはっきり現われてきたということは、テルミィが「傷」と向き合う方向に進んでいるということであろう。

サェルミュラではテルミィは、マボロシと呼ばれるおかっぱの少女が残した黒い石片を岩山で拾う。それは後で剣に変わり、テルミィの暴力的な面を増幅する。このマボロシは後に祖母の妙さんだとわかるので、テルミィは祖母の分の「傷」もともに持っていくわけである。

サェルミュラの音読みの婆は礼砲を「切り離すものがなくなる兆し」と読んだ。幼児は成長の過程で必要な分離というものを経てくる。これも幼児にとっての一種の「傷」である。それは自他の境界を築くために不可欠のものだ。サェルミュラでは自他の境がなくなり、みんな溶け合ってしまった。これはそうした必要な分離を拒み、幻想の融合状態にしがみつこうとするものだといえる。これも「傷」への正しい対し方ではないだろう。

職をもつことと群れの中にあること

テルミィはサェルミュラの婆から「職を持つもの」について聞く。これはジブリのアニメ『千と千尋の神隠し』のように、働くことの大切さを読者に伝えようとしているのだろうか。ソレデやカラダも「職」をもっているので他のコロウプと違うのだとテルミィは考える。音読みの三姉妹の婆はクォーツァスの大王樹に行こうと試みて挫折した時に、響く礼砲を威嚇をあらわす音であると読んだ。彼女らはそこで「職を持つもの」になったのである。テナシは婆のところで「試し」と呼ばれる一種の試練を経て銀の手をもつようになる。そして語り部として「職を持つもの」となる。

ここでいう「職を持つ」とはどういうことだろうか。就職するということではないだろう。自分が何者かというアイデンティティーに関わる職であり、天職という考えに近い。「傷」に向き合うことで成長するのと、「試し」を経ることで職をもつことは、内的な必然性から社会性が生まれるという点でよく似たプロセスである。

梨木香歩は『ぐるりのこと』のなかで、個人が自分の意思で判断して行動することと、周囲に合わせて行動することの対比について書いている。例えば薩摩藩で島津家が一向宗（浄土真宗）を数百年にわたって弾圧していたことを例に挙げて、これは親鸞の教えが原始仏教に近いもので個人と法の関係を重視していたため、この信仰を許すと藩が法に関わる余地がなくなるからだという（一六四―一六五頁）。裏庭という幻想的異世界の地理区分が「藩」と呼ばれているのは多少違和感があるのだが、後で書かれたこのエッセイから翻って考えると、薩摩藩などの江戸時代の藩が儒教倫理にもとづいて個人主義的行動倫理を排除したように、チェルミュラなどの藩でも住人が個人の感覚に従って行動することができなくなったことから、「藩」という名称が選ばれたのではないだろうか。「職を持つもの」になったテナシは、テルミィたちとともに旅はできない。なぜ職をもつと仲間がもてないのか？　ここでも『ぐるりのこと』を参照してみる。

梨木香歩が講演で不登校の子どもの話をした時、質疑応答で発言した人の言葉に、今の子どもも大変だが「僕たちの頃は戦争中で、まず食うことが大変だった」というものがあったという。それに対して梨木香歩は、この「僕たちの頃」という言葉に「甘やかな連帯」があるのではないかと話した。その人はそれを認めたのだが、「どことなく誇らかな調子」のその「僕たち」という言い方に「宝物を見せるときのようなニュアンス」を感じ、それをすばらしい宝のようでうらやましくも思うが、それでは語れない孤独があることを彼女はその場で語ったという。このように言葉の細部の微妙な感じをキャッチして手がかりにしていく姿勢は、梨木香歩の文章に一貫している。

続いて梨木香歩は「「群れ」にあるということ、それ自体が人を優越させ、安定させ、ときに麻薬のような万能感を生む」というふうに、自分の感覚ではなく周囲に従う行動の退行的ともいえる満足についての集団心理的な分析をしている。その満足は容易に「異分子を排除しようと痙攣を繰り返す」排他性へとつながる。従って、右や左といった座標軸が思い浮かぶような文章、「自分が帰属している群れ」のことを意識して書かれた文章には、もう人を惹きつける力はないという（以上、一七五－一七八頁）。

この梨木香歩の考えからみて、職をもった銀の手がテルミィたちと離れて単独行動をとるのは、「語る」という職をもった以上は、何らかの群れに所属する形ではなく、「傷」として内部に抱えた感情も含めた個人として、自分の感覚を拠り所にして生きていく必要があるということではないかと思える。

これは今までみてきたような、自覚された分離という前エディプス的な達成を土台に、新たな生き方へ向かう主人公たちと共通の態度である。村上春樹が物語を生み出すことを「与えられた責務」と考えていた（第二章の一九三‐一九五頁を参照）こととも重なる。

心の鎧とコントロール不能の攻撃性

サェルミュラを去った後、テルミィとスナッフは話をする。スナッフはこの裏庭はレベッカのではなく君の裏庭であり、君の裏庭は君のものだと言う。

（前略）君は今この世界の主人公なんだよ。この世界の豊かさは生きている君にかかっているんだ。崩壊もね。生きて、帰ることが大事なんだ（二〇六頁）

これは読者に裏庭の成り立ちを提示するという役割をもっているエピソードだが、この話をきっかけにスナッフの正体がわかり、作中でもその凄惨さの点で特殊といえる事件を誘発する。

スナッフはかつて英国から来た男の話をする。その男は幻の王女を追って、異世界である裏庭にはいるために自殺したのだが、その後で生きている人間でなければ裏庭の深層部である根の国には進めないと気づいた。そこで男は自分の代わりに根の国へ降りて行かせるために、バーンズ屋敷の庭に来た幼い少年を池に引きずりこんだ。ぞっとするような醜い形相でスナッフが語る物語は、レベッカを救おうと裏庭にはいったマーチンが、照美の弟、純を死に至らせたことを示唆している。スナッフの正体はマーチンだったのである。

スナッフ＝マーチンの所行を知ったテルミィが、「我を忘れて」服に手を入れて持っていた黒い石片を取り出すと、それは細身の剣に変わっており、服も同時に鎧に変わっていた。

鋭い刃が、ああ、それはもう恐ろしいぐらいに鋭い刃が、二転三転してスナッフを切りつけた。血がほとばしり、テルミィはそのとき初めて冷水を浴びせられたようにぞっとして我に返った。（二〇八頁）

この場面の描写は、『ブレイブ・ストーリー』においてワタルが「嘆きの沼」の場面で自分の憎悪の分身に感じていた恐怖の描写とよく似ていることがわかるだろう（第一章の九三－九四頁を参照）。この刃の「恐ろしいぐらい」の「鋭」さは、コントロールできない自分自身の怒りに対してテルミィが感じている恐怖を表わしている。それはワタルと同じく、自分が気づくことを拒んでいる分裂排除《スプリット・オフ》された憎悪への恐れなのだ。

あんな恐ろしい力が自分のどこにあったのだろう。（中略）あれは自分のやったことではない。底知れないこの服の魔力がすべて行ったことだ。

——いや、あの瞬間的な怒りは確かに自分のものだった。服はそれに反応しただけなのだ。

（二〇九頁）

テルミィはスナッフ殺しという自分の行為と向き合わなければならないのだが、その原因が自らの怒りにあると認めるのは辛いことだ。この引用にあるように、テルミィははじめ服の魔力のせいだと思おうとするが、一瞬自分が激しい怒りを感じたことを受け容れる。血の海に体を横たえ、鎧になった服は真っ赤に染まる。この「赤」はマボロシの巣でも「すさまじい怨念の色」（一七五頁）とマイナスの評価をされている色だが、最後に裏庭が崩壊する時には、鮮やかで美しい色という評価に変わる。テルミィが自分の負の感情を受容するという変化に呼応しているのであろう。

テルミィは「スナッフの守り」なしでどうしたらいいのかと考える。この「守り」という言い方は、ユング派の臨床でよく用いられるものである。遺骸を見ているうちに、テルミィのなかから、「鎧を染めた真っ赤な血に劣らないほどの鮮烈さで」怒りがほとばしるが、この怒りは「守り」を失ったと感じること、つまり見捨てられ感によって生じた自己愛憤怒ではないか（用語解説「自己愛の問題」の項目を参照)。ユング派の分析家であるカトリン・アスパーは、コフートの理論を取り入れながら、自己愛の傷をもつ患者が、見捨てられたと感じる状況に対して抑鬱や怒りの発作を起こすことを述べている。(9)

テルミィの怒りと同時に、「スパーク」が起こり、スナッフは分裂する。テルミィの胸から小さな子が飛び出して分裂したスナッフの一部と融合し、鳩のような真っ白な鳥になって飛び去る。スナッフの残りの部分は真っ黒の気味の悪い鳥《カラス》となり、これも飛び去る。これは「地中に棲むもの」同様、テルミィが分裂排除《スプリット・オフ》しているネガティヴな面だと思われる。この黒いものはカラス天狗となって、後でテルミィの分身であることが判明する。つまり、テルミィの「傷」は三つの藩を旅するうちに次第にはっきりした形となり、怒りの炸裂によって極点に達した。そうしたテルミィの心の「傷」、現実の照美の内面にもある見たくない嫌な感情が、裏庭で鎧、剣、烏などの具体的な形を取って現われたのだ。テルミィは根の国でこうした実体化した「傷」を処置していくことになる。

このエピソードの次の章では、現実世界にいるレイチェルたちの話のなかに、嫌なものを受け付けないでおこうとする感情的な鎧のことが出てくる。これはスナッフ殺しという凄惨な場面の意味を、読者に示す狙いがある。レイチェルは鎧にエネルギーをとられていたら、内側の自分は永久に変わらないと言う。今までの生活や心持ちとは相容れない異質のものが、自分を傷つける。その「傷つき」は異質なものを取り入れてなお生きようとするときの、自分自身の変化の準備といえるのではないか。このようにレイチェルは話す。テルミィのなかでも無意識のうちにそのような変化の準備が整っているのだろう。

この異質なものとの接触による変化というテーマは、エッセイ集『ぐるりのこと』でも取り上げられている。『ぐるりのこと』で、そのテーマは〈「境界」を超えていく〉というテーマとつながっているが、それをエッセイで探求するには限界があるとして、梨木香歩は『沼地のある森を抜けて』というフィクションを書いた。そこでは微生物からアザラシ、人間まで、種を超えて生殖の方法も含めた生き方を変えていくという壮大な話が綴られている。

根の国で見た蛇の幻影

話を『裏庭』にもどすと、取り残されたテルミィは先に進むうちに、いつのまにか出発点である貸し衣装屋のカラダとソレデのところへ帰ってきている。二人と会話するうちに、テルミィは「もう寄せ集めの自分なんか嫌だ。（中略）頭のてっぺんからつまさきまで、ぴっちり私になりきりたい」（二四六頁）と考える。このテルミィの願いも、「フーアーユー？」と問いかけられて始まった裏庭の旅の目的であるアイデンティティーの問題と関わっている。

本当の自分を求めて、テルミィは戻ってきた鳩と根の国へ向かう。入り口は貸し衣装屋の「鏡の間」にある鏡である。テルミィは鏡面を回転させて、根の国への道にはいるが、黒いシミのようなものが一緒に飛びこむ。中は真っ暗で、見ているだけで吸いこまれていきそうな闇である。テルミィは恐怖を感じるが、鳩が小さな男の子の姿の妖精に変化して、スナッフに代わってテルミィの心を支えてくれる。このタムリンまたはタムと呼ばれる妖精もスナッフ同様にテルミィの「守り」であり、本当の自分への道を示してくれもするが、そのやり方はスナッフとは違っている。スナッフは『世界の終りとハードボイルド・ワンダーランド』の夢読みの影のように、年長者のような一段上の立場からテルミィを導いていた。タムは根の国でテルミィを追ってくる怪物と表裏一体の存在であり、「良い」対象と「悪い」対象が同じものだという真実にテルミィが気づくこと、すなわちビオンのいう「K」を、助けてくれる（序章の四五頁および用語解説「KとマイナスK」の項目を参照）。

根の国では「地中に棲むもの」である、くろみみず、地いたち、ハッカクモグラが、それぞれテルミィに文中でマボロシと表記されている幻覚を見せる。そのマボロシはそれまでテルミィが直面することを避けてきた感情を刺激するものである。マボロシが消えると竜の骨が現われる。テルミィが服の傷口から出てくる金の砂を竜の骨に塗ると、「地中に棲むもの」が燃える。この一連のパターンが三度繰り返される。このような昔話的で象徴的な方法で、テルミィは自分が抱える「傷」が実体化したイメージを処置し、浄化していく。その行為は自分の傷だけでなく、祖母の妙さんの傷や幻の王女であるレベッカ、さらにはマーチンの傷の癒しにもなっている。

まず、くろみみずのテリトリーにはいると、歩いていくテルミィにくろみみずの声が聞こえてくる。裏庭で感じた「地中に棲むもの」への嫌悪が、根の国では明確な声になって現われる。その声は友人の綾子の声で照美の悪口を言っていた。かわいそうに思って友達になってあげたのにおじいちゃんと仲良くなってずうずうしいなどといった、現実の綾子があまり言いそうにないことが綾子の声で聞こえてくる。それを聞いて、テルミィの心の中に重いものが流れこんでくる。テルミィはこれが現実の声だと確信しているわけではないが、それでも頭の中に響いているのが綾子の声だということがテルミィを傷つける。

裏庭、特に根の国はテルミィの内面が反映する世界であり、くろみみずなどの「地中に棲むもの」は、テルミィの心にあって自分でも知覚することを拒絶している感情であるという点に、これまでもしばしば触れてきた。ここでもそうした裏庭の特性によって、ふだんは気づかないように分裂排除《スプリット・オフ》されている友人へのかすかな疑念、羨望、敵意などが増幅されて、外側にある臭い、色、爬虫類のような怪物とその殺人行為などとして顕在化する。これは『ブレイブ・ストーリー』の「嘆きの沼」の場面（第一章の九三‐九五頁を参照）で投影同一化されたワタルの怒りが、カロンという魚などの沼の情景として表現されていたのと同じ手法である。

テルミィはくろみみず＝綾子＝実は自分の一面が発する声を聞き、裏切られたような怒りを一瞬感じる。すると突然邪悪な臭いがしてくる。スナッフを殺したときにも、テルミィの内部にある怒りが服を鎧に変え、石を剣に変えた。この邪悪な臭いもテルミィの一瞬の怒りが、内面と呼応する外部に出現したと読める。テルミィは本能的で圧倒されるような恐怖を感じるが、これも「嘆きの沼」の場面でのワタルや、スナッフを殺す時のテルミィと同様に、見たくない自分自身を恐れているとみることができる。テルミィは一貫して、自分の「傷」への恐怖にさらされているのである。

邪悪な臭いの次に「シュー・シュー」という耳障りな音がしてきて、それは「殺傷能力のある摩擦音」と表現されている。テルミィは眼の端に何か動くものをとらえるが、「見たくない、という気持ちと、確かめたい、という義務感にも好奇心にも似た気持ちが同時に動いた」とある（二五四頁）。テルミィは恐れながらも自分自身と向き合うことに義務と興味を感じている。このようにテルミィの微細な感情の動きを梨木香歩はうまくとらえ、表現している。

テルミィはついに嫌なものの姿を見るのだが、それは巨大な蛇で、ぬらりとした光り具合をおぞましく感じる。「地中に棲むもの」への嫌悪感と質的に近いが、はるかに大きなものである。いくら逃げてもその蛇に見つかるのではないかという悪夢的な状況で逃げ惑ううちに、テルミィは幻覚らしきものを見る。

手足が生えてとかげのようになった蛇が、テルミィをいつの間にか取り巻いていた大勢の知っている人（両親、綾子をはじめとする友人など）の首をロープで巻き、ぐっと引くと、彼らは「くえっ」と蛙のように叫んで死ぬ。テルミィはショックを受けるが、そのショックには、ロープを引いたのは自分かもしれないという複雑な感情が混じっている。

（前略）ぐいっと、引いた感触が掌に残っているような気がする。そして、その瞬間の、爽快感にも似た、すっとした気持ち。ドミノ倒しの最後の一押しのように、破壊的な快感。あの化物がロープを引いたとき、確かに自分の心のどこかが、シンクロするように化物に寄りそい、その快感を共にした。（二五六頁）

両親や友人に対する攻撃性を、テルミィはこのような形で意識にのぼらせる。それは「傷」と向き合う作業だが、そのことで自己嫌悪に陥ったテルミィは立ち上がるのも嫌になり、幻が消えた後の砂地にうつぶせになってしまう。テルミィはこのまま分解されて砂になれればどんなに清潔になれるだろうと考える。こうした自分を「悪」とみる気持ちの状態から「悪い」感情を受容する状態へと、内部に蛍のような光を感じるのをきっかけに変化していく。テルミィは綾子がもし本当に悪口をいっていたとしても、ずっと友達でいようと決める。すると、濁流が堤防のほころびから一気に噴き出すように感情が溢れ出すという一種のカタルシスを得る。そして、いつの間にか現われていた竜の骨に、自分の服の傷口からにじみ出ている金の砂を塗ると、幻覚を見せていたくろみみずが燃える。

このように根の国のエピソードには、テルミィのなかにある「悪い」感情が実体化したイメージと、それに対してテルミィの心が生み出す非言語的（蛍のような光）および言語的（友達でいようという決意）産出物がみられる。切り離されていた感情が受容されたことを、湧き出す光というイメージで表現しているのは、『世界の終りとハードボイルド・ワンダーランド』の光る頭骨と同じである。一角獣の頭骨も一つ目の竜の骨も主人公の心の内部に息づいていた動物の残滓であり、喪失した母親の象徴的表現であると考えられる。頭骨の光やここでのテルミィの内部の光、竜の骨に塗る金の砂、あるいはこの物語のところどころでテルミィの感情と連動して起こる「スパーク」などは、残骸として感情的に通じ合えない状態だったこうした象徴的オブジェが、主人公たちの内面との接触を確立したことを示している（用語解説「象徴化」の項目を参照）。

餓鬼の飢餓感を抱えるテルミィ

続いてテルミィとタムは地いたちのテリトリーにはいる。その途中でタムとの会話の最中に、テルミィはふと、化け物はタムの光に誘われてついてくるのではないか、タムと離れれば化け物も追ってこないのではないか、と考えるが、すぐにその考えを否定する。タムとついてくる化け物が表裏一体であること、どちらもテルミィの内面にある感情と結びついていることが後ではっきりするのだが、ここではテルミィはそのつながりを見ないようにしている。

地いたちのテリトリーでは生臭い臭いがしてくる。食事のことを考えている時にこの臭いがしてきたことから、テルミィは現実世界での両親の仕事であるレストランを思い出す。テルミィは自分が役に立たないから、レストランに象徴される両親の世界にははいれないのだ、と考える。ここでのテルミィの連想は、仕事、追いかけてくる嫌な化け物などの裏庭の旅の途中で描かれるものが、自分を役立たずだととらえるアダルト・チルドレンであるという、現実世界での照美の状況を反映していることを示している。

地いたちの見せる幻覚は餓鬼の世界である。全裸の亡者の群れがお互いに喰い合っているという、地獄絵図に喩えられるかなりグロテスクな描写である。

テルミィは嫌悪感で動けなくなってしまうが、自分に近づいてきた餓鬼の目に限りない悲しみの影を認めて、その満たされることのない飢餓感に共感する。そして襲いかかってくる餓鬼を、自分でも不思議に思いながら受容する。

餓鬼に喰われて崩れ落ちたテルミィは、爬虫類の化け物がまた追いかけてくるのを感じ、鳥肌が立つ。テルミィは癒されない渇望を抱えた他人には共感できたが、自分自身の内面とつながる嫌なものは拒否しているのである。

気が動転してタムに救いを求めるテルミィだが、タムの姿は消えている。茜色の雨が降り始めてすべてを朱色に染めあげたとたんに幻覚は消える。そして竜の骨が現われてそれに金の砂を塗ると、「地中に棲むもの」が燃えるというパターンが繰り返される。

根の国の旅の最後に、テルミィはハッカクモグラのテリトリーにはいる。その手前で、タムは天使のように光り輝いて見える。一方、ついてくる爬虫類の怪物の方は、前よりも醜悪さを増して巨大化しているように見える。これは根の国というテルミィの心の深部では、テルミィの分裂《スプリッティング》がますます明確になってきているためだと思われる。タムはついてくる怪物に対して、ついてくるのは仕方ないとのんびりしたコメントをするが、それを聞いてテルミィもそうかもしれないと思う。タムの言葉はテルミィが「傷」を避けずに受けとめる助けになっているのである。

新しい世界の種

ハッカクモグラのテリトリーにはいるとタムが消えるが、テルミィは半ば予期していたような感じで「やっぱり」とため息をつき、比較的平静に受けとめる。これもテルミィが喪失に対する耐久力を増してきたことの証しである。

その場所には神々を思わせる彫像が並んでおり、そのなかでも抜きんでて神々しく美しい女性の姿をした一体が優雅に歩いてきて、口を動かさずにテルミィの心に直接話しかける。ここにある彫像は、餓鬼の世界と砂の世界で数千年ずつかけて浄化されてできたものだという。そのなかにレベッカの彫像もあった。テルミィはそれまで思い出せなかったレベッカの名前を思い出し、「レベッカ!」と叫ぶ。神々しく美しい女性の彫像は、竜の一つ目を元に戻せばレベッカは解放されるが、そうすることは裏庭の崩壊につながるとテルミィに伝える。旅の途中で出会ったカラダやソレデなどもレベッカの裏庭の住人なので、一緒に滅んでしまうのだが、そうしなければ元の世界に戻れない。テルミィは厳しい決断を迫られることになる。照美として現実を生きることは、裏庭で親しくなった多くの仲間を喪うことと引き替えなのだ。

悩むテルミィに、その女性の彫像は新しい世界の胞子を見せてくれる。ドリアンのようなフルーツを鱗状に覆っている一つ一つが新しい世界を宿している種子であり、レベッカはこの裏庭に彼女自身の世界の種子を根付かせたが、今は根の国の呪縛にとらえられている。一方、テルミィの根付きはもう始まっている。その女性の彫像はテルミィにこのように語るのである。それに対してテルミィは私の世界なんてないと答え、どこにも、と心の中で付け足す。テルミィはこのように、自分がどこかに所属しているという実感をもてないでいる少女である。これは関心を保とうとして周囲の顔色をうかがってきたという、これまでの生活に根ざした感情である。

しかし、このテルミィのマイナスの自己イメージとは裏腹に、植物の種子が根付き始めているという象徴的な表現によって、テルミィの心が新しく成長を始めていることが示される。美しい女性の彫像も、この裏庭がテルミィのものとなり始めた裏庭であると説明し、心の深くに降りていって自分がどうしたいのかを自分に尋ねるようにとアドバイスする。テルミィは滑らかな湖の表面のようと形容される心の内面に潜り、浮上してきた時は自分で決めた結論を携えている。それは裏庭が崩壊しても、レベッカを解放してあげたいというものだった。テルミィは自らの意志で、レベッカを解放して自分は現実世界に戻るという道を選択したのである。そのためにテルミィはクォーツァスへ向かってさらに進むことになる。

退行的な湖

ハッカクモグラのテリトリーでも、現われた竜の骨にテルミィがまた金の砂を塗る。すると孤火のような赤い炎が出現する。炎が消えると、その向こうに澄んだ美しい湖が広がっている。その場所は「澄んだ」「透徹した」「ガラス細工」などと表現されるように、現実離れした透明さが特徴になっている。彫像のあった場所は人間離れしていて凍りそうだと感じたテルミィだが、この場所はリラックスできると思う。松の香のようなすがすがしい香気に包まれて湖のまん中にぷかりと浮かぶテルミィは、故郷に帰ったようだと感じる。テルミィは眠り、湖の底に沈み、水に溶ける夢を見る。これは母胎回帰的イメージだといえよう。

そのように解体して漂っているような意識のなかで、突然どこからか「これではまとまらない」という、声ともいえないような声がして、それをきっかけに意識が拡散から収斂へと変化する。そしてテルミィは浮かび上がる。浮かび上がると、水に溶けていたような意識状態とは違って、これまで裏庭を旅してきた恐ろしい体験が、リアルに思い出される。テルミィは「もう、ここから一歩も動きたくない」と考える。

——そうだ、私はここに属している。私はここから生まれて、そしてここに帰るんだ。やっと、たどり着いたんだ。もうどこへも行くものか。せっかくここを見つけたんだ。ここまでくるのにどんなに苦労したことか。（二七八頁）

この湖の場面の描写は、第二章の2節でみた『ダンス・ダンス・ダンス』の羊男との対話の場面（一八一－一八二頁を参照）とよく似ている。羊男が主人公に対して、あなたはこの場所に「本当に含まれている」と言うように、ここでテルミィは「私はここに属している」と考える。テルミィの心には、退行して安楽にすごしたいという願望が生じているのだ。

こうしていることが一番平和で安定して幸せなのだ、もうここを出て行くまいとテルミィは決めるのだが、そう決めたとたん、またもや爬虫類の化け物が現われる。テルミィがおぞましく思う怪物は、今度はワニのような姿でテルミィの気に入っていたきれいな湖を黒く汚しながら侵入し、テルミィを追いかけてくる。それを見てテルミィは「卑しい、化物！」と心の中でつばを吐くように言う（二七九頁）。テルミィは退行的な快楽をあきらめ、湖を出ざるをえない。彼女は怒りで目の前が真っ暗になる。このあたりの描写は、テルミィが追いかけてくる怪物への激しい攻撃性を十分コントロールできないでいることを示している。

嫌悪の対象を受け容れる作業

退行的な満足をあきらめ、クォーツァスへ向かうテルミィの前に、根の国の最深部への入り口が現われる。それは穴のような通路と暗い闇である。穴を見たテルミィはぞっとするが、再び現われたタムの言葉に決意を固めて飛びこむ。通路の中は深い縦穴になっていて、テルミィは穴に飛びこんだ不思議の国のアリスのように、どこまでも落ちていく。「もうどのくらい落ちてるの？」とタムに聞くと、その都度、百年、千年、一万年といった返事が返ってくる。根の国の最深部、つまり照美／テルミィの心の最も深い部分は、ユングのいう集合的無意識のように個人的時間の尺度を大きく超えているのだ。テルミィが自分の手を見ると、皮膚が老人のようになっている。ほとんど骨のようになって根の国の最深部に向かうが、そこは金粉と粉雪が降る幻想的な場所だった。

クォーツァスに行くには、今度は岩山を上へ昇らなければならないのだということをテルミィは直感的に悟る。テルミィはまたタムが消えているのに気がつくが、取り残されてうろたえることなく、今できることに集中して自分で一歩一歩進むしかないのだという覚悟をもつことができる。このあたりは、貸し衣装屋で服を選ぶ時にいちいち周囲の反応をうかがっていた頃と比べて、ずいぶん精神的に成長したと感じさせる。追いかけてくる嫌な化け物と向き合うところまでは行っていないが、根の国で竜の骨に金の砂を塗るという形で「傷」を処置し、レベッカを解放するという決意をし、湖での退行願望を乗り越えてきたことで、テルミィの自我は強くなっている。

テルミィは危険な崖っぷちの道から向こうの壁に飛び移るために思い切ってジャンプするが、その時、服が貸し衣装屋で試着した羽の生えた服に変わっていることに気づく。これならなんとか上へ昇っていけそうだと考えたテルミィは、決意を新たにして、再び現われたタムとともに上へ向かって飛んでいく。その途中で、体が重くなったように感じて下を見ると、追いかけてきた嫌な感じの化け物が自分の体にしがみついているのを発見する。「いやらしい黄色い鱗」をした、顔は「カラス天狗としかいいようのない」もので、羽は「真っ黒で不気味に艶光り」し、身体は根の国からずっとテルミィを追ってきた「てらてら光る爬虫類」だった。テルミィは度を失って落下し始める。タムは「根の国の餓鬼だってやり過ごせたじゃないか」と励ますが、テルミィは「耐えられるおぞましさと耐えられないおぞましさがある」「命の危険の方が、生理的な嫌悪感よりはるかに望ましい」と感じる（以上、二八八頁）。ここで、テルミィが自分の中にある見たくない嫌な感情の化身であるカラス天狗を「耐えられないおぞましさ」とクリステヴァの言うアブジェクトのように描写しているのは興味深い。アブジェクトやベータ要素は幼児にとって投影同一化によって吐き出すしかないものである。それを保持して心の安定を得るには、アルファ機能の助けを待つか、自らが母親的機能を取り入れて強くなるしかない（用語解説「アルファ機能と抱えること」の項目を参照）。

その時、タムを頼ろうと見上げるテルミィの目に、タムが困ったような顔をしているのが映る。タムが喋ったわけではないが、テルミィは彼の気持ちがわかったと思う。タムはこの化け物を上に引き上げてほしいと思っているのだ、それがタムの願いのすべてであり、彼の仕事なのだと理解する。とうてい耐えきれないと思っていたカラス天狗の醜悪さも、タムを経由してきた醜悪さなら平気だとテルミィは感じる。これは「良い」対象であるタムから伝わるものがアルファ機能となり、カラス天狗の醜悪さ＝投影同一化された自分の「悪い」感情への嫌悪感を和らげてくれたからだろう（序章の四四 - 四五頁、および用語解説「Kとマイナス K」の項目を参照）。

裏庭の世界、とりわけ根の国は現実の照美の心の中を反映したような世界である。照美が現実の世界で抱えきれないでいる感情、特に両親などに対する怒りの感情がさまざまな形で現われている。根の国にはいる直前には、弟の死の原因を作った犯人だと判明したスナッフに対してその感情が爆発し、服が鎧に、石片が剣に変化する。テルミィは鎧と剣に引きずられて、自分でも怒りをコントロールできなくなっていた。これはコフートがいう自己が機能しなくなった状態、自己愛憤怒の状態に対応する。テルミィがスナッフを殺した時に二人の中から生まれた白い鳥と黒い鳥《カラス》は、テルミィと一緒に根の国にはいった。前者がタムであり、後者がおそらくテルミィを追ってきた嫌な化け物である。つまりこの両者は照美／テルミィのなかの分裂《スプリッティング》の両極を表わすものなのである。

だから、テルミィがタムと化け物の間に相通じるものがあるようだと感じるのは、自然である。はじめそのつながりを否定していたテルミィは、両者が同じだということを受け容れ、「タム・リン！」と呼びかける。こうすることによって、テルミィは自分で知覚することができなかった自分自身がもつ負の感情を、言語という象徴のレベルに直につなげることができたのである。

このようにとても良いものとひどく嫌なもののつながりを認識したと同時に「スパーク」が起こり、テルミィは目的地のクォーツァスに着く。それは遠くからは山の峯に見えるほどの巨大な桜の木だった。クォーツァスとは地理的な旅で行き着ける場所ではなく、「悪い」対象の受容と統合という、本書でこれまでみてきたプロセスを経ることでしかたどり着けない、内的な均衡状態を指すのではなかろうか。

多くの人の「傷」の変容と解放

テルミィは気がつくとクォーツァスに開いた氷室のような洞窟の中にいて、水晶の玉を抱きしめていた。テルミィは、それが竜の一つ目で、タムと化け物の二つが一つになったというより、元々みんな一つのものであり、はじめからそばにあったのだ、と理解する。この少し前から、高いものと低いものが一つであるといった「反対物の一致」という神秘主義的な観念に近い内容がしばしばテルミィの口から出てくるが、この「みんな一つ」はその究極的表現ともいうべきもので、さまざまに変化する裏庭の存在、そこにはスナッフや貸し衣装屋のソレデやカラダ、三人の音読みの婆やコロウプなど大勢が含まれるのだが、それらはすべて一から始まり一に帰るといった認識である。その一とは、まずはレベッカの内界であり、同時に今では照美／テルミィが裏庭を旅してきたことによって、照美の内界にもなった。タムと嫌な化け物、その元であるスナッフや照美の心にある悪い感情を中心に展開する照美の内界が、結局竜の一つ目だったということになる。

テルミィが持っている竜の目を頭骨に嵌めると、三つの藩の親王樹が浮かび始める。分割された竜の骨も一緒に浮かび上がってくるが、それを集めて一つにするにはどうすればいいか、テルミィにはわかった。彼女は「純！」と呼ぶ。照美／テルミィの内界の感情的なしこりの中心にあった弟への感情をこうして言葉にすることで、非言語的な象徴作用も動き出し、この後、鮮やかで素早いイメージの変容が描かれる。

一体となって元に戻った竜の骨は薔薇色に染まって透き通り、背中に亀裂がはいってそこからレベッカが現われる。「さなぎから蝶が生まれるように」（二九三頁）とあるように、これは変化と再生を強く印象づけるイメージである。手を振るレベッカはスナッフに変わる。これをテルミィは、根の国の彫像のある場所で女性の彫像に言われたように、レベッカが解放されスナッフに会えたというふうに理解する。それに続いて、根の国の分裂が起こる。

裏庭の世界は、丈次おじいちゃんに聞いていたストロベリー・キャンドルの花のような赤い光に包まれる。赤はマボロシの巣の二番目の部屋では照美の寂しさと怒りを表わす警戒色だったが、ここでは解放を表わす色になる。

テルミィの心に刻まれていた、おじいちゃんの語り。その一つ一つが今、燃えるような光を放ってこの壮大な光景を創り上げている。

――大地が、挙手の礼を送っている、崩壊していく世界に。哀惜や、いたわりや、畏敬の念を込めて……キツネツグミの、真っ赤な群を咲かせている……。別れを告げている。（二九四頁）

裏庭は照美の心と連動している世界であり、現実世界で照美が好きな丈次おじいちゃんの語ったことがこのようなイメージとなって現われたという風に、ここで梨木香歩は書いている。Dポジションで起こる「償い」（reparation）のファンタジー的な表現である（用語解説「PSとD」の項目を参照）。テルミィは「礼砲」とはそういう意味だった、つまり右の引用にあるように、失われていく存在に対する複雑な喪の感情である、と理解するのである。

妙さんと純のイメージの変容

崩れゆく裏庭でテルミィは意識を失う。気がつくと根の国にいた美しい女性の彫像の声が、レベッカもスナッフもハシヒメたちも皆解放されたとテルミィに言う。声の主を見ると、旅の途中でしばしば出会ったおかっぱ頭の女の子が、成長した姿となってそこにいるのだった。彼女は照美の祖母の妙さんで、テルミィによって救われるまでは餓鬼の世界にいたという。テルミィに喰いついてきた餓鬼が妙さんだったのだ。

今は美しい女の人の姿である妙さんは、幻の王女とはレベッカではなくテルミィのことで、根の国から生きた少女を脱出させることが、つまり照美がこれから現実に戻って生きていくことが旅の目的だったのだと説明する。竜の骨を元に戻すことが出口であるというのは、そうすることで古いレベッカの裏庭が解体され、滅びるという意味だった。それは世界の滅びであり、同時に世界の誕生である。礼砲の音が再び聞こえてくるが、それは崩壊を促す音ではなく、再生の響きであった。

照美はチェルミュラで拾った黒い石片が変化した剣、つまり妙さんの心の傷を妙さんに返す。それはきらきら輝く美しい宝玉の剣になっていた。妙さんは、傷を美しく仕上げてくれたことに感謝の言葉を言う。妙さんは現実では苦しい暮らしのなかで娘のさっちゃんを気遣う余裕も失っていたのであり、彼女なりの「傷」をもっていたわけである。テルミィの裏庭の旅は、妙さんのそうした傷をも癒す効果があったのだ。照美と名付けてくれと言い残した妙さんの思いは報われたのである。

妙さんの傷はテルミィのおかげで宝玉になった。とすると、癒された傷の姿は玉で表わされるのかもしれない。テルミィがクォーツァスで手にしていた竜の目玉＝水晶の玉も、このように考えると、結局、テルミィの「傷」の変容した姿であったわけだ。

妙さんはお別れの前にテルミィを二回ぎゅっと抱く。これはウィニコットのいう「抱えること」にあたる。つまり愛情の渇望を抱えた照美／テルミィの心をこうして抱える仕草であり、また、

「そしてこれはママへ」といって抱いた二回目は、自分が母親として照美の母であるさっちゃんに愛情を注げなかったことを後悔し、テルミィを通してさっちゃんを抱えようとする行為である。

テルミィは裏庭を去る前に、純とも再会する。テナシからもらった片子《かたこ》の珠を投げて虹色の橋を渡っていくと、そこに純がいるのだが、かつての自分の記憶にあるような幼い純が見る間に成長して、テルミィと同じ背丈の、分身のような姿になる。テルミィの意識のなかにある純のイメージもこのように変容したのだ。

照美の母親からの分離感覚

この後、自分を探す母親のさっちゃんの呼び声を聞いて、テルミィは現実世界に戻る。さっちゃんも直感に導かれるようにしてバーンズ屋敷の鏡の前に立ち、鏡に映る自分の姿に、心の「傷」に翻弄された妙さん、照美、自分という三世代の顔が重なるようなイメージを見て、「照美!」と叫ぶのだ。三代の女性に共通する問題が存在することを、梨木香歩はこのように描いている。[10]

戻ってきた照美が別人のようにぎらぎらとした目をしていると感じて、母親のさっちゃんは後ずさりする。鏡から突然現われるという状況が常軌を逸しているからというだけではなく、裏庭の旅がもたらした照美の変化、照美の内部の「傷」の変容を察知したのである。

母親が逃げ腰であるということに照美はそれほど動じない。これはタムが消えても動じなくなったような、裏庭の旅で身につけた精神的強さのおかげだろう。しかし、それに続く見知らぬ他人を見るような母の警戒する視線には、ショックを感じる。ところが、さらに逆転が起こり、「自分と母親はまったく別個の人間なのだ」という照美に訪れた認識は、「何という寂しさ、けれど同時に何という清々しさ」という感情的変化を生む（三〇六頁）。


私は、もう、パパやママの役に立つ必要はないんだ！

それは、照美の世界をまったく新しく塗り変えてしまうくらいの衝撃だった。なんで自分はあんなにパパやママのことばかり考えてきたのだろう。

「私は、もう、だれの役にも立たなくていいんだ」

全世界に向かって叫びたかった。（三〇六頁）

照美／テルミィは裏庭を旅する途中で、役に立つことで関心と承認を得ようとしていた過去の自分をしばしば回想し、その都度激しい怒りの感情を経験していた。ここで照美は両親と自分は別であるという自他の区別の認識を得て、誰かの役に立たねばならないというアダルト・チルドレン的思考から脱出したのである。

このことを梨木香歩は植物のイメージで説明している。照美に訪れた「別個の」、つまり分離した自己という認識は、クォーツァスから落ちていくときの感覚を呼び覚ました。それは「柔らかい照美の心」に張り巡らされた「根を、力任せに抜いて、細いデリケートなひげ根をことごとく擦り切ったような痛み」だが、それは「やがて必ず回復するだろうという確信を、どこかに伴なっている痛み」である（三〇七頁）。

照美は裏庭のことを両親やレイチェルたちの前で話し、家族のタブーのようになってきた純の話題も臆せず口にできるようになっていた。

両親と照美はバーンズ屋敷からの帰り道でぎこちないながらお互いを抱え合う。はじめにさっちゃんが照美の肩を抱き、続いて父の徹夫がさっちゃんごと照美の頭をぎゅっと抱く。その後で照美が妙さんの分だと言って、さっちゃんに抱きつく。その時、照美はさっちゃんの心臓の鼓動を感じた。母親を渇望していたさっちゃんの心を感じた照美は、その音を「これは礼砲の音。新しい国を造り出す、力強いエネルギーの、確実な響き」（三一三頁）だと思い、忘れずにおくことにする。

『裏庭』でテルミィが達成した「傷」の修復と象徴化は、地味な服を綺麗な金色の砂で覆い、照美の心の傷の大元であった死んだ弟の純を自分の分身のような成長した姿に変え、祖母の妙さんの傷を宝玉に変えた。傷ついた対象への「償い」（序章の四九－五〇頁、および用語解説「PSとD」の項目を参照）というDポジションの作業を、テルミィはこのように見事になしとげたのである。そして現実に戻ってからも、妙さんの抱擁を媒介することで、さっちゃんの母を求める「傷」をこのように修復することができたのである。

注

序章

（1）『グラディーヴァ論』（一九〇七年）、ホフマンの『砂男』を論じた「不気味なもの」（一九一九年）、シェイクスピアを論じた「小箱選びのモチーフ」（一九一三年）など多数。

（2）Elizabeth Wright, *Psychoanalytic Criticism: a Reappraisal*, 2nd ed. (London: Routledge, 1998), p. 33. 原文は以下のとおりである。

The aesthetics of id-psychology are grounded in the notion that the work of art is the secret embodiment of its creator's unconscious desire.

本書では、序章のはじめの部分にあるフロイト的精神分析的批評についてまとめる際に、エリザベス・ライトのこの本を参考にした。

エリザベス・ライトはイギリスのドイツ文学者で、ニューアクセンツ・シリーズの一つとして出版された『精神分析的批評――理論と実践』（*Psychoanalytic Criticism: Theory in Practice*, New Accents, London: Methuen, 1984）によって、精神分析的批評の研究者として認められた人物である。オックスフィードとケンブリッジで教えた後、自らラカン派の分析家の資格を取ろうとしている最中に亡くなった（"Obituary: Elizabeth Wright," *The Independent* [London, England], June 16, 2000）。『精神分析的批評』に、その後のフェミニズムなどの理論的展開を盛りこんだヴァージョンが *Psychoanalytic Criticism: a Reappraisal* である。他にも『フェミニズムと精神分析事典』（岡崎宏樹ほか訳、多賀出版、二〇〇二年）の編集や『ラカンとポスト・フェミニズム』（椎名美智訳、岩波書店、二〇〇五年）などの、精神分析的批評理論での業績がある。

（3）フロイトの娘のアンナ・フロイトが創始した、自我の構造と機能の研究を重視する精神分析の一派。正統フロイト派と見なされている。

（4）Ernst Kris, *Psychoanalytic Explorations in Art*（1952; New York: Schoken Books, 1964）. クリスはこの本で芸術の創作過程は、イドが関与する霊感的（inspirational）面と自我が関与する「作業的」（"elaborational"）面があり、自我は心的エネルギーが向けられる対象の入れ替えが起こる退行状態をコントロールすると述べている（pp. 312-313）。邦訳もあるが、文学批評を論じている第Ⅳ部は訳出されていない。エリザベス・ライトは、クリスの本でも論じられているウィリアム・エンプソンの『曖昧の七つの型』（一九三〇年）などの先例はあるものの、精神分析的文学批評がイドの働きから自我の統制力へと重点を移す転換点になったのはエルンスト・クリスのこの本だとみている（Wright, *Psychoanalytic Criticism a Reappraisal*, p. 49）。

（5）パメラ・タイテルの『ラカンと文学批評』（市村卓彦・荻本芳信訳、せりか書房、一九八七年）には、ラカン自身によるポーの「盗まれた手紙」論をはじめとする批評や、当時のフランスでの周辺事情などが詳しく書かれている。八〇年代ぐらいからアメリカでラカンの理論が紹介され、文学研究によく使われるようになった。日本でラカンを使った文学批評として、最近では精神科医の斎藤環の『「文学」の精神分析』（河出書房新社、二〇〇九年）がある。これは日本文学の解説などを集めたものである。

（6）Steve Vine, ed., *Literature in Psychoanalysis: a Reader*（Palgrave Macmillan, 2005）.

（7）Ibid., p. 97.

（8）河合隼雄は『影の現象学』（叢書 人間の心理、思索社、一九七六年）のなかで、ホフマン、ヘッセなどの作品を取り上げながら、文学作品中の「影」や「闇」について論じている。特に第五章「影との対決」で書かれていることは、本書の内容と重なる部分が大きい。

　ほかにもユング派の分析家が文学を論じている内容が、実質的に前エディプス期の心理に相当するものに焦点を当てている例として、例えばM-L・フォン・フランツによるサン＝テグジュペリ論である『永遠の少年――『星の王子さま』の深層』（松代洋一・椎名恵子訳、紀伊國屋書店、一九八二年）がある。この本は、ナルシシズムの問題を扱っている。

　ユングの元型についてはC・G・ユング『元型論』（林道義訳、紀伊國屋書店、一九九九年）などの著作を参照されたい。

（9）ガストン・バシュラール『水と夢――物質の想像力についての試論』（小浜俊郎・桜木素行訳、国文社、一九六九年）。

（10）オットー・ランク『文学作品と伝説における近親相姦モチーフ』（前野光弘訳、中央大学出版部、二〇〇六年）。

（11）オットー・F・カーンバーグ『内的世界と外的現実』（山口泰司監訳、文化書房博文社、二〇〇二年）、J・F・マスターソン『自己愛と境界例』（富山幸佑・尾崎新訳、星和書店、一九九〇年）などを参照。

（12）Norman N. Holland, "The Mind and the Book: A Long Look at Psychoanalytic Literary Criticism," *Journal of Applied Psychoanalytic Studies* 2.1（January 2000）, p.15. 原文は以下のとおり。

Today, in the '80s and '90s, I believe psychoanalysis has become a psychology of the self, although there are wide differences in the way different schools address the self: British object-relations, Kohut's self-psychology, or Lacan's return to a verbal psychoanalysis. Various collections of essays use one or another of these familiar approaches:

（13）"Infantile Anxiety-situations Reflected in a Work of Art and in the Creative Impulse," Sandra Gosso ed., *Psychoanalysis and Art: Kleinian Perspectives*（London: Karnac, 2004）, pp. 33-41. 邦訳は「芸術作品および創造的衝動に表われた幼児期不安状況」『メラニー・クライン著作集1　子どもの心的発達』（西園昌久・牛島定信編訳、誠信書房、一九八三年）二五三―二六四頁。

（14）Sandra Gosso ed., *Psychoanalysis and Art*（London: Karnac, 2004）, p.8. この本はドナルド・メルツァーの理論を中心に、五〇年代以降のクライン派の美学論を集めた論集である。

（15）Adrian Stokes, *Painting and the Inner World*（1963; London: Routledge, 2001）. ドナルド・メルツァー、M・H・ウィリアムズ『精神分析と美』（細澤仁監訳、みすず書房、二〇一〇年）の第一一章でウィリアムズがこの本について紹介している。

（16）一九五一年五月三〇日に英国精神分析学会で発表され、論文が掲載されたのは一九五三年の『国際精神分析学会誌』（*International Journal of Psycho-Analysis*）三四巻である。

(17) この本については Gosso, *Psychoanalysis and Art*, pp. 9–11 および Melanie Klein, et al. eds., *New Directions in Psychoanalysis: The Significance of Infant Conflict in the Pattern of Adult Behaviour*（1955; London: Karnac, 1985）を参照した。

(18) この論文は一九五二年に「非－自己の理解における象徴使用の諸側面」（"Aspects of Symbolism in Comprehension of Not-self" というタイトルで発表されたものを、本文中で述べた論集『精神分析の新方向』（一九五五年）に採録したものであると、ミルナー自身が説明している（Marion Milner, *The Suppressed Madness of Sane Men: Forty-four years of exploring psychoanalysis*（1987; London: Routledge, 1988）p. 83 参照）。

マリオン・ミルナーはイギリスの精神分析家・自伝作家・画家である。芸術的な感性の豊かな人で、はじめはユング派の分析も受けたが、ウィニコットの分析を受けて、内的世界と外的世界の交流についての独自の芸術理論を開花させていった。エイドリアン・ストークスとともにイマーゴ・グループを創始した一人でもあるが、芸術は抑鬱ポジションにおける対象の修復に相当するだけでなく、新たな他性としての対象を創造するものであるという芸術家らしい踏みこんだ見解を述べている（*On Not Being Able to Paint*（1950; London: Routledge, 2010）のジャネット・セイヤーズのイントロダクションを参照）。

(19) Marion Milner, "The Role of Illusion in Symbol Formation," Gosso, *Psychoanalysis and Art*, pp. 85–109 参照。この少年はマイケルという名前で、後にケンブリッジ大学を卒業して化学者となった（*On Not Being Able to Paint*, xlii）。

(20) Gosso, *Psychoanalysis and Art*, pp. 100–101.

(21) Ibid., p. 99.

(22) Milner, *On Not Being Able to Paint*（1950; London: Routledge, 2010）. この本は一九五〇年にジョアンナ・フィールド（Joanna Field）というミルナーのペンネームで出版された。

(23) Meredith Ann Skura, *The Literary Use of the Psychoanalytic Process*（Yale University Press, 1981）.

(24) Ibid., pp. 186–187.

(25) Jeffrey Berman, *Narcissism and the Novel*（New York University Press, 1990）.

（26） Peter L. Rudnytsky ed., *Transitional Objects and Potential Spaces: Literary Uses of D.W.Winnicott* （New York: Columbia University Press, 1993）.
「中間領域」（intermediate area）と「潜在空間」（potential space）については、D・W・ウィニコット『小児医学から精神分析へ——ウィニコット臨床論文集』（北山修監訳、岩崎学術出版社、二〇〇五年）第一六章「移行対象と移行現象（1951）」、および D. W. Winnicott, *Playing and Reality* （1971; London: Routledge, 2005）, pp. 140-148 （ch.8 "The Place Where We Live"）参照。

（27） Kathleen Woodward, Murray M. Schwartz eds., *Memory and Desire: Aging-Literature-Psychoanalysis* （Bloomington: Indiana University Press, 1986）.

（28） ナンシー・チョドロウ『母親業の再生産——性差別の心理・社会的基盤』（大塚光子・大内菅子訳、新曜社、一九八一年）。前エディプス期の記述が多くみられ、ウィニコット、バリント、ガントリップ、フェアバーン、エリクソン、ホーネイなど多くの一九五〇〜六〇年代の精神分析理論が使われている。

（29） 同書、およびエリザベス・ライト編『フェミニズムと精神分析事典』（岡崎宏樹ほか訳、多賀出版、二〇〇二年）二五五頁参照。

（30） ドロシー・ディナースタイン『性幻想と不安』（岸田秀・寺沢みずほ訳、河出書房新社、一九八四年）。

（31） ジェシカ・ベンジャミン『愛の拘束』（寺沢みずほ訳、青土社、一九九六年）。

（32） 同書、六八頁。

（33） 同書、三四八頁。同じ頁の注にあるように、著者が別の本で「女の友情と親愛のネットワーク」「姉妹愛」「相互承認と慈しみ的な活動」などと呼んでいるものである。

（34）『フェミニズムと精神分析事典』の「対象関係論に依拠する批評」という項目を参照。

（35） サンドラ・ギルバート、スーザン・グーバー『屋根裏の狂女——ブロンテと共に』（山田晴子・薗田美和子訳、朝日出版社、一九八六年）。

（36） 同書、一頁。

（37） 同書、二頁。

(38) 例えば、津久井良充・市川薫編『〈私〉の境界――二〇世紀イギリス小説にみる主体の所在』（鷹書房弓プレス、二〇〇七年）、日比嘉高『〈自己表象〉の文学史――自分を書く小説の登場』（翰林書房、二〇〇二年）、生方智子『精神分析以前――無意識の日本近代文学』（翰林書房、二〇〇九年）、遠藤不比人『死と欲望のモダニズム――イギリス戦間期の文学と精神分析』（慶應義塾大学出版会、二〇一二年）など。

(39) 細江光『谷崎潤一郎――深層のレトリック』（近代文学研究叢刊 28、和泉書院、二〇〇四年）。

(40) 同書、一二一頁。

(41) 同書、一二三頁。

(42) 同書、五三―五五頁。

(43) 同書、六六〇―六六二頁。

(44) 近藤裕子『臨床文学論――川端康成から吉本ばななまで』（彩流社、二〇〇三年）。

(45) 小林正明「塔と海の彼方に――村上春樹論」木股知史編『日本文学研究論文集成46 村上春樹』（若草書房、一九九八年）、三〇―七二頁。

(46) 同論文、三八頁。

(47) 同論文、五六頁。

(48) 同論文、六四頁。小林は「母親の（ファルスへの）欲望」を楽園状態と述べているが、これは本書の序章の3節で説明しているように、原初の融合状態から分離し始めた段階が「母親のファルスへの欲望」であるという点を見逃している見方であろう。

(49) 岩宮恵子『思春期をめぐる冒険――心理療法と村上春樹の世界』（日本評論社、二〇〇四年）。

(50) 同書、四〇頁。

(51) 平川祐弘・鶴田欣也編『「甘え」で文学を解く』（新曜社、一九九六年）。

(52) 堀切直人『日本夢文学志』（冥草舎、一九七九年）、中谷克己『母体幻想論――日本近代小説の深層』（和泉選書105、和泉書院、一九九六年）。

(53) 特にアルコールへの依存や嗜癖と文学については、近年大阪大学の森岡裕一が著書や論集を出している。

森岡裕一『飲酒／禁酒の物語学――アメリカ文学とアルコール』（大阪大学新世紀レクチャー、大阪大学出版会、二〇〇五年）は、アルコール問題限定だが、森岡裕一・堀恵子編『「依存」する英米文学』（阪大英文学会叢書5、英宝社、二〇〇八年）は、アルコール依存やそこから派生する共依存の問題、さらにもっと広い意味での依存と文学についての論文を集めた本である。

これらの本にも参考書として挙げられている次の二つの本は、文学的創造というものがアルコールといかに深く結びついているかを示していて、いろいろ考えさせられる。ドナルド・W・グッドウィン『アルコールと作家たち』（小山昭夫訳、現代企画室、二〇〇一年）、トム・ダーディス『詩神は渇く――アルコールとアメリカ文学』（関弘・秋田忠昭訳、トパーズプレス、一九九四年）。深刻な問題だが、後者の語り口は軽妙でユーモラスである。

（54）こうした考え方は、対象関係論の理論家が発達させてきたものだが、現在は他の流派でも一般に“here and now”の転移が使われている。オグデンはウィニコットやビオンを受けて、分析において母子関係のように両者が融合的に関わる間主観的状況から生じる、分析者でも非分析者でもない第三の主体について論じている（T・H・オグデン『もの想いと解釈――人間的な何かを感じ取ること』（大矢泰士訳、岩崎学術出版社、二〇〇六年）参照）。面白いことにオグデンは、こうした場の状況のなかで分析が進行することを、小説を読む体験と比較して論じている（オグデン『もの想いと解釈』二―五頁）。私は小説を読む体験は臨床場面と近いとしても、小説について思考する場合には、やはり心理臨床のような分析主体と分析対象がともに可変的な場を前提にはしにくいと考える。

（55）精神分析的批評と読者論を結びつけた代表的人物に、ノーマン・N・ホランドがいる。ホランドは“transaction”や“feedback”などの用語によって作品と読者の相互作用を強調する。さらには『文学と脳』（二〇〇九年）では、脳科学と文学研究を結びつけようと試みている。ホランドは、「作品」は固定した意味をもたず読者も参入して成立すると考えているが、臨床場面での転移のような形の反応が望めないことに変わりはない。ホランドについては、以下を参照。

Norman N. Holland, “The Miller's Wife and the Professors: Questions about the Transactive Theory of

Reading," Donald Keesey, ed., *Contexts for Criticism*, 3rd ed., 1987; London: Mayfield Publishing Company, 1998, pp. 166–180.
Norman N. Holland, *Literature and the Brain*, Gainesville: The PsyArt Foundation, 2009.
Elizabeth Wright, *Psychoanalytic Criticism: a Reappraisal*, pp. 54–58.

(56) フロイトの精神分析と対象関係論の異同、内的対象・投影同一化・象徴化などの症例を交えた細かな説明、そうした概念をどの分析家が変更・修正したかなどといった、精神分析関係者にとって興味があるであろうことがらが取り上げられている。

(57) 例えばマリオ・ヤコービ『個性化とナルシシズム——ユングとコフートの心理学』（高石浩一訳、創元社、一九九七年）やカトリン・アスパー『自己愛障害の臨床——見捨てられと自己疎外』（老松克博訳、創元社、二〇〇一年）は、ユング派とコフートの自己心理学の間に橋を渡す試みである。フィル・モロンの『現代精神分析における自己心理学——コフートの治療的遺産』（上地雄一郎訳、北大路書房、二〇〇七年）は、対象関係論、自己心理学、ラカン理論をつなげている。

(58) “projective identification”には、「投影同一化」以外にもいくつかの訳がある。「投影性同一視」もよく見かける訳語だが、本書では「同一性」、つまりアイデンティティーに関わるプロセスであるという点をより明瞭に示している「同一化」を採った。

(59) ウィニコット『小児医学から精神分析へ』第二一章「原初の母性的没頭（1956）」参照。

(60) 空想や幻想を意味する“fantasy”と“phantasy”の綴りの違いに関しては、複雑な事情がある。英語の標準版フロイト全集ではドイツ語的に“phantasy”となっていたが、それがアメリカで定着はせず、一方、イギリスの特にクライン派は“phantasy”と表記することが多いという（小此木啓吾編集代表『精神分析事典』岩崎学術出版社、二〇〇二年、「幻想」の項目を参照）。

(61) ウィルフレッド・ルプレヒト・ビオン『精神分析の方法Ⅰ〈セブン・サーヴァンツ〉』（福本修訳、りぶらりあ選書、法政大学出版局、一九九九年）四三頁。

(62) Wilfred R. Bion, *Learning from Experience* (1962; London: Karnac, 1984). この本は『精神分析の方法Ⅰ

〈セブン・サーヴァンツ〉』の第一部として訳出されている。ビオンの著書四冊をニューヨークの出版社が合本にして、ビオン自身の序文をつけて *Seven Servants* のタイトルで一九七七年に出した。それを日本では『精神分析の方法Ⅰ・Ⅱ〈セブン・サーヴァンツ〉』と題して出版した（『精神分析の方法Ⅰ』あとがきより）。

ビオンは臨床家として多くの論文を書いていたが、著書は六十代半ばという年齢になって書いた『経験から学ぶこと』が最初であった。この本をはじめ、一九六二年から一九七〇年までに出された四冊の本をまとめた『精神分析の方法Ⅰ・Ⅱ〈セブン・サーヴァンツ〉』は、分量的には少ないが内容的には恐るべき密度をもつものである。本書ではビオンの後期理論に登場する「O」（origin 究極的現実）に関しては触れず、初期の思考のモデルを参照した。患者が気づけない感情という点に関しては、一九五九年の論文 "Attacks on Linking," *Second Thoughts*（1967; London: Karnac, 1984, pp. 93–109）も参照した。

（63）ビオン『精神分析の方法Ⅰ〈セブン・サーヴァンツ〉』一五頁。

（64）ジョアン・シミントン、ネヴィル・シミントン『ビオン臨床入門』（森茂起訳、金剛出版、二〇〇三年）八〇–八二頁。ビオンはベータ要素を「物自体」であると述べている（ビオン『精神分析の方法Ⅰ』一八頁）。

（65）カタリーナ・ブロンスタイン編『現代クライン派入門――基本概念の臨床的理解』（福本修・平井正三ほか訳、岩崎学術出版社、二〇〇五年）一八四頁（ハンナ・シーガル執筆の第一〇章「心のモデルの諸変化」）。

（66）「不在の乳房」については、ビオン『精神分析の方法Ⅰ』七二–七三頁参照。

（67）ビオン『精神分析の方法Ⅰ』一一四頁。

（68）ウィニコット『小児医学から精神分析へ』第一八章「正常な情緒発達における抑うつポジション（1954–1955）」三一六頁。

（69）Sandra Gosso ed., *Psychoanalysis and Art: Kleinian Perspectives* (London: Karnac, 2004), p. 13, p. 17.

（70）以下の数字は、M・S・マーラーほか『乳幼児の心理的誕生――母子共生と個体化』（高橋雅士ほか訳、黎明書房、二〇〇一年）、ジェームス・F・マスターソン『パーソナリティ障害』（佐藤美奈子・成田善弘訳、星和書店、二〇〇七年）第一章より。

（71）マーラー『乳幼児の心理的誕生』五三頁。

(72) マスターソン『パーソナリティ障害』八頁。
(73) D・N・スターン『乳児の対人世界――理論編』(神庭靖子・神庭重信訳、岩崎学術出版社、一九八九年)とマスターソン『パーソナリティ障害』第一章、参照。
(74) マスターソン『パーソナリティ障害』二二頁。
(75) 同書、四一頁。
(76) カーンバーグ『内的世界と外的現実』一八頁、マスターソン『自己愛と境界例』一一二-一一四頁などを参照。
(77) 自己心理学については主に以下の本を参考にした。ハインツ・コフート『自己の分析』(水野信義ほか訳、みすず書房、一九九四年)、『自己の修復』(本城秀次ほか訳、みすず書房、一九九五年)、『自己の治癒』(本城秀次ほか訳、みすず書房、一九九五年)、アーネスト・S・ウルフ『自己心理学入門――コフート理論の実践』(安村直己・角田豊訳、金剛出版、二〇〇一年)。
(78) 水平分割と対の概念。水平分割はフロイトの抑圧に相当し、垂直分割はスプリッティングの壁に相当する。
(79) ウィニコットの脱錯覚(disillusionment)もしくは錯覚(illusion)という概念は、移行対象同様よく知られた概念である。ウィニコット『小児医学から精神分析へ』の索引を使って調べると、「原初の情緒発達(1945)」で錯覚が、「小児医学と精神医学(1948)」で脱錯覚が使われているので、一九四〇年代にウィニコットはこれらの概念をすでに使っているとわかる。しかし、第一六章「移行対象と移行現象(1951)」が中間領域との関係で詳しく論じているのでわかりやすい。また、精神科医でウィニコットの本を多く訳している北山修の『改訂錯覚と脱錯覚――ウィニコットの臨床感覚』(一九八五年に元版が出版。改訂版は岩崎学術出版社、二〇〇四年)という本も出ている。
(80) ハインツ・コフート『自己の修復』四四頁参照。
(81) マスターソン『自己愛と境界例』二二頁。
(82) ジャック・ラカン『対象関係』上、ジャック=アラン・ミレール編(小出浩之・鈴木國文・菅原誠一訳、岩波書店、二〇〇六年)二四-三〇頁など。

（83）Jack Lacan, *Écrits*, trans. Bruce Fink (New York: Norton), p.582など（"The Signification of Phallus"）。

（84）ジュリア・クリステヴァ『女の時間』（棚沢直子ほか訳、勁草書房、一九九一年）一六四頁、一七〇－一七一頁（「愛のアブジェ」）。

（85）これはクリステヴァが『愛の理論』（Julia Kristeva, *Tales of Love, trans.* Leon S. Roudiez, European Perspectives, Columbia University Press, 1987）などで論じたナルシシズムの構造と、その隘路を抜けるために不可欠とした「想像的な父親」「先史時代の個人の父親」というものを、対象関係論的な用語に引きつけた説明である。クリステヴァはこの段階は対象と呼べるものはなく、したがって投影同一化も論理的にいって起こっていないと述べている。クリステヴァは投影同一化を自他未分化でなくなった段階に限定して使っているのである。本書では、投影同一化を広く解釈して対象が自己と未分化の時期における母子交流の鍵であるという、序章で説明したような理解で論じている。

（86）ジュリア・クリステヴァ『恐怖の権力――〈アブジェクシオン〉試論』（枝川昌雄訳、叢書・ウニベルシタス137、法政大学出版局、一九八四年）五一頁。訳文を本書の序章で説明してきた精神分析理論の文脈に合うように、Julia Kristeva, *Pouvoirs de l' horruer: Essai sur l' abjection* (Éditions du Seuil, 1980), p.43と比較しながら、若干修正した。

（87）ただし、クリステヴァは喪の仕事というDポジションで起こることとアブジェクトをつなげて論じているので、取り入れた「抱える」機能が十分強くなった状態で直面する分離の苦しみを指してアブジェクトと言っているようでもあり、このあたりは曖昧だ。クリステヴァの『斬首の光景』に出てくる首を切られるというおぞましい絵画は、アブジェクトに相当する。彼女はそれを抑鬱ポジションの表現であると言っているが、PS的な世界に属するのではないかという感じもする。

（88）邦訳の『恐怖の権力』三頁の枝川昌雄の訳では、「アブジェクト〔abject ab（分離すべく）＋ject（投げ出されたもの）〕は私と向き合った一つの対象〔ob-jet ob（前に）＋jet（投げ出されたもの）〕、私が名付ける、あるいは想像する対象なのではない」となっていて、訳者の書き加えた部分の見た目がややこしいので、*Pouvoirs de l' horreur* (Éditions du Seuil, 1980), p.9と比較しながら修正を加えた。原文は以下のとおり。

L'abject n'est pas un ob-jet en face de moi, que je nomme ou que j'imagine.

(89) ジュリア・クリステヴァ『詩的言語の革命　第一部　理論的前提』(原田邦夫訳、勁草書房、一九九一年)。

(90) Gosso, *Psychoanalysis and Art*, p. 87, p. 99.

(91) Ibid., pp. 100-101.

(92) クリステヴァ『恐怖の権力』二五―二六頁。

(93) クリステヴァ「意味実践と生産様式」『記号の横断』(中沢新一ほか訳、せりか書房、一九八七年)所収、四八頁。

なお、クリステヴァは『斬首の光景』で他の何人かの女性の精神分析家とともにミルナーに言及し、彼女たちは「精神病の破壊的な暴力を探求する」「常軌を逸して強く、繊細な逆転移による参加によって身をささげながら、限界的な諸状態に寄り添ってゆく」と肯定的に評価している(『斬首の光景』星埜守之・塚本昌則訳、みすず書房、二〇〇五年、二一六頁)。

第一章

(1) D・W・ウィニコット『小児医学から精神分析へ――ウィニコット臨床論文集』(北山修監訳、岩崎学術出版社、二〇〇五年)二九〇頁、二九二頁など。

(2) アーシュラ・K・ル＝グウィン『影との戦い――ゲド戦記I』(清水真砂子訳、岩波書店、一九七六年)。

(3)『村上春樹全作品1990～2000』7(『村上春樹、河合隼雄に会いにいく』第二夜)。

(4) 同書、二九〇頁。

(5) 同書、二六九頁。

第二章

(1) Sandra Gosso ed., *Psychoanalysis and Art: Kleinian Perspectives* (London: Karnac, 2004), Introduction.

(2) Ibid., pp. 8-9.

(3) オットー・ランク『文学作品と伝説における近親相姦モチーフ』(前野光弘訳、中央大学出版部、二〇〇六年)九八頁。

(4) Klein, Melanie, "Infantile Anxiety-situations Reflected in a Work of Art and in the Creative Impulse," Gosso, *Psychoanalysis and Art*, pp. 40-41.

原文はそれぞれ、以下のとおり。

Her skin wrinkled, her hair faded, her gentle, tired eyes are troubled. (...) That of the old woman, on the threshold of death, seems to be the expression of the primary, sadistic desire to destroy. The daughter's wish to destroy her mother, to see her old, worn out, marred,

(5) Kathleen Woodward, Murray M. Schwartz eds., *Memory and Desire: Aging-Literature-Psychoanalysis* (Bloomington: Indiana University Press, 1986) 参照。

(6)『ねじまき鳥クロニクル』のなかでは、退行的状況に陥るのはトオルだけでなく、クレタや笠原メイも、ある程度退行状況とそこからの新しい自己の成長というウィニコットのいう「治療的退行」、バリントのいう「自己の成長再開」のプロセスを体験する。クレタはトオルに倣って井戸にはいって考えごとをしたり、裸でトオルの家に来ていたりするのだが、これらはクレタにとっての退行状況とみなすことができる。その後、区切りとしてトオルと交わることでクレタはクレタという名前を失い、かつてクレタであった女へと変わる。これは苦痛→無痛(肉体の娼婦)→精神の娼婦、霊媒という「自分が自分でない」状況を経てきたクレタがたどり着いた、真の自己としての再生である。クレタであった女はトオルとクレタ島で新しい人生を始めようと考えるのだが、トオルは最終的にクミコのために日本にとどまった。

(7) 臨床心理士の明石加代は、『海辺のカフカ』のジョニー・ウォーカーの求めているのが、人びとが自分のなかの怒りや恐怖によって「自分を失う」ことであり、それに対抗して「ひとを自分という存在につなぎ止めてくれる」のは佐伯さんがカフカ少年に自分の血を飲ませることで与えたような「あたたかみと痛みの記憶」だけだと述べている。これも母親的な包容の一例であろう(明石加代「消えた猫と戻ってきた少年——村上春樹「人喰い猫」から『海辺のカフカ』へ」『心の危機と臨床の知』第八巻、甲南大学人間科学研究所、二〇〇七年、一三一―一三二頁)。

(8)ユングの概念で人間の心の対外的な側面を指す。元は「仮面」を意味する言葉で、人は社会生活を営む上で、日常的にペルソナを使用している。

(9)マイケル・バリント『一次愛と精神分析技法』(森茂起・桝矢和子・中井久夫訳、みすず書房、一九九九年)二九四頁。

(10)以上、バリントについては、同書二九〇―二九八頁参照。

(11)D・W・ウィニコット『小児医学から精神分析へ――ウィニコット臨床論文集』(北山修監訳、岩崎学術出版社、二〇〇五年)第一九章「精神分析的設定内での退行のメタサイコロジカルで臨床的な側面(1954)」参照。

第三章

(1)東雅夫編『ホラー・ジャパネスクを語る』(双葉社、二〇〇三年)所収の宮部みゆきのインタヴューに以下のような一節がある。

東　なるほど。いまお話をうかがっていてハタと気がついたのですが、もしかして宮部さんは、御自身の『龍は眠る』や『クロスファイア』といった超能力テーマの長篇を、モダンホラーとは認定していらっしゃらないのですか。

宮部　そうです。あれは、私が好きなキングの作品に対する完全なオマージュのつもりです。『龍は眠る』は『デッド・ゾーン』ですし、『クロスファイア』は『ファイアスターター』へのオマージュとして書きました。(一九頁)

(2)文藝別冊『総特集　長野まゆみ――三日月少年の作り方』河出書房新社、二〇〇二年、八二頁(「増補版白熱する少年銀河　全作完全インタヴュー」『文藝』二〇〇一年夏号のものを増補したもの)。

(3)同書、一一九頁(「誰にも記憶されず　生きてきた証しを残さずに」『文藝』一九九八年秋号に加筆)。

(4)クリステヴァは「想像的な父親」をフロイトの一次同一化の鍵となるものと見なしている。一次同一化は自我が存在するための基盤である。逆にいうと、それなしでは自我もしくは自己の安定は得られない。

クリステヴァはウィニコットや対象関係論を参照しつつも、「想像的な父親」との同一化を自我の成立に先立つものとしているので、この二つの相違を簡単に整理し、また本書で私が採っている立ち位置を記しておく。

ウィニコットなどのモデルで考えると、「想像的な父親」との同一化は全能的な原初的対象と自己とが融合しているという空想からの「脱錯覚」(disillusionment)に当たると思われる。ウィニコットや対象関係論などのモデルでは、幼児が「悪い」対象を統合して自我を発達させていくには、母親的対象による「抱える」機能が重要だとされている。クリステヴァが自我の成立以前に分離を置き、それをエディプス的なものとは違うとはいえ父親的対象と結びつけて考えているのに対し、ウィニコットなどでは最初からはっきり分離していない自己と対象の原初的な対象関係と防衛規制としての投影同一化(クリステヴァは「想像的な父親」との同一化以前には、自我も対象も存在しないので、投影同一化もないとしている)が存在し、そこから徐々に分離の衝撃に耐えながら自我が発達するために母親的機能が必要とされると考えるのである。

本書で検討しようとしている共感的な父親的対象は「想像的な父親」に近いものだと思うが、三作品の少年たちが苦しんでいる内面のネガティヴな諸々の感情を側面から支えるような機能を果たしており、私は自我に先立つものという意味では使っていない。存在しているが不安定な自我もしくは自己を「抱える」機能をもつ父親的対象というニュアンスで使っている。

(5) D・W・ウィニコット『小児医学から精神分析へ——ウィニコット臨床論文集』(北山修監訳、岩崎学術出版社、二〇〇五年)三〇一—三〇八頁。

(6) 本文中では「裏庭」は『裏庭』と二重カギ括弧で書かれている。他に『地中に棲むもの』『職をもつもの』『試し』など多くの表現に二重カギ括弧が使われているが、本書では書名と区別するために普通のカギ括弧を用いた。

(7) 文庫版では、文字のフォントを変えている。おそらく梨木香歩はエンデの『はてしない物語』を参考にしたのであろう。

(8) M—L・フォン・フランツ『永遠の少年——『星の王子さま』の深層』(松代洋一・椎名恵子訳、紀伊國屋書店、一九八二年)二一一—二一二頁。

森博嗣の「スカイ・クロラ」シリーズでも、地上から離れて空中で戦闘することに純粋さを見いだす登場人物がみられる。これも飛行とナルシシズムがつながっている例である。

(9) カトリン・アスパー『自己愛障害の臨床――見捨てられと自己疎外』(老松克博訳、創元社、二〇〇一年)一四六-一四九頁。

(10) 藤本英二は人間をマトリョーシュカ人形のように多層的に重なった存在とみる梨木香歩の見方を「マトリョーシュカ的人間観」と呼び、それが『裏庭』にも表われていると述べている。『児童文学の境界へ――梨木香歩の世界』(日本児童文学史叢書42、久山社、二〇〇九年)一一八-一二二頁参照。

用語解説

この用語解説は、序章で説明した前エディプス期の精神分析理論で使われる用語が、以降の章で出てきた時に読者が参照できるようにしたものである。より詳しい説明や参考文献は、序章、注および参考文献表を見ていただければと思う。

アルファ機能と抱えること

前エディプス期の幼児の心に生じる不快な感情を処理する機能は、クライン、ビオン、ウィニコット、コフート、クリステヴァなど本書で取り上げた多くの理論の共通項である。ウィニコットの「抱えること」(「抱っこ」とも訳される)が感覚的にわかりやすいが、ビオンの「アルファ機能」も便利である。不快な感情である「ベータ要素」は「アルファ機能」によって処理されて「アルファ要素」に変わると、幼児が耐えられるものとなる(ビオンはこのプロセスを「包容」と呼んだ)。「アルファ機能」は中身がいかなるものであれ、幼児の内的混乱を安定に変えるものであればそう呼べるので、母親的対象による「抱えること」でもクリステヴァのいう「想像的な父親」のような第三項でも、等しく扱える。

移行対象(transitional objects)

スヌーピーの漫画に出てくるライナスという少年は、常に毛布を持ち歩き、親指をしゃぶるのが好きである。ウィニコットはこうした母親の代わりとなるもの(毛布のきれはし、ぬいぐるみ、指など)を、幼児が内的空想の世界から外的現実の世界へと移行していく途上のものという意味で「移行対象」と名づけた。移行対象が存在するのは純粋な主観の世界でも純粋な客観の世界でもなく、両者が混じり合った特別な領域であり、ウィニコットはこれを「中間領域」(intermediate area)などのいくつかの名称で呼んだ。芸術作品は芸術家が言語などの媒体を用いて中間領域として創造したものである。本文中でも触れたノーマン・N・ホランドなどのアメリカの精神分析的文学批評では、作品が読者の欲望に訴えかけ、読者も一緒になって「中間領域」としての芸術作品を作り出しているという側面が研究されている。

クライン派と対象関係論

「クライン派（の理論）」（Kleinian〔theory〕）と「対象関係論」（object-relations theory）はほとんど同じ意味で使われる。ただ、幼児期の精神内界に存在する内的対象をモデル化する精神分析理論は、クライン派以外でも対象関係論と呼ばれるので、対象関係論という用語の方が適用範囲は広い。もともとメラニー・クラインと同時期にロナルド・フェアバーンが対象関係論の基礎を築いたのだが、彼の理論はクライン派とはかなり異なる内容をもつ対象関係論である。

Kとマイナス K

前エディプス期の幼児の心の発達のためには、自分のなかのネガティヴな感情に気づけるようになることがもっとも重要である。「悪い」対象、ベータ要素などとクライン派が呼ぶ、幼児の心に生じる自力では処理できない不快さは投影同一化によって吐き出される。これを分裂排除（スプリット・オフ）というが、分裂排除された不快さは、「抱えること」（ウィニコット）、「アルファ機能」（ビオン）などと呼ばれる、母親的対象の世話によって、幼児の心に統合される。その結果、幼児は自分のなかに生じている嫌な感情に気づけるようになる。ビオンのいう「K」とは、簡単にいうとこの「気づき」を指す。ビオンは情動的な経験を生じさせる自分と他者との関係を六つにまとめた。L（love 愛する）、H（hate 憎む）、K（know 知っている）とそれらの逆であるマイナスL、マイナスH、マイナスKである。幼児は「良い」対象と感じる人を「L」し、「悪い」対象と感じる人を「H」するが、「良い」対象と「悪い」対象の統合に関わる最重要の関係性は「K」である。アルファ機能が機能しないと、母親の不在などの不快さは心にとどめられずに吐き出され続け、その不快さだけが増大して激しい不安を招く。これが「マイナスK」という関係性である。

自己愛の問題

コフートが築いた自己心理学（self psychology）の想定する「自己」は、成長後も「自己対象体験」と呼ばれる理想化や承認による満足を必要とする。この点で、健全な心の発達をとげた人と自己愛（narcissism）の問題を抱えた人に違いはない。コフートは自己愛の問題を抱えた人の場合、全能の自己対象（「蒼古的自己対象」）と一体となった全能の自己（「誇大自己」）という乳幼児がもつ空想の収縮という発達プロセスが、外傷的な体験などの何らかの原因で停止していると考えた。そのような人は、わずかなストレスでも全能の錯覚を脅かされるので、自己が極度に脆弱となる。全能感などの防衛が機能しなくなったとき、例えば外傷的な体験の反復と感じるような状況に出会った場合、自己がこなごなに砕け散る「断片化」の不安に襲われ、そのような危険をもたらした相手への激しい持続する怒り（「自己愛憤怒」）のために自分をコントロールできなくなる。診断名は自己愛性パーソナリティー障害（ＮＰＤ）だが、本書では前エディプス期の自己愛の問題が作品にどう表われているかをコフートを参考に考えようとしているので、ＮＰＤとまでいかない事例も含むような「自己愛の障害」「自己愛の傷」「病的な自己愛（者）」などの表現を使用している。

象徴化（symbolization）

「象徴」はさまざまな意味で使われる言葉だが、クライン派の象徴化、象徴使用（symbolism）、象徴形成（symbol formation）は、母親的対象などの無意識レベルの空想が、イメージ、言語、あるいは玩具などの実在物によって表象されることを指している。象徴が重要なのは、幼児にとって（あるいはカウンセリングに来るクライアントや、作品を創造する芸術家にとって）内的世界と外的な現実世界とを橋渡しするものだからである。ウィニコットの移行対象（「移行対象」の項目参照）も、母親的なものという内的空想とぬいぐるみなどの実在物とが結びついた、象徴化の産物である。

羨望（envy）

羨望は前エディプス期の幼児の心の発達にとって大きな障害になるとメラニー・クラインは考えた。なぜなら、羨望とは攻撃性を「良い」対象に向けることなので、「悪い」対象を統合する時に「良い」対象を利用できなくなるからである。たとえば、「良い乳房」を羨望することで母親の「抱える」機能の助けを借りることができなくなる。クラインは妄想分裂（ＰＳ）ポジションでは羨望が優勢だが、抑鬱（Ｄ）ポジションでは羨望は感謝に変わるとしている。

想像的な父親　(le père imaginaire)

クライン派やウィニコットなどでは、投影同一化された「悪い」対象が、母親的対象に「抱えられ」て心に統合されるプロセスが前エディプス期に起こると考えるが、クリステヴァの理論では、投影同一化された「悪い」対象に相当する「アブジェクト」を処理するのは、「想像的な父親」という第三項である。去勢し禁止するエディプス的父親とは違うが、それにつながっていくという連続性はある。コフートのいう理想化自己対象に近いが、「分離」がより強調されている。「想像的な父親」が指しているものはウィニコットの「脱錯覚」とほぼ同じだが、作品の前エディプス的表現と社会的な規範との関わりを分析するのにはより適している（「想像的な父親」と対象関係論やウィニコットのモデルとのより詳しい比較は、注の第三章（4）参照)。

投影同一化　(projective identification)

投影同一化は、「抱える」母親的機能とセットになって、前エディプス期の幼児の心を守り、発達させる重要な防衛規制である。しかし、投影同一化した「悪い」対象が母親的対象によって処理されない場合には、不安を際限なく増大させてしまう。ビオンはそのような状況をアルファ機能の逆転と呼び、詳しく論じている。私は本書のなかでこうした状況を、投影同一化の悪循環と呼んでいる。また、本書では「投影同一化する」と動詞形を多用しているが、英語では“project (something) into”がこの表現にあたる。これは「投影する」(project onto)に対する言い方である。

ＰＳとＤ

妄想分裂ポジション（ＰＳポジション）と抑鬱ポジション（Ｄポジション）の間を行ったり来たりするというメラニー・クラインの考えた心のモデルは、フロイトのエディプス・コンプレックスに至る段階的発達のモデルとは大きく異なる。精神の健康の鍵は抑鬱ポジション（Ｄポジション）に到達することではなく、ビオンがＰＳ↕Ｄと記号化したように、この二つの間の往復をコントロールすることである。ＰＳは原始的な防衛機制（「良い」／「悪い」のスプリッティングと「悪い」対象の投影同一化）が支配的であり、切り離している自分の「悪い」部分から生じる強い不安にさらされるという特徴がある。その一方で、全能の母親と自分が一体になっているという全能感もある。Ｄは分裂排除（スプリット・オフ）していた「悪い」部分が自我に統合され、世界には「良い」部分と「悪い」部分を含んだ自分と相手がいるという、自他の区別の認識が成立するという特徴がある。このことは自分が攻撃していた「悪い」母親は「良い」母親と同じだったということを意味するので、傷つけていた「良い」母親への罪悪感と償いの気持ちが生まれ、全能感の錯覚は消える。こうしたＰＳの解体状況とＤの統合状況の間の往復は、作品創造のプロセスにもあてはまる。本書で取り上げた作品の多くも、全能感、迫害される恐怖、自他に対する攻撃性が目立ち、雰囲気が混沌として登場人物のアイデンティティーが不安定であるなどのＰＳ的な不安状況をコントロールして、喪った全能の対象（つまり母親）への喪失感のなかで「償い」や「修復」を試みるというＤ的な状況へと、ＰＳ↕Ｄという往復を通して向かうものである。

あとがき

この本はこれまで何年にもわたって私が考えてきた、前エディプス期の精神分析理論を使った文学作品の分析についてまとめたものである。

私はもともとイギリス・ロマン派の自然観の影響を、明治以降の日本文学のなかにたどるという研究から出発した。そこから、独自の無意識観をもとに幻想的な作品を書く萩原朔太郎、夢野久作、安部公房などの作家を研究するようになった。この本で素描したような方法を使うきっかけになったのは、村上春樹の『ねじまき鳥クロニクル』を読んだことである。グイグイ引きこまれながらもなかなか進展しないストーリーにとまどったが、描かれている内容がウィニコット、対象関係論、自己心理学などを強く連想させるものだったので、そうした理論を使えばこの暗示的な作品の解釈が相当に進むのではないかと考えた。

だが、実際に村上春樹や他の作家の作品で分析を試みてみると、対象関係論などの前エディプス期の理論はそのままでは使いにくいことがわかった。理論のヴァリエーションが多い上に、治療のなかで出てきた材料の解釈が、クライアントと分析家を両方含む臨床場面のコンテクストに大きく依存しているからである。

そこで本書では、前エディプス期の精神分析理論を文学作品に応用するための方法論的な足場を組むところから始め、その後多くの作品にそれを適用して、その有効性を示そうと考えた。心の深い部分を掘り下げるタイプの作家の愛読者の方々が、本書で示したような読み方によって作品の新たな魅力を発見していただけるならば、私としても満足である（なお、文献を引用する際に、ルビなどは適宜省略した）。

＊

本書の原型は、私が二〇〇九年度に国内研究で、京都大学こころの未来研究センターに研修員としてお世話になっている時にできあがった。センターの鎌田東二氏に深く感謝申し上げる。また、心理臨床やカウンセリングの実際というものがなかなか実感としてつかめなかった私に、国内研究中にそれに触れる機会を与えていただいた甲南大学大学院の心理臨床分野の方々にも感謝したい。

人文系の学術出版の情勢が厳しいなか、本書を出版していただいた新曜社の渦岡謙一氏に心より感謝したい。また、出版に関する多くのアドバイスをいただいた同僚の田中貴子氏にも深く感謝申し上げる。

なお、本書は甲南大学から伊藤忠兵衛基金出版助成（二〇一三年度）の交付をいただいたことにより、出版することができた。ここに記して謝意を表したい。また、出版助成の申請などについてアドバイスをいただいた、同僚の塚本章子氏にも深く感謝したい。校正作業では石丸志織氏にお世話になった。たいへんありがたく思っている。本書を出版することができたのは、こうした多くの方々のおかげである。

＊

本書を書くうちに芸術作品における象徴化の問題の奥深さに心を揺さぶられた。タイトルの『幻滅からの創造』の「幻滅」とは、本文中でも触れたウィニコットの「脱錯覚《ディスイリュージョンメント》」のことである。幻滅《ディスイリュージョンメント》＝脱錯覚で喪われる〈母親〉の代わり（象徴）を求めて、芸術が創造される。また、本書で取り上げた『ブレイブ・ストーリー』『世界の終りとハードボイルド・ワンダーランド』『裏庭』などの作品は、主人公が幻滅《ディスイリュージョンメント》＝脱錯覚を経て、世界のもつ意味を新たに創造するプロセスを描いている。『幻滅からの創造』というタイトルは、このような意味を込めてつけられた。今後は絵画作品なども含めて、前エディプス的な内面の波動と芸術的表現の結びつきについて研究を進めていきたい。

田中雅史

二〇一三年九月二日　雨の神戸にて

初出・原題一覧

各章の初出は左のとおりである。それぞれ、書籍化にあたって大幅な改稿を施した。特に第一章、第二章はほぼ全面的に書き改めている。

序　章　前エディプス期の心の世界と文学研究
（原題）「文学作品の解釈と前エディプス期の精神分析理論」『甲南大学紀要』第一六三号（文学編）、二〇一三年、三－一四頁。

第一章　精神内界的「幻界《ヴィジョン》」の旅――宮部みゆき『ブレイブ・ストーリー』
（原題）「文学作品とエディプス的／前エディプス的な同一化――宮部みゆき『ブレイブ・ストーリー』その他を使った試論」『甲南大学紀要』第一五三号（文学編）、二〇〇八年、五七－八三頁。

第二章　失われたものと取り戻せるもの――村上春樹『世界の終りとハードボイルド・ワンダーランド』
（原題）「村上春樹『世界の終りとハードボイルド・ワンダーランド』の内的対象関係」『甲南大学紀要』第一四八号（文学編）、二〇〇七年、一五－三四頁。

第三章
1　少年たちの心の絆と分離――『龍は眠る』『鉄コン筋クリート』『少年アリス』
（原題）「アイデンティティの揺らぎを抱え合う少年達――『龍は眠る』（宮部みゆき）、『鉄コン筋クリート』（松本大洋）、『少年アリス』（長野まゆみ）に見られる影の統合と融合するアイデンティティ」『甲南大学紀要』第一六一号（文学編）、二〇一一年、三－一四頁。
2　心の「傷」と向き合う少女――梨木香歩『裏庭』
（原題）「梨木香歩『裏庭』に見られるテルミィの「傷」の変容」『甲南大学紀要』第一六二号（文学編）、二〇一二年、九－二〇頁。

Lacan, Jack, *Écrits,* trans. Bruce Fink, New York: Norton.

Milner, Marion, *The Suppressed Madness of Sane Men: Forty-four years of exploring psychoanalysis,* 1987, London: Routledge, 1988.

———, *On Not Being Able to Paint,* 1950, London: Routledge, 2010.

———,"The Role of Illusion in Symbol Formation, "Sandra Gosso ed., *Psychoanalysis and Art: Kleinian Perspectives,* London: Karnac, 2004, pp. 85-109. Also in Rudnytsky, Peter L.ed., *Transitional Objects and Potential Spaces: Literary Uses of D. W. Winnicott,* New York: Columbia University Press, 1993, pp. 13-39.

Rudnytsky, Peter L. ed., *Transitional Objects and Potential Spaces: Literary Uses of D.W.Winnicott,* New York: Columbia University Press, 1993.

Skura, Meredith Ann, *The Literary Use of the Psychoanalytic Process,* Yale University Press, 1981.

Stokes, Adrian, *Painting and the Inner World,* 1963; London: Routledge, 2001.

Vine, Steve ed., *Literature in Psychoanalysis: a Reader,* Palgrave Macmillan, 2005.

Winnicott, D. W., *Holding and Interpretation: Fragment of an Analysis,* 1986, New York: Grove Press, 1987.

———, *Playing and Reality,* 1971; London: Routledge, 2005.

Woodward, Kathleen, Murray M. Schwartz eds., *Memory and Desire: Aging-Literature-Psychoanalysis,* Bloomington: Indiana University Press, 1986.

Wright, Elizabeth, *Psychoanalytic Criticism: Theory in Practice,* New Accents, London: Methuen, 1984.

———, *Psychoanalytic Criticism: a Reappraisal,* 2nd ed., London: Routledge, 1998.

Berman, Jeffrey, *Narcissism and the Novel,* New York University Press, 1990.

Bion, Wilfred R., *Learning from Experience,* 1962; London: Karnac, 1984.

———, "Attacks on Linking," *Second Thoughts,* 1967; London: Karnac, 1984, pp. 93-109.

Gosso, Sandra, ed., *Psychoanalysis and Art: Kleinian Perspectives,* London: Karnac, 2004.

Holland, Norman N., "The Miller's Wife and the Professors: Questions about the Transactive Theory of Reading," Donald Keesey, ed., *Contexts for Criticism,* 3rd ed., 1987; London: Mayfield Publishing Company, 1998, pp. 166-180.

———,"The Mind and the Book: A Long Look at Psychoanalytic Literary Criticism," *Journal of Applied Psychoanalytic Studies* 2.1 (January 2000): pp. 13-23.

———, *Literature and the Brain,* Gainesville: The PsyArt Foundation, 2009.

Klein, Melanie, *Envy and Gratitude and Other Works 1946-1963* (The Writings of Melanie Klein, Vol. 3), New York: The Free Press, 1975.

———,"Infantile Anxiety-situations Reflected in a Work of Art and in the Creative Impulse," Sandra Gosso ed., *Psychoanalysis and Art: Kleinian Perspectives,* London: Karnac, 2004, pp. 33-41.

———, et al. eds., *New Directions in Psychoanalysis: The Significance of Infant Conflict in the Pattern of Adult Behaviour,* 1955, London: Karnac, 1985.

Kris, Ernst, *Psychoanalytic Explorations in Art,* 1952, New York: Schocken Books, 1964.

Kristeva, Julia, *Pouvoirs de l'horruer: Essai sur l'abjection,* Éditions du Seuil, 1980.

———, *Tales of Love,* trans. Leon S. Roudiez, European Perspectives. Columbia University Press, 1987.

年（1999 年の新装版の改装版を使用）。

――――『ダンス・ダンス・ダンス』上・下、講談社、1988 年。

『村上春樹全作品 1990 ～ 2000』第 4 巻（『ねじまき鳥クロニクル』第 1 部、第 2 部）講談社、2003 年。

『村上春樹全作品 1990 ～ 2000』第 5 巻、講談社、2003 年（『ねじまき鳥クロニクル』第 3 部）。

『村上春樹全作品 1990 ～ 2000』第 6 巻（『アンダーグラウンド』）講談社、2003 年（特に同書あとがき「目印のない悪夢――私たちはどこに向かおうとしているのだろう？」）。

『村上春樹全作品 1990 ～ 2000』第 7 巻（『約束された場所で underground2』『村上春樹、河合隼雄に会いにいく』）講談社、2003 年。

メルツァー、ドナルド、M. H. ウィリアムズ『精神分析と美』細澤仁監訳、みすず書房、2010 年。

メルツァー、ドナルド『こころの性愛状態』古賀靖彦・松木邦裕監訳、金剛出版、2012 年。

ヤコービ、マリオ『個性化とナルシシズム――ユングとコフートの心理学』高石浩一訳、創元社、1997 年。

ライト、エリザベス編『フェミニズムと精神分析事典』岡崎宏樹ほか訳、多賀出版、2002 年。

ライト、エリザベス『ラカンとポスト・フェミニズム』椎名美智訳、岩波書店、2005 年。

ラカン、ジャック『精神分析の四基本概念』ジャック＝アラン・ミレール編、小出浩之・新宮一成・鈴木國文・小川豊昭訳、岩波書店、2000 年。

――――『対象関係』上、ジャック＝アラン・ミレール編、小出浩之・鈴木國文・菅原誠一訳、岩波書店、2006 年。

ランク、オットー『文学作品と伝説における近親相姦モチーフ』前野光弘訳、中央大学出版部、2006 年。

ル＝グウィン、アーシュラ・K.『影との戦い――ゲド戦記 I』清水真砂子訳、岩波書店、1976 年。

フロイト、ジークムント『エロス論集』中山元編訳、ちくま学芸文庫、1997年（特に同書所収論文「ナルシシズム入門」「性格と肛門愛」）。

『フロイト著作集』6、人文書院、1970年（特に同書所収論文「悲哀とメランコリー」）。

『フロイト全集』9、新宮一成ほか編、岩波書店、2007年（特に同書所収論文「詩人と空想」）。

『フロイト全集』17、新宮一成ほか編、岩波書店、2006年（特に同書所収論文「不気味なもの」）。

ブロンスタイン、カタリーナ編『現代クライン派入門――基本概念の臨床的理解』福本修・平井正三ほか訳、岩崎学術出版社、2005年。

ベンジャミン、ジェシカ『愛の拘束』寺沢みずほ訳、青土社、1996年。

細江光『谷崎潤一郎――深層のレトリック』近代文学研究叢刊、和泉書院、2004年。

マスターソン、J. F.『自己愛と境界例』富山幸佑・尾崎新訳、星和書店、1990年。

――――『パーソナリティー障害』佐藤美奈子・成田善弘訳、星和書店、2007年。

松本大洋『鉄コン筋クリート』1・2・3、小学館、1994年。

マーラー、M. S. ほか『乳幼児の心理的誕生――母子共生と個体化』髙橋雅士ほか訳、黎明書房、2001年。

宮部みゆき『龍は眠る』出版芸術社、1991年。

――――『火車』双葉社、1992年。

――――『スナーク狩り』光文社文庫、1997年（単行本　1992年）。

――――『模倣犯』上・下、小学館、2001年。

――――『ブレイブ・ストーリー』上・下、角川書店、2003年。

――――『ICO イコ　霧の城』講談社、2004年。

――――『英雄の書』上・下、朝日出版社、2009年。

村上春樹『1973年のピンボール』講談社、1980年。

――――『羊をめぐる冒険』講談社、1982年。

――――『世界の終りとハードボイルド・ワンダーランド』新潮社、1985

シミントン、ジョアン、ネヴィル・シミントン『ビオン臨床入門』森茂起訳、金剛出版、2003年。

スターン、D. N.『乳児の対人世界　理論編』神庭靖子・神庭重信訳、岩崎学術出版社、1989年。

タイテル、パメラ『ラカンと文学批評』市村卓彦・荻本芳信訳、せりか書房、1987年。

チョドロウ、ナンシー『母親業の再生産――性差別の心理・社会的基盤』大塚光子・大内菅子訳、新曜社、1981年。

ディナースタイン、ドロシー『性幻想と不安』岸田秀・寺沢みずほ訳、河出書房新社、1984年。

長野まゆみ『少年アリス』河出書房新社、1989年。

文藝別冊『総特集　長野まゆみ　三日月少年の作り方』河出書房新社、2002年（「増補版　白熱する少年銀河　全作完全インタヴュー」「誰にも記憶されず　生きてきた証しを残さずに」）。

梨木香歩『西の魔女が死んだ』小学館、1996年（新装版。元版は楡出版、1994年）。

――――『裏庭』理論社、1996年。

――――『沼地のある森を抜けて』新潮社、2005年。

――――『ぐるりのこと』新潮文庫、2007年（単行本は2004年）。

バシュラール、ガストン『水と夢――物質の想像力についての試論』小浜俊郎・桜木素行訳、国文社、1969年。

バリント、マイケル『一次愛と精神分析技法』森茂起・桝矢和子・中井久夫訳、みすず書房、1999年。

ビオン、ウィルフレッド『精神分析の方法Ⅰ〈セブン・サーヴァンツ〉』福本修訳、りぶらりあ選書、法政大学出版局、1999年。

平川祐弘・鶴田欣也編『「甘え」で文学を解く』新曜社、1996年。

フォン・フランツ、M.-L.『永遠の少年――『星の王子さま』の深層』松代洋一・椎名恵子訳、紀伊國屋書店、1982年。

藤本英二『児童文学の境界へ――梨木香歩の世界』日本児童文学史叢書、久山社、2009年。

ギルバート、サンドラ、スーザン・グーバー『屋根裏の狂女――ブロンテと共に』山田晴子・薗田美和子訳、朝日出版社、1986年。

『メラニー・クライン著作集1　子どもの心的発達』西園昌久・牛島定信編訳、誠信書房、1983年（特に同書所収論文「芸術作品および創造的衝動に表われた幼児期不安状況」）。

『メラニー・クライン著作集3　愛、罪そして償い』西園昌久・牛島定信編訳、誠信書房、1983年。

『メラニー・クライン著作集5　羨望と感謝』小此木啓吾・岩崎徹也編訳、誠信書房、1991年（特に同書所収論文「羨望と感謝」）。

クリス、エルンスト『芸術の精神分析的研究』馬場禮子訳、現代精神分析双書20、岩崎学術出版社、1976年。

クリステヴァ、ジュリア『恐怖の権力――〈アブジェクシオン〉試論』枝川昌雄訳、叢書ウニベルシタス、法政大学出版局、1984年。

――――「意味実践と生産様式」『記号の横断』（中沢新一ほか訳、せりか書房、1987年。

――――『女の時間』棚沢直子・天野千穂子編訳、勁草書房、1991年。

――――『詩的言語の革命　第一部　理論的前提』原田邦夫訳、勁草書房、1991年。

――――『黒い太陽――抑鬱とメランコリー』西川直子訳、せりか書房、1994年。

――――『斬首の光景』星埜守之・塚本昌則訳、みすず書房、2005年。

――――『メラニー・クライン　苦痛と創造性の母親殺し』松葉祥一ほか訳、作品社、2013年。

小林正明「塔と海の彼方に――村上春樹論」木股知史編『日本文学研究論文集成46　村上春樹』若草書房、1998年、30-72頁。

コフート、ハインツ『自己の分析』水野信義ほか訳、みすず書房、1994年。

――――『自己の修復』本城秀次ほか訳、みすず書房、1995年。

――――『自己の治癒』本城秀次ほか訳、みすず書房、1995年。

近藤裕子『臨床文学論――川端康成から吉本ばななまで』彩流社、2003年。

斎藤環『「文学」の精神分析』河出書房新社、2009年。

参考文献表

明石加代「消えた猫と戻ってきた少年——村上春樹「人喰い猫」から『海辺のカフカ』へ」『心の危機と臨床の知』甲南大学人間科学研究所、2007年、第8巻、115-135頁。

アスパー、カトリン『自己愛障害の臨床——見捨てられと自己疎外』老松克博訳、創元社、2001年。

東雅夫編『ホラー・ジャパネスクを語る』双葉社、2003年。

岩宮恵子『思春期をめぐる冒険——心理療法と村上春樹の世界』日本評論社、2004年。

ウィニコット、D. W.『小児医学から精神分析へ——ウィニコット臨床論文集』北山修監訳、岩崎学術出版社、2005年。

『ウィニコット著作集6　精神分析的探求1　精神と身体』館直彦ほか訳、岩崎学術出版社、2001年。

『ウィニコット著作集8　精神分析的探求3　子どもと青年期の治療相談』倉ひろ子訳、岩崎学術出版社、1998年。

ウルフ、アーネスト・S.『自己心理学入門——コフート理論の実践』安村直己・角田豊訳、金剛出版、2001年。

河合隼雄『影の現象学』（叢書 人間の心理）思索社、1976年。

エイブラム、ジャン『ウィニコット用語辞典』館直彦監訳、誠信書房、2006年。

オグデン、T. H.『もの想いと解釈——人間的な何かを感じ取ること』大矢泰士訳、岩崎学術出版社、2006年。

小此木啓吾編集代表『精神分析事典』岩崎学術出版社、2002年。

カーンバーグ、オットー・F.『内的世界と外的現実』山口泰司監訳、文化書房博文社、2002年。

北山修『改訂 錯覚と脱錯覚——ウィニコットの臨床感覚』（1985年。改訂版は岩崎学術出版社、2004年）。

ま　行

は　行

た　行

な　行

さ 行

か 行

索　引

欧　文

あ　行

著者紹介

田中雅史（たなか・まさし）

1964年、東京都生まれ。東京大学大学院総合文化研究科博士課程満期退学。比較文学専攻。現在、甲南大学文学部教授。
論文に「恐怖の魅惑——明治日本における新しい自然描写の出現」（『比較文學研究』58号、1990年）、「構成とカタストロフィー——萩原朔太郎『猫町』とポーの「アルンハイムの地所」「ランダーの別荘」に見られるマニエリスム的特徴について」（『比較文學研究』74号、1999年）、「内部と外部を重ねる選択——村上春樹『海辺のカフカ』に見られる自己愛的イメージと退行的倫理」（『甲南大学紀要』143号（文学編）、2006年）などがある。

新曜社

幻滅からの創造
現代文学と〈母親〉からの分離

初版第1刷発行　2013年10月25日

著　者　田中雅史
発行者　塩浦　暲
発行所　株式会社 新曜社
〒101-0051　東京都千代田区神田神保町3-9
電話 (03)3264-4973㈹・FAX (03)3239-2958
E-mail：info@shin-yo-sha.co.jp
URL：http://www.shin-yo-sha.co.jp/
印　刷　メデューム
製　本　難波製本

ISBN978-4-7885-1360-0　C1095

好評既刊書

ジャクリーン・ローズ 著／鈴木晶 訳
ピーター・パンの場合 児童文学などありえない 〈メルヒェン叢書〉
大人になることを拒む純粋無垢イメージに隠された我々の子供観を衝撃の暴く問題作。
四六判316頁 本体3300円

ピーター・ブルックス 著／高田茂樹 訳
肉体作品 近代の語りにおける欲望の対象
近代の語りにおいて（女性の）肉体はどのように表象されてきたかを小説や絵画に探る。
A5判472頁 本体5300円

ハロルド・ブルーム 著／小谷野敦・アルヴィ宮本なほ子 訳
影響の不安 詩の理論のために
遅れてきた者の不安？ 秀逸な鍵概念によって西洋文学史をみごとに読み直した傑作。
四六判390頁 本体4000円

J＝J・グー 著／土田知則 訳
言語の金使い 文学と経済学におけるリアリズムの解体
リアリズムの危機は金本位制の終焉と時を同じくしている！ ジッドの小説を題材に説く。
四六判296頁 本体2800円

青柳悦子 著
デリダで読む『千夜一夜』 文学と範例性
デリダがこんなにわかっていいいの！？ その明快な理解を通して『千夜一夜』に迫る。
A5判610頁 本体6400円

紅野謙介 著
投機としての文学 活字・懸賞・メディア
文学が商品と見なされ始めた時代を戦争報道、投書雑誌、代作問題などを通して描出。
四六判420頁 本体3800円

栗原裕一郎 著 **日本推理作家協会賞受賞**
〈盗作〉の文学史 市場・メディア・著作権
読んで面白く、ためになる。すべての作家・作家志望者・文学愛好家必携の〈盗作大全〉。
四六判494頁 本体3800円